ELISA SABATINELLI

Sommer auf meiner Haut

Buch

Nach dem Tod ihrer Mutter beschließt die 26-jährige Lavinia ihre Heimatstadt Barcelona für drei Monate zu verlassen und in diesem Sommer auf den Spuren ihrer Mutter durch Italien zu reisen. Dorthin, wo ihre Mutter mit dem Mann glücklich war, der sie schließlich beide verlassen hat: Lavinias Vater, den sie nie kennengelernt hat.
Mit nur wenig Geld und dem Tagebuch ihrer verstorbenen Mutter in der Tasche ist Lavinia bereit für den Sommer ihres Lebens.
Alles beginnt in Ravello, an der Amalfiküste: In einer Atmosphäre voller berauschender Düfte und Sinnlichkeit trifft Lavinia überraschend ihren ehemaligen Musikprüfer Claudio wieder. Sie ist überwältigt von seinem Charme und verbringt eine romantische Nacht mit ihm. Am nächsten Tag ist er verschwunden, hat ihr aber eine wertvolle Violine dagelassen. Eine Aufforderung an sie, endlich wieder zu spielen? Lavinia kann Claudio nicht vergessen. Sie weiß, sie muss ihn wiedersehen …

Autor

Elisa Sabatinelli, geboren 1985, ist halb Katalanin, halb Italienerin. Sie wurde in Fano geboren und wuchs in Barcelona auf. Elisa hat Dramaturgie in Spanien studiert, in London bei einer Plattenfirma gearbeitet und ein Architekturbüro geleitet (ohne Architektin zu sein). Mit 28 Jahren wurde sie Mutter und hat das Festival »Cortili Letterari« ins Leben gerufen. Heute lebt sie in Mailand, wo sie im Verlagswesen arbeitet und schreibt.

ELISA SABATINELLI

Sommer auf meiner Haut

Roman

Aus dem Italienischen
von Elvira Bittner

blanvalet

Die Originalausgabe erschien 2016 unter dem Titel
»Summer – Sulla mia pelle«
bei Rizzoli / Rizzoli Libri S.p.A., Milano.

FSC www.fsc.org MIX Papier aus verantwortungsvollen Quellen FSC® C014496

Verlagsgruppe Random House FSC® N001967

1. Auflage

Neumarkter Straße 28, 81673 München
Redaktion: Angela Troni
Umschlaggestaltung: © www.buerosued.de
Umschlagmotiv: © www.buerosued.de
JaB · Herstellung: sam
Satz: Buch-Werkstatt GmbH, Bad Aibling
Druck und Bindung: GGP Media GmbH, Pößneck
Printed in Germany
ISBN 978-3-7341-0578-4

www.blanvalet.de

Für Andrea, weil er mich überrascht hat

1

Der Brief

Es gab eine Phase, in der ich fest darauf gebaut habe, dass du wieder gesund wirst. Dann habe ich darauf gewartet, dass du stirbst. Aber die ganze Zeit über habe ich gehofft, dass endlich morgen ist, dass alles vorüber ist.

Tod, Beerdigung, Händeschütteln, Tränen. Ich wollte das alles nicht. Leiden.

Und jetzt, da der Moment gekommen ist, den ich so sehr herbeigesehnt habe, jetzt, da endlich morgen ist, klingelt es an der Tür. Der Briefträger händigt mir ein Einschreiben aus, für das er meine Unterschrift braucht. Doch ich habe keinen Stift zur Hand. Hektisch wühle ich in der Handtasche herum: Taschentücher, Quittungen, Wäscheklammern, Kinokarten, ein Einkaufszettel, ein Handschuh, Kopfhörer … Ach, da sind ja sogar zwei Stifte. Einer hätte auch gereicht. Ich bestätige den Empfang und schließe die Tür.

Da stehe ich nun, mit dem Umschlag in der Hand. Der Absender ist eine Klinik. Ich stelle mir den riesigen

Klotz vor, weiß, mit zwei gewaltigen Armen, die dabei sind, mir einen Brief zu schreiben.

Ich falte den Umschlag zusammen und stecke ihn in die Gesäßtasche meiner Jeans, dann nehme ich die Wohnungsschlüssel meiner Mutter und verlasse das Haus. Draußen ist es heiß.

Vor sechs Monaten war Januar, und meine Mutter ist in der kältesten Woche des Jahres von uns gegangen, in der »Woche der Bärtigen«, wie man sie hier nennt, weil jeder Tag einem Heiligen mit Bart gehört.

Mama war genauso verfroren wie ich. Jetzt würde sie sicher den Balkon bepflanzen, wie immer mit Blumen in den unterschiedlichsten Farben. Sie war eine farbenfrohe Frau.

Die Schlüssel drücken gegen den Oberschenkel, und obwohl sie leicht sind, wiegen sie schwer, so als hätte ich am Flussufer große Steine aufgesammelt. Eigentlich spüre ich sie gar nicht am Bein, sondern in mir drin. Seit der Beerdigung war ich nicht mehr in ihrer Wohnung, ich habe es einfach nicht über mich gebracht.

Ich gehe zu Fuß durch die Stadt. Barcelona bringt einen auf andere Gedanken, überall wimmelt es von Menschen, an jeder Ecke ist mindestens eine Bar, ein Geschäft reiht sich ans nächste, die Gehsteige sind breit. Alle sind unterwegs, nie fühlt man sich allein, jeder Tag ein Festtag.

Am Sonntagmorgen saßen wir gerne auf einer der Terrassen in Barceloneta direkt am Meer und sahen den Wochenendjoggern oder den Kids mit ihren Skateboards zu, den Pärchen mit ihren Hunden, den Surfern und den Todesmutigen, die selbst im Dezember im Meer baden. Wir setzten uns nebeneinander und genossen die Aussicht, bestellten Oliven, ein Bier mit Fanta für sie und eine Bloody Mary für mich. Seit einem halben Jahr ist nun schon nicht mehr Sonntag, und ich fühle mich schuldig, weil ich nicht mal daran denken will. Aber nur so schaffe ich es, einigermaßen zurechtzukommen.

Der Umschlag in meiner Jeans gehört auch zu den Dingen, an die ich nicht denken will. Ich weiß, wenn ich ihn öffne, dann wird der Inhalt mich beeinflussen, bei allem, was ich tue, werde ich das Ergebnis im Kopf haben, beim Zähneputzen, beim Schlafengehen, bei allem. Daher beschließe ich, erst mal nichts weiter zu öffnen als die Tür zur Wohnung meiner Mutter. Ich stehle mich förmlich hinein, ohne die Wände zu berühren, ich vermeide es, auf die Teppiche zu treten oder die Möbel anzuschauen, und fasse auch nichts an. Jede einzelne Erinnerung will ich in mir vergraben, um nicht zu ersticken. Ich gehe ganz vorsichtig, als hätte ich Scheuklappen auf. Aus der Küche ist kein Geschirrgeklapper zu hören, im Bad dudelt kein Radio. Ich lege Schlüssel und Umschlag auf den Tisch. Alles ist stumm. Ich lausche in die Stille, meine Mutter fehlt mir.

In den letzten Tagen, als sie schon im Krankenhaus lag, hat sie mir ihre Hausschlüssel gegeben und gesagt, dass die Wohnung jetzt mir gehöre. Ich antwortete, wenn sie nicht mehr da sei, dann wolle ich die Bude auch nicht haben, und kündigte an, die Schlüssel in den nächstbesten Gully zu werfen. Verständnisvoll wie immer sagte sie darauf: »Okay, dann bleib erst mal weg, aber irgendwann musst du dich darum kümmern. Wenn ich nicht mehr da bin, werden dir meine Sachen von mir erzählen.«

Wie immer habe ich nicht auf sie gehört. Ich bin kein einziges Mal hingegangen, um mich um ihre Sachen zu kümmern.

Bis heute Morgen habe ich so getan, als könnte ich den Schmerz im Zaum halten, ihn zum Schweigen bringen wie einen kläffenden Hund. Dann hat mir dieser Umschlag gleich zwei Ohrfeigen verpasst, vermutlich genau jene, die mir meine Mutter gegeben hätte. Und jetzt fehlt sie mir so sehr, genau wie die Ohrfeigen. Ausgerechnet jetzt, da ich völlig verloren in ihrer Wohnung stehe, auf der Suche nach Antworten, auf der Suche nach ihr. Die Rollläden im Wohnzimmer sind heruntergelassen, aber die Sonne dringt durch die kleinen Löcher und zeichnet eine Reihe aus Steinchen auf den Boden. Es kommt mir vor, als wollten sie mir einen Weg ohne Richtungsangabe zeigen. Genau so fühle ich mich auch: ohne Richtung, wie ein kaputter Kompass.

Da schlägt in der Nachbarwohnung jemand die Tür zu, so laut, dass ich zusammenfahre. Ich hebe den Blick und bemerke im Bücherschrank ein Bändchen, das mir noch nie aufgefallen ist. Es ist uralt und stark abgenutzt. Ich ziehe es heraus und stelle fest, dass es sich weder um ein Heft noch um ein Album oder ein Tagebuch handelt, sondern um alles zusammen. Es quillt über von Fotos, Tickets, Notizen, getrockneten Blumen und Ansichtskarten. Auf dem Einband steht »Italien«, es scheint eine Art Erinnerungscollage an die Reisen zu sein, die meine Mutter im Lauf der Jahre auf die andere Seite des Meeres gemacht hat. Ich kannte das Büchlein nicht, und jetzt, da ich es in den Händen halte, spüre ich, wie es zu mir spricht. Es ist ein wahrer Schatz, denn sicherlich steckt sie hier drin, die Antwort, nach der ich noch immer suche. Ich drücke das Büchlein fest an die Brust, ich will es mitnehmen, will mich von ihm mitnehmen lassen.

Dann greife ich nach dem Briefumschlag und betrachte ihn. Auf einmal bin ich mir sicher, dass ich ihn nicht öffnen will. Ich habe diesen Test machen lassen, weil ich wissen muss, ob ich dasselbe verdammte Gen in mir trage wie meine Mutter. Wenn mir dasselbe Schicksal blüht wie ihr, dann muss ich mich ihm stellen, jedenfalls sagen das die Ärzte. Das mag sein, aber nicht jetzt. Jetzt will ich erst mal leben, das Meer überqueren, die Sonne genießen. Es ist Sommer, und er ruft mich ganz deutlich – weg von dieser Wohnung, von dieser Stadt, von dem Loch, das meine Mutter hinterlassen hat, und von der Möglichkeit, dass vielleicht auch ich dieses Leben für immer verliere. Bevor ich mich dem stelle, will ich erst mal vergessen. Der

Umschlag kann warten, genauso wie der Tod, nicht aber diese Saison. Sie ist zu schön, um nicht genutzt und bis ins letzte Detail gelebt zu werden.

Ich spüre, dass mir der Atem stockt. Der Schmerz, der in diese Wohnung eingeschlossen war, ist kurz davor zu explodieren. Alles stürzt über mir zusammen, da sind Risse in den Mauern, die Gläser klirren im Schrank, die Kissen fallen vom Sofa, die Fenster erzittern. Was soll ich nur tun, Mama?

Ich schlage das Tagebuch nicht auf der ersten Seite, sondern mittendrin auf, will Lotto spielen, das Schicksal herausfordern, mich selbst überraschen.

Tatsächlich leuchtet mir auf der zufällig gewählten Seite ein Satz entgegen: »Die Reise ist ein Ort, an dem alles möglich ist.« Darunter, mit zwei Streifen Tesafilm aufgeklebt, befindet sich eine Ansichtskarte aus den achtziger Jahren. Sie zeigt Ravello, ein Dorf an der Amalfiküste. Auf dem Foto ist eine Bucht abgebildet, von einer Terrasse aus gesehen. Da will ich hin. Nichts soll geplant sein dieses Mal, keine vorab gekaufte Fahrkarte, kein bereits adressierter Umschlag, allein der Zufall soll entscheiden. Nur meine Mutter wird mich auf dieser Reise begleiten. Wo genau liegt dieses Ravello eigentlich? Als ich mein Handy hervorziehen und auf Google Maps nachsehen will, merke ich, dass ich es vergessen habe.

Ich schnappe mir meine Tasche, schlage die Wohnungstür hinter mir zu und renne, das Album unter dem Arm, die Treppen hinunter. Ich bin erfüllt von der Glückseligkeit, soeben eine freie Entscheidung gefällt zu haben, auf die ehrlichste Weise, ohne Filter, ohne irgendein Programm. Drei Monate, um mit mir selbst ins Reine zu kommen. Drei Monate in völliger Freiheit, ohne Fallschirm. Drei Monate und damit hundert Tage, in denen meine Wünsche vor allem anderen kommen.

Unvermittelt halte ich inne. Ein Zweifel. Ich stehe auf dem Gehsteig, unbeweglich, die Passanten streifen mich und gehen weiter ihrer Wege, ohne sich bewusst zu sein, dass ich soeben Teil des Stadtmobiliars geworden bin. Vor mir die Sagrada Família, ihre hohen Fialen, dazu Baustellen- und Verkehrslärm und die Stimmen der Straßenhändler auf der Jagd nach Touristen. Ein pakistanischer Junge fragt mich, ob ich ein Trikot vom FC Barcelona kaufen wolle, aber ich höre kaum hin. Ich fasse mir an die Hosentaschen. Sie sind leer. Mist, ich habe den Klinikbrief und die Schlüssel in der Wohnung vergessen und die Tür hinter mir zugezogen. Ein paar Sekunden lang bin ich in Panik, doch dann denke ich noch mal darüber nach. Im Grunde weiß ich, dass ich es absichtlich getan habe.

Mein Leben läuft jetzt nur noch in eine Richtung: vorwärts. Der Sommer wartet auf mich.

2

Plaça del Sol

Ich sitze zu Hause und habe keine Lust, Koffer zu packen. Ich wünschte, er wäre schon fertig, ich wäre gern schon auf Reisen, ohne mich um das Drumherum kümmern zu müssen. Normalerweise notiere ich mir vor einer Reise all die Dinge, die ich mitnehmen will, auf zahllosen Post-its oder auf der Rückseite von U-Bahn-Tickets. Die verteile ich dann überall, in der Handtasche, auf der Ablage im Bad, in den Hosentaschen. Dumm ist nur, dass ich mich am Tag der Abreise meist nicht mehr erinnern kann, wo ich sie hingesteckt habe. Dann stehe ich völlig entmutigt vor dem Koffer und werfe einfach alles hinein, was mir vor die Augen kommt. Am Ziel angekommen, glänzen Zahnbürste und Schlafanzug dann mit Abwesenheit.

Diesmal ist das Album meiner Mutter das Einzige, was zählt, wenn ich den Schlafanzug vergesse, ist das nicht weiter schlimm. Ich wähle ein paar Kleider aus, die ich immer anziehe und die mir besonders gut stehen, alles andere lasse ich im Schrank.

Dann gibt es nur noch eins zu tun: mich von meinen Freunden und Barcelona zu verabschieden.

Wir sind erst gegen neun in Gràcia verabredet, dem Viertel nördlich der Avinguda Diagonal, aber ich gehe gleich aus dem Haus, ich will mich vorher noch ein bisschen im Herzen der Stadt verlieren. Die Sonne ist noch nicht untergegangen, und ihr orangefarbenes Licht lässt alles schöner und lieblicher erscheinen. Ein leichter, fast unmerklicher Wind weht mir warm entgegen, frischt auf und bauscht mein geblümtes Baumwollkleid. Ich halte mit einer Hand den Rock fest und lege ihn eng an den Po. Dabei rutscht mir ein Träger von der Schulter, den ich nicht zurückschiebe. Die Haare habe ich zu einem hohen, festen Pferdeschwanz gebunden, mein Gesicht liegt frei, ich habe heute nichts zu verbergen vor dieser Stadt. An einer Ampel ziehe ich den dunkelrosa Lippenstift aus meiner Umhängetasche, und während ich auf Grün warte, stelle ich mich vor ein Schaufenster und ziehe mir die Lippen nach. Ich stelle mich so dicht wie möglich vor die Scheibe, damit ich mich gut sehen kann, forme mit dem Mund ein O und fahre mit dem Lippenstift darüber. Dann presse ich die Lippen aufeinander und bewege sie ein wenig hin und her, damit die Farbe sich gleichmäßig verteilt.

Ich überquere die Straße und lasse mich vom Strom der Touristen mitnehmen. Der Brunnen an der Plaça Catalunya ist voller Leute, die auf seinem Rand sitzen und nach Kühlung lechzen. Sie haben Rucksäcke und große Einkaufstüten dabei, einer hebt gerade sein Hündchen hoch, um es trinken zu lassen. Alle sind leicht bekleidet, tragen kurze Hosen, offene Schuhe und ärmellose Tops, aber es nutzt alles nichts an diesem Sommerabend. Wie eine schwere Decke legt sich die Hitze auf die nackte Haut und durchdringt die Luft mit starken Gerüchen. Autos, Busse und Taxis umkreisen den Platz. Vor dem Fnac-Laden, einem beliebten Treffpunkt direkt am U-Bahn-Ausgang, warten etliche Menschen. Ich beobachte, wie ihre Gesichter einige Sekunden lang verloren wirken, bevor sie aufleuchten, weil sie jene anderen Gesichter gefunden haben, Gesichter, die sie gesucht haben, die sie lieben. Ein Schulterklopfen, Küsschen auf die Wange, auf die Stirn oder auf den Mund, ehe sie zügig einen sicheren Weg einschlagen. Sie kommen mir vor wie Wasserläufe, die ihre Umgebung überfluten, sich in die zahllosen Bars von Raval ergießen, durch Straßen und über Terrassen schlängeln und in Hauseingängen versiegen.

Mein Weg hingegen ist schnurgerade, als ich die Ramblas entlangschlendere, jene Ader, die von der Plaça Catalunya zum Hafen führt und die Fülle der Stadt von der Leere des Meeres trennt.

Kurz entschlossen halte ich mich rechts und gehe durch die Markthallen der Boqueria, über deren Haupteingang ein großes eisernes Wappen hängt. Mir ist heiß, und ich habe Durst, und da der Markt bald schließen wird, schlüpfe ich rasch noch hinein. Drinnen bersten die Tische schier vor bunten Früchten, die nach Farben sortiert sind, von weißen Kokosnüssen bis hin zu tiefroten Erdbeeren. Die Pracht aus Düften und Farben berauscht meine Sinne.

Gleich in der ersten Reihe stehen auf einem Bett aus Eis gelbe, violette, rote und pinkfarbene Säfte, alle frisch gepresst und mit einem Strohhalm darin. Ich wähle einen mit Papaya und beflecke den Strohhalm mit Lippenstift, während der Saft durch meine Kehle rinnt und meinen erhitzten Körper erfrischt.

Auf dem Markt wimmelt es immer noch von Leuten. Ich gehe zwischen den Gemüseständen hindurch, lehne mich an eine Säule, um in kleinen Schlucken den Saft zu trinken, während ich einen Herrn mit Hut dabei beobachte, wie er gelbe, fein gemahlene Gewürze kauft. Ich bemerke eine elegante Frau, die je ein Kilo Kichererbsen und Oliven ersteht, zwei kleine Mädchen, die sich an der Theke mit Süßigkeiten einen Vorrat an Kaubonbons zulegen, und in der Ferne das Wurstwarengeschäft mit den braunen *Pata-Negra*-Schinken und dem aufgeschichteten Tatar aus fein gehacktem Rindfleisch.

Die Kälte der Metallsäule überträgt sich auf meinen nackten Rücken und verschafft mir Linderung, und als ich am Fischstand vorbeigehe, überläuft mich sogar ein kleiner Schauer. Die Bar in der Ecke wartet mit Grillfischplatte und Weißwein auf, und ich würde mich nur zu gerne an die Theke setzen und in eine leicht angekohlte Garnele beißen. Aber es ist schon spät, und ich will die anderen nicht warten lassen, nicht heute. Also verwerfe ich die Idee, noch bis zum Meer hinunterzugehen und schlendere stattdessen unter dem Schwatzen der Leute und den Rufen der Händler auf den Ausgang zu.

Draußen erwartet mich die Hektik der Stadt. Allerdings spüre ich eine andere Energie als am Nachmittag, jetzt, da die Schatten der Sonne den Raum stehlen, sich die Rollläden der Geschäfte schließen und jene der Bars sich öffnen. Etwas Prickelndes und Pikantes liegt in der Luft, ein Glühen, eine ungeheure Lebendigkeit und Getriebenheit. Die Krawattenknoten der Männer sind gelockert, der oberste Hemdknopf steht offen, die Dekolletés der Frauen werden gewagter. Die Stadt will mich anstecken mit ihrer Heiterkeit, von der ich weiß, dass sie auch in mir ist. Auch wenn ich sie vor einiger Zeit tief in mir vergraben habe, spüre ich, dass sie noch immer da ist. Auf den breiten Gehsteigen des Passeig de Gràcia setze ich meinen Weg fort, die Anhöhe wieder hinauf. Die modernistischen Gebäude scheinen mich anzulachen mit ihren Balkons in Mundform und den welligen Dächern, die sich in den Himmel winden.

Gràcia ist eine glückliche Insel aus niedrigen Häusern und kleinen Plätzen, dessen Bewohner eine große Familie sind. Fast das ganze Viertel ist Fußgängerzone, und es wimmelt zu jeder Tages- und Nachtzeit von Menschen. Die Bars sind immer voll, und auf den Plätzen tummeln sich fröhlich Kinder und Hunde. Wir treffen uns hier seit der Schulzeit, unsere Lieblingsbank steht an der Plaça del Sol. Die Fassaden haben die unterschiedlichsten Farben, und jedes Fenster hat einen kleinen, mit Blumen bewachsenen Balkon. In den Erdgeschossen befinden sich Bars und Restaurants, alle haben sie Tische draußen, und über dem ganzen Platz liegt ein Geräusch, das sich aus vielen unterschiedlichen Geräuschen zusammensetzt: klingende Gläser, Musik, die aus den Wohnungen dringt, Rollläden, die hochgezogen werden. Wenn man die Ohren spitzt, kann man noch viel leisere und geheimere Geräusche hören: eine Zigarette, die in einem Aschenbecher ausgedrückt wird, die gedrückten Tasten eines Handys, ein gerauntes Wort, eine Hand, die ein Kleid streift, die schmalen Absätze einer Frau, die die Stufen erklimmt.

Ich setze mich auf unsere Bank und warte. Ich bin die Erste, heute sind alle zu spät. Auf diesem kalten, unbequemen Metall habe ich ganze Nachmittage und endlose Nächte verbracht und mit meinen Freunden geplaudert. Hier habe ich ihnen wahre und erfundene Abenteuer erzählt, ihnen meine Träume anvertraut, meine Wut und meine Ansichten entgegengeschleudert, mit ihnen gelacht und geweint. Von Liebeskummer geplagt, habe ich mir ihre Ratschläge angehört, die mir guttaten, auch wenn ich sie nicht befolgte.

Keine fünf Minuten vergehen, da packt Manel mich schon an der Schulter und nimmt mich in den Schwitzkasten, doch ich kann mich befreien und wuschele ihm durch den kohlschwarzen Haarschopf. Völlig außer Atem, mit tausend Tüten in den Händen, kommt einen Moment später Sara angehetzt. Sie arbeitet in einem großen Einkaufszentrum und nimmt sich oft Klamotten mit nach Hause. Hinter ihr entdecke ich Jana, die ihr Fahrrad an einen Pfosten schließt und mir aus der Ferne ein paar Luftküsse zuhaucht. Das sind meine ältesten Freunde, mit denen ich Erfolge und Niederlagen geteilt, mit denen ich nicht nur feuchtfröhliche Abende verbracht, sondern auch den Kater am nächsten Morgen durchgestanden habe.

»Wer fehlt denn noch? Ich verdurste gleich und brauche sofort ein Bier!« Jana schwitzt und rollt die Ärmel ihres roten T-Shirts auf die Schultern.

»Ich habe auch Laia und Xavi angerufen, sie müssten gleich da sein.« Während ich das sage, sehe ich meine beiden Studienfreunde auch schon Arm in Arm daherkommen. An der Uni habe ich nur mit den beiden wirklich Freundschaft geschlossen. Laia habe ich im Französischkurs kennengelernt und Xavi bei der Erstsemesterparty, die unter dem Motto Zickengezwitscher stand. Das gehört eben dazu, wenn man Moderne Sprachen in Barcelona studiert.

Laia fällt mir um den Hals, während Xavi sie dabei beobachtet. Sie hat ihm immer schon gefallen, weniger wegen ihrer fast zu offensichtlichen Schönheit als wegen ihrer extrovertierten Art, die sie noch sinnlicher macht. Aber er hat sich nie getraut, denn sie ist seit Jahren verlobt.

»Okay, wir sind vollzählig, sucht euch eine Bar aus«, sage ich.

Dann bleibt mein Blick an einem Punkt im Hintergrund hängen. Mit seinem ruhigen Schritt kommt er näher, die Zigarette zwischen den Lippen, die Hände lässig in den Taschen. Er hat mich entdeckt, mustert mich aufmerksam, deutet zart ein Lächeln an, während ich ihn reglos betrachte, überrascht, einen Sprung im Herzen. Ich hatte nicht erwartet, ihn hier zu sehen.

Pau, meine erste große Liebe, das erste Mal. Wir haben uns vor langer Zeit verliebt, am Ende der Schulzeit, aber es hat ein bisschen gedauert, bis wir es uns gesagt haben. Darauf folgten zwei Jahre absoluter Symbiose, pures Glück und wilde Abenteuer, wunderbare Nachmittage im Park, herrliche Meeresbuchten und eng umschlungene Nächte. Wir dachten, es sei für immer, stattdessen ging es zu Ende. Das Leben hat uns auf die Probe gestellt, und wir waren noch nicht bereit. Meine Mutter wurde krank; und ich hatte ihm plötzlich nichts mehr zu sagen, da waren nur Ängste und Ödnis und das Gefühl, in Traurigkeit zu versinken. Ich wollte ihn nicht mit mir in die Tiefe ziehen, genauso wenig wollte ich, dass er mich rettet. Die Trennung war scharf, wie eine Amputation. Seine Abwesenheit fühlte sich an, als würde mir eine Gliedmaße fehlen. Als er dann ein paar Monate später nach Paris ging, war es schließlich das Aus. Ein echter Abschied, keine Gute-Nacht-Nachrichten mehr, kein: »Ich komme dich mal besuchen.« Es war die Sonnenfinsternis einer Liebe und der Beginn einer neuen Ära: der ohne ihn.

»Ciao, Lavinia.«

Er bleibt vor mir stehen, mit diesem Gesichtsausdruck, den ich nur zu gut kenne, erwartungsvoll, ohne sich aufzudrängen, stets einen Schritt auf Abstand. Ich umarme ihn fest.

»Was für eine schöne Überraschung, ich wusste gar nicht, dass du hier bist.«

»Ich bin nur übers Wochenende da. Am Montag fahre ich wieder ... Deine Haare sind länger geworden.« Die typischen kurzen Sätze, die versteckten Komplimente, immer diskret.

»He, ihr zwei, genug Hallo und lange Haare. Hier muss endlich ein Bier her!« Jana scharrt mit den Hufen.

»Ich hätte auch Hunger, wollen wir zum Libanesen gehen?«, frage ich an alle gewandt.

»Auf zum Libanesen, wenn es der Lady behagt«, sagt Manel, ohne zu widersprechen. Dabei ist er sonst immer anderer Meinung.

Wir bestellen nur Tapas, der Tisch quillt über von Schälchen und Tellerchen mit Hummus, Pita, Tabouleh, gefüllten Weinblättern und geräucherten Auberginen. Wir probieren alle von allem, tunken das Pitabrot in den Teller des Nachbarn und schwingen die Schälchen durch die Luft wie auf einer Achterbahnfahrt. Unter schallendem Gelächter trinken wir unser Bier, und Laia treibt den Kellner in den Wahnsinn, indem sie etwas bestellt und es sofort wieder storniert.

Inmitten dieser heiteren Ausgelassenheit durchzuckt mich Melancholie wie ein Stich, als mein Blick

Pau streift, der mir gegenübersitzt. Er hat die Ellbogen auf den Tisch gestützt, und mir fällt ein, wie ich ihn immer ermahnte, dass man das nicht macht, woraufhin er sich blitzschnell aufrichtete und einen britischen Lord nachmachte. Damit brachte er mich zwar zum Lachen, machte mich aber auch wütend, bis ich ihn schließlich um Gnade bat. Diesmal sage ich nichts zu ihm. Wir sind nichts weiter als gute Bekannte, und es ist sinnlos, sich zu necken, zu lachen und zu streiten.

Nach dem Abendessen stürzen wir uns in die Bar, die wir »den Strand« nennen, weil es dort einen Raum mit Sand und großen Kissen auf dem Boden gibt, wo man Shisha rauchen kann. An den Wänden hängen Fotos von Dünen und Palmen und auch ein großes Wüstenbild mit Kamelen. Angeblich haben sie den Sand aus Marokko herbeigeschafft, und wir bestätigen dem Wirt jedes Mal, dass man es sieht. Die Farbe ist tatsächlich anders.

»Das hier ist für dich, von uns allen.« Sara reicht mir einen Zettel mit einer Reservierung für ein Hotel im Zentrum von Ravello.

»Wir wissen, dass du nicht mal für die erste Nacht was gebucht hast.«

Manel hat recht. Dass ich den Koffer bereits gepackt habe, ist schon ein Fortschritt, noch mehr Perfektion hätte ich nicht geschafft.

»Ich weiß gar nicht, was ich sagen soll. Danke, das ist wunderbar!« Ich betrachte erst den Zettel und dann wieder meine Freunde. Kurz durchfährt mich der Gedanke, dass ich sie am liebsten alle in den Koffer packen und mitnehmen möchte. Seit der Schulzeit reden wir davon, mal gemeinsam zu verreisen. Aber im Grunde meines Herzens weiß ich, dass ich alleine fahren muss.

»Hey, wir haben was Anständiges gebucht, klar? Das ist ein Viersternehotel«, ermahnt mich Xavi. »Mit Frühstück und WLAN, damit du uns gleich nach der Ankunft eine WhatsApp schicken kannst. Dann sind wir wenigstens beruhigt, weil wir dich zwischen weißen Bettlaken in Sicherheit wissen.«

Die Musik dröhnt aus den Lautsprechern, und die Gruppe zerstreut sich, alle tanzen durch den Raum.

»Es ist schön, dich wieder lächeln zu sehen.« Pau hat sich neben mich gesetzt. Er sieht mich ohne Bedauern an, freut sich ehrlich für mich.

»Und du, wie geht's dir in Paris?«

»Ich habe inzwischen eine Werkstatt, es hat sich herumgesprochen, und ich bekomme viele Aufträge. Es geht mir gut.«

Pau ist Goldschmied, er entwirft ganz wunderbare Schmuckstücke. Wie ich ihn kenne, läuft es sogar ausgezeichnet, er ist nur zu bescheiden, es zuzugeben. Ich betrachte seine Hände. Sie haben mir immer gefallen, groß und stark, wahre Zauberwerkzeuge, die Metall in wertvolle Objekte verwandeln.

»Ich beneide dich«, sage ich, plötzlich ernst. »Du hast deinen Traum verwirklicht und dafür gesorgt, dass dein Talent Früchte trägt.«

Forschend sieht er mich an, ahnt intuitiv, was hinter meinen Worten steckt. »Was gibt's von deiner Geige zu berichten? Auch du hast Talent.«

»Entschwunden, verloren, dahin, wie alle wichtigen Dinge in meinem Leben.«

Wie meine Mutter, wie du. Nicht nötig, es auszusprechen, er weiß es sowieso, ebenso wie er weiß, dass es zwecklos wäre, darüber zu reden. Jetzt, da ich kurz vor der Abreise stehe und der Sommer beginnt. Jetzt, da eine makellos weiße Klinik ein Urteil gefällt hat, und ich lächele, auch wenn ich genauso gut losheulen könnte.

Es ist spät geworden, fast drei Uhr nachts, und das Lokal schließt. Ich nehme alle in den Arm, drücke einen jeden fester als den anderen. Dann versuche ich den Abschied weniger dramatisch zu gestalten.

»Ich ziehe ja nicht in den Krieg. Wir sehen uns nach dem Sommer wieder.« Allerdings sage ich es mehr zu mir selbst als zu den anderen.

Im Lokal lassen sie bereits den Rollladen herunter, als wir auseinandergehen. Zeit zum Aufbruch. Ich sehe Pau ein letztes Mal an, er lächelt mir zu, als wolle er sagen: »Alles wird gut.«

Ich hoffe es.

Die Nacht ist dunkelblau, und auf einmal ist alles still.

3

Das Schwimmbad

Am nächsten Morgen stehe ich früh auf, die Lieder aus der Bar vom vergangenen Abend klingen mir noch in den Ohren. Ein Gefühl von Verlorenheit und Traurigkeit schlummert in mir, eine Melancholie, die von weither kommt und die ich mir nicht erklären kann. Der wunderschöne Abend kommt mir vor, wie in weite Ferne gerückt. Ich betrachte den geschlossenen Koffer und versuche mich gedanklich in die Zukunft zu beamen, hinein in die Reise, die mich erwartet. Der Flieger geht erst am Nachmittag, ich habe noch den ganzen Vormittag für mich, und spontan beschließe ich, auf den Montjuïc schwimmen zu gehen. Ich will mich aus der Höhe von Barcelona verabschieden.

Das Schwimmbad liegt auf dem Gipfel des Vorgebirges, das den Hafen beherrscht, hoch über den Häusern der Stadt. Es wurde für die Olympischen Spiele von 1992 komplett umgestaltet und hat zwei Becken, eins zum Springen und eins zum Schwimmen. Ich komme oft hier herauf. Zwar muss ich dann die ganze

Stadt durchqueren, aber es ist einer meiner liebsten Orte in Barcelona. Von der Tribüne aus kann man die Stadt bis zum Meer überblicken. Es ist ein unendlich schönes Gefühl, so hoch über den Dächern und Straßen seine Bahnen zu ziehen.

Die Umkleiden sind riesig, und ich wähle immer den Spind gleich neben den Duschen. Heute schließe ich darin den Rollkoffer ein, den ich für wenig Geld beim Chinesen gekauft habe.

Neben mir steht eine dauergewellte Dame, die mich misstrauisch mustert, während sie ihren BH zumacht. Ohne sie zu beachten, gehe ich in meinem lila Badeanzug durch die Umkleide bis zur Dusche. Als mein Blick auf mein Spiegelbild fällt, schiebt sich wie durch Zauberei der Körper meiner Mutter über den meinen. Die Dampfschwaden aus den Duschen helfen auch nicht weiter, ich kann nicht verhindern, dass die Umrisse verschwimmen. Nicht ich stehe da vor dem Spiegel, sondern sie, in den letzten Tagen ihres Lebens, als ich mich schon weigerte, sie anzusehen, weil ich sie nicht mehr wiedererkannt habe. Nun bin ich doch gezwungen, sie anzustarren. Ihre Haut ist matt, eine trübe Patina hat den Körper überzogen wie ein Overall.

Instinktiv schlinge ich die Arme um mich und streichle mich, die Ellbogen, die Handgelenke, die Muttermale, den Flaum auf meiner Haut. Es ist alles an seinem Platz, das da bin eindeutig ich, die glatte, feste Haut, stark und weiß, mit den feinen Adern, die darunter zu sehen sind. Ich schnuppere wie ein Tier an mir, streiche mir mit den Händen über den Hals, der lang und warm ist, bis zum Haaransatz. Dann sehe ich wieder meine Mutter, ihre Brust wie auf einem Bild von Picasso, aus der Form geraten wegen der Operationen. Ich ziehe den Badeanzug herunter und zeichne mit dem Finger eine Linie unter meinen eigenen Busen, eine schnurgerade, präzise Linie. Ich lege die rechte Hand auf die rechte Brust und die linke Hand auf die linke, die Brustwarzen drücken wie Kirschkerne gegen die Handflächen. Als ich an mir heruntersehe, nehme ich meinen flachen Bauch und den perfekten Nabel wahr, der Leben bedeutet und mir von ihr erzählt. Ein kleiner konzentrischer Kreis, der aussieht wie ein Loch in einem Baum. Ich stelle mir mich selbst als Baum vor, meine Beine zwei lange Wurzeln, zart, aber tapfer, mit den kantigen Knien und den schmalen Knöcheln.

Geh nicht weg, Mama. Verlass mich nicht. Schenk mir noch einmal deinen munteren, intelligenten Mutterblick. Wir starren uns noch einmal in die Augen. Augen, die länglich sind wie Mandeln, so viel Süßes liegt in diesem Blick! All die Schlaflieder liegen darin, all die Küsse auf Wunden, all die Male, die du mir über den Kopf gestreichelt hast, die gemeinsam verbrachten Sonntage, zahllose Umarmungen, unendlich viele Tage, die du mit mir verbracht hast. Sag mir, wohin gehst du? Wo finde ich dich? Lass mir wenigstens eine Telefonnummer da. Deine Stimme ist vielleicht schon genug. Du fehlst mir so sehr.

»Entschuldige, bist du so weit?«

Jemand hinter mir katapultiert mich in die Realität zurück. Ich trete zur Seite und überlasse den Spiegel einem anderen Mädchen.

Auf dem Weg zum Schwimmbecken merke ich, dass ich vergessen habe, die Badekappe aufzusetzen. Es ist ein schwieriges Unterfangen, bis ich meine braune Mähne unter das Gummiteil gezwängt habe. Ich wickle die Haare zu einem Dutt, setze die Kappe auf und schiebe ein paar lose Strähnen sorgfältig darunter. Dabei kommt die Erinnerung an jenen Tag zurück. Vor zwei Jahren war das.

Meine Mutter und ich stehen in ihrem Badezimmer. Durch das Fenster scheint die Sonne herein, taucht den Raum in helles Licht und füllt ihn mit einer Wärme, von der in unseren wütenden Herzen im Moment nichts zu finden ist.

Ich betrachte den Kopf meiner Mutter, sie trägt die Haare immer noch schulterlang. Ich habe keine Angst vor dem, was ich gleich tun werde, sehr wohl jedoch vor dem, was es bedeutet: die Macht der Krankheit anzuerkennen. Ich bin im Begriff, meine Mutter dem Krebs zum Fraß vorzuwerfen, obwohl ich ihr nichts lieber sagen möchte als: »Morgen bist du gesund«, um gleich darauf eine sehr seltene wilde Blume mit magischen Kräften zu pflücken, ihr damit über den Leib zu streifen und sie so zu heilen.

Aber ihr Entschluss steht fest. Nicht die Krankheit soll ihr einen kahlen Kopf bescheren, sie will schneller sein.

Vor ein paar Tagen hat sie mir einen Rasierapparat hingehalten und gesagt: »Leg los, nur keine Angst.«

Ich verstand erst nicht, war fast beleidigt. »Gibst du etwa auf?«

Auf dem Nachhauseweg habe ich dann im Supermarkt zwei nagelneue Elektrorasierer und einen Schokoriegel gekauft. Ich werde sie nicht alleine lassen, sie muss das nicht ohne mich erdulden.

So nehmen wir jetzt jede einen Rasierer in die Hand und drücken auf »On«. Das Summen der Geräte untermalt unser brutales Vorhaben. Wir beginnen mit der Rasur von der Stirn aus und scheren eine Bahn, wie zwei Traktoren, die über ein Kornfeld fahren und alles niedermähen, was sie vorfinden. Mama lächelt mir zu. Ich lächele zurück. Die Büschel fallen auf die blauen Kacheln, ohne jedes Geräusch. Auch meine Tränen sind stumm. Sie hingegen weint nicht, sie ist stark wie ein Fels. Auf dem Boden bildet sich eine weiche Decke aus braunen Haaren, die ich in Brand stecken möchte, als wäre sie Brennholz. Wir sehen beide in den Spiegel, unsere exponierten Schädel hell und urtümlich, die Gesichter zwei einsame Ovale.

Der Ritus ist vollzogen. Ich breche den Schokoladenriegel entzwei, gebe ihr die Hälfte davon, und wir beißen gierig hinein. Zwei Kriegerinnen, bereit zur Schlacht.

An jenem Tag habe ich wirklich gedacht, dass sie es schaffen könnte, dass sie nicht sterben würde, weil sie stärker war als alle anderen, weil wir zusammen unbesiegbar waren. Aber es hat nicht gereicht, und nun stehe ich hier im Schwimmbad, fasse mir an die Badekappe und denke an sie, denke, dass ich gerne wenigstens ein Viertel von ihrer Kraft hätte.

Ich springe ins Becken. Das Wasser spült alle Gedanken von mir ab, und ich bin eins mit ihm, ich hülle mich in das Nass, fühle mich fließend, leicht, unsichtbar, verborgen. Heute verlasse ich Barcelona, die geliebte Stadt, ich grüße sie ein letztes Mal von hier oben und umarme sie, Meer und Berge, Sonne und Lärm, Bars und Touristen. Ich verlasse die Stadt und meine Wohnung, den ewig leeren Kühlschrank, ein paar überfällige Rechnungen, die ehrlichen Bemühungen meiner Freunde, die schlaflosen Nächte, ein Buch über Trauerbewältigung, das ich nie zu Ende gelesen habe.

Ich gehe weit fort und lasse all das zurück und ein Geheimnis in meinem Schlafzimmerschrank noch dazu. Darin habe ich meine Geige deponiert, und um sie zum Schweigen zu bringen, habe ich sie sogar in ihren Kasten gesteckt. Dann habe ich alles verschlossen, den Kasten und den Schrank. Ich habe viele Jahre, möglicherweise zu viele, damit zugebracht, diesen Gegenstand mit mir herumzutragen, den ich nie bis in die Tiefe verstanden habe und den ich völlig unerwartet zu meinem fünften Geburtstag bekommen habe.

Ich strecke mich auf dem warmen Boden am Beckenrand aus und sauge die Sonne in mich auf. Noch in den kleinsten Einzelheiten kann ich mich an alles erinnern. Ich war zwar noch jung, aber die Überraschung hat bei mir einen tiefen Eindruck hinterlassen.

Nach dem Fest, die Gäste waren schon gegangen, war mitten unter dem Geschenkpapier ein weiteres Paket aufgetaucht. Es hatte keinen Absender, keine Karte lag bei. Es war Liebe auf den ersten Blick, als ich die wunderschöne Geige in Händen hielt. Ich war mir sicher, dass Zauberei dahintersteckte, dass eine Fee oder ein Kobold die Hand im Spiel hatte. Da ich unbedingt darauf spielen lernen wollte, meldete mich meine Mutter an einer der wichtigsten Privatschulen in Katalonien an. Bald stellte sich heraus, dass ich Talent hatte. Geige zu spielen war, wie ganz tief Luft zu holen, es war wie Schwimmen. Auf unbekannten Wegen war das Instrument zu mir gelangt, dennoch kam es mir vor, als habe es schon immer zu mir gehört. Die Lehrer ermutigten mich, und nach und nach entstand in mir der Wunsch, mich ganz der Musik zu widmen, sie zu meinem Beruf zu machen. Alles lief wunderbar, bis vor einem Jahr.

Ich stand damals kurz vor der Prüfung für das Masterprogramm der katalonischen Musikhochschule ESMUC. Mit viel Fleiß und Disziplin hatte ich mich darauf vorbereitet, auf Ausgehen und Abendessen mit Freunden hatte ich eine Weile ganz verzichtet. Scheitern kam nicht in Frage, denn diese Prüfung würde meine Zukunft festigen, auch wenn ich mich schon vor langer Zeit dafür entschieden hatte. Ich wollte eine berühmte Geigerin werden und fühlte mich bereit für den großen Sprung.

Genau einen Tag vorher, ich war gerade dabei, ein

paar langweilige Formulare für das Sekretariat auszufüllen, fiel mir zufällig ein auf die Musikhochschule ausgestellter Scheck in die Hände. Vor allem ein Detail lenkte meine Aufmerksamkeit auf sich. Darauf stand nämlich nicht etwa der Name meiner Mutter, die Überweisung stammte vielmehr von einem anonymen Gönner. Daraufhin sah ich mir auch die anderen Zahlungen an: alle anonym. Meine gesamte Ausbildung war von jemandem bezahlt worden, den ich nicht kannte. Klar, wie hätte meine Mutter sich bei ihrem Gehalt einen so hohen Betrag leisten können? Das Detail nahm plötzlich riesenhafte Ausmaße an, eine Leerstelle, die sich unmittelbar mit einer anderen Leerstelle verband: mit der Geige ohne Absender. Die Wahrheit raste auf mich zu wie ein Hochgeschwindigkeitszug. Der Schatten des großen Abwesenden in meinem Leben verschluckte mich: mein Vater.

Ich wusste so gut wie nichts von ihm, bis auf die bruchstückhaften Informationen, die ich meiner Mutter im Lauf der Jahre hatte entlocken können. Angeblich war er ein starker, faszinierender Mann, den sie während eines Sommerurlaubs kennengelernt hatte. Ihr Liebesintermezzo war nur kurz gewesen, ein wunderschöner Traum, der nicht von Dauer war. Er hatte bereits eine Familie, ein anderes Leben, das zu weit entfernt war von ihrem. Nachdem sie wenige Tage miteinander verbracht hatten, hörten sie nie wieder voneinander. Mehr wusste ich nicht und hatte auch nie tiefer gebohrt, weil ich merkte, wie traurig es meine

Mutter machte. Zum ersten Mal gab sie nur unzureichende Antworten auf meine Fragen, was so gar nicht zu ihr passte. Ich bemerkte ihre Distanz, ihren Widerwillen und zog es vor, nichts zu erzwingen. Mein Vater war nie für mich da gewesen, würde es auch in Zukunft nicht sein. Was scherte mich das überhaupt? Er hatte uns verlassen. Das sollte mir genügen, um ihn ins Reich des Vergessens zu schicken.

Die Entdeckung, dass er in all den Jahren wie ein Schatten hinter mir gestanden hatte, löste damals ein Erdbeben in mir aus. Es hing alles zusammen, die Geige und das Studium. Nur er konnte dahinterstecken. Zu meiner Mutter sagte ich nichts, da die Krankheit sie schon zu verschlingen drohte.

Als ich am Prüfungstag die Schule betrete, fühle ich mich wie erdrückt von dieser Enthüllung. Ich gehe die Stufen zur Aula Magna hinauf und spüre das Gewicht der Geige auf den Schultern, unerträglich schwer. In mir brodelt ein Vulkan der Wut, der mit jedem Moment heißer und gefährlicher wird.

»Guten Tag. Bitte, nehmen Sie Platz«, sagt der älteste der anwesenden Professoren.

Neben ihm sitzen die anderen vier Mitglieder der Kommission. Sie mustern mich eingehend von ihren Plätzen hinter dem langen schwarzen Schreibtisch, auf dem viele Blätter und Partituren liegen. Ich mustere sie ebenso eingehend und merke sofort, dass jemand fehlt. Jedes Jahr beruft die Schule einen Gast ins Gremium, einen anerkannten Musiker, der seine persönliche

Meinung über die Vortragenden äußert. Dieses Jahr war der Name eines Italieners im Gespräch, Claudio Giarda. Unter Insidern wird er als eine Art Gottheit verehrt, einer der genialsten Geiger der neuen Generation, mit einer schillernden, unkonventionellen Persönlichkeit. Es heißt, er habe die von der Schule angebotene Professorenstelle abgelehnt, um sich nicht vom System vereinnahmen zu lassen. Er wolle weiterhin die Freiheit haben, mit seiner Musik auf Reisen zu gehen. Ich hatte leider nie Gelegenheit, ihn persönlich kennenzulernen. Wie auch immer, die lebende Legende hat offenbar beschlossen, heute nicht zu erscheinen. Umso besser.

Ich lege die Partitur auf den Notenständer. Das Stück, das ich ausgesucht habe, ist mir immer lieb gewesen: *La Vida Breve* von Manuel de Falla. Monatelang habe ich geübt, trotzdem kommen mir die Noten jetzt vor wie unverständliche Hieroglyphen. Mit zitternden Fingern klappe ich den Geigenkasten auf, nehme fast mit Ekel das Instrument in die Hand und denke dabei an meinen Vater, obwohl ich ihn aus meinen Gedanken zu vertreiben versuche. Ob ich ihm wohl ähnlich sehe? Mein Kopf, so scheint mir, schwebt völlig frei im Raum, und ich merke, wie die Konzentration sich davonstiehlt. Als ich zu spielen beginne, wirkt der Kontakt des Streichbogens mit den Saiten als Auslöser. Der Vulkan in mir bricht aus, die Noten stieben davon wie Lavastücke, prallen von den Wänden ab, kreischen schmerzhaft. Mein Vater ist plötzlich zu einer Person geworden, zu jemandem, der nicht einmal einen Namen hat, jedoch zweifellos existiert, und mit einem Mal habe ich verlernt zu spielen. Ich hätte es vorgezogen, wenn er ein Niemand geblieben wäre, eine Rauchwolke, aber jetzt ist er plötzlich real, er ist eine Gegenwart, die mich verwirrt und erzittern lässt.

Hinter dem Prüferschreibtisch materialisiert sich inzwischen ein Mann, der gerade Platz genommen hat. Da ist er ja, das muss Giarda sein. Er ist gekommen, um mir mitten im schlimmsten Vortrag meines Lebens zuzuhören. Den Blick stur auf die Partitur gerichtet, wage ich es nicht, mich umzudrehen, aber ich fühle, wie sein Blick auf mir lastet, bemerke seine schlanke Gestalt, den ruhigen Atem, die durchdringenden Augen, die durch die dunkle Brille noch rätselhafter wirken.

Während ich musiziere, sehe ich aus dem Augenwinkel, wie er mit einem Bleistift spielt, die Hände groß und kräftig, die Finger lang und gelenkig. Er langweilt sich, fährt sich mit diesen Fingern durch die Haare. Ich bin total verkrampft, bringe die Saiten mit dem Bogen zum Quietschen, es ist mein Schmerzensschrei. Mir bricht der kalte Schweiß aus, mein Gehirn funktioniert nicht mehr, ist voller Fragezeichen, ich bin ein unvollständiges Puzzle. Nur mit Mühe bringe ich das Stück zu Ende. Die letzte Note. Ich habe mein Schlechtestes gegeben. Ich bin mein Schlechtestes.

Ich möchte die Flucht ergreifen, aber das geht nicht, denn ich muss auf die Beurteilung warten. Die

Professoren schütteln den Kopf, murmeln etwas und notieren eine niedrige, nicht ausreichende Punktzahl: nicht angenommen. Dann richten sich die Augen aller, die meinen eingeschlossen, auf den eingeladenen Berufsmusiker. Endlich kann ich ihn ansehen.

Er ist deutlich jünger als die anderen, sieht eher aus wie ein Rockgitarrist und nicht wie ein Meister klassischer Musik. Er ist groß und sehnig, trägt Jeans und Hemd, einen kurzen Bart und dichte schwarze Locken. Hinter den dunklen Brillengläsern ist das Funkeln zweier glühender Kohlen zu erkennen. Die Hemdsärmel sind aufgerollt, vielleicht wegen der Hitze, und geben den Blick auf muskulöse Unterarme frei. Dann erhebt er sich ruhig und legt den Bleistift auf den Schreibtisch, ich bleibe sitzen, sehe ihn an, meine Hände zittern. Er betrachtet mich einen langen Moment und bestätigt dann das Urteil der Professoren. Ruckartig stehe ich auf, panisch darauf erpicht, mich irgendwo zu verstecken, ganz weit weg. Dabei stolpere ich über den Stuhl. Als ich die Tür aufreißen will, ruft er mich zurück.

»Warten Sie …«

Ich drehe mich nicht um, ich bleibe nur stehen und lausche. Er hat eine raue, tiefe, volltönende Stimme. Ich bin kurz vorm Exitus. Ich kann mich nicht bewegen, warte voller Spannung auf das, was er mir zu sagen hat. Ich habe das Gefühl, am Boden festgewachsen zu sein. Wieder Stille, dann ein kleiner Seufzer, ich stelle mir vor, wie er die Lippen öffnet.

Endlich spricht er. »Wenn Sie diese Prüfung heute nicht bestanden haben, dann war das nicht aus Mangel an Bravour. Musik ist Ordnung und Chaos zugleich, Technik und Emotion, aber diese Gegensätze müssen ein Gleichgewicht finden. Sie können die Finger perfekt bewegen, lernen Sie also, auch Ihr Herz zu beherrschen.«

Ich drehe mich nicht um, möchte nur weglaufen.

Auf dem Nachhauseweg kratzt sein Satz auf meiner Haut, bricht mir die Knochen, bahnt sich einen Weg in mich hinein wie eine Gewehrkugel, höhlt mich innerlich aus.

So kam es, dass ich beschloss, die Geige in den Schrank zu sperren und die Musik für immer aufzugeben. Ich will kein Geschenk von jemandem haben, der ein Niemand ist.

Außerdem hat Giarda völlig recht: Ich bin der Sache nicht gewachsen.

Ich habe nämlich nicht die geringste Ahnung, wie man es anstellt, sein Herz zu beherrschen.

4

Die Terrasse der Unendlichkeit

Am Flughafen von Barcelona ist es immer windig. Ich erkenne es an den hohen Palmen, die die Fassade säumen und deren lange, spitze Blätter niemals aufhören zu wogen. Gleichzeitig vernehme ich das liebliche Geräusch, ein feines Zischen, das sie verursachen, wenn sie einander einen ganz kurzen Moment lang streifen. Wie elegant die Palmen doch sind, denke ich, und während mir ein letzter heißer Luftstoß ins Gesicht schlägt, trete ich durch die Schiebetüren ins Innere. Draußen die schmachtende Poesie der Stadt, drinnen heruntergekühlte Luft und Technologie.

Ich stelle mich am Schalter an und schaue mich um. Der Flughafen ist ein Universum für sich. Zwischen den Anzeigetafeln mit den Ankunfts- und Abflugzeiten, den Rolltreppen, Gepäckwagen, Check-in-Schaltern, Hüfttaschen und Rucksäcken scheinen die Passagiere nur Requisiten zu sein, wie alles andere auch.

Wir starten gleich, aber ein etwa fünfzigjähriger Herr versucht immer noch, seinen Koffer in die

Gepäckablage über ihm zu quetschen. Er dreht ihn in alle Richtungen, ohne Erfolg. Die Blicke aller Passagiere sind auf ihn gerichtet, und in den Gesichtern derjenigen, deren Gepäckstücke sich jetzt sicher über ihren Köpfen befinden, liegt eine Mischung aus Mitleid und Arroganz. Die Stewardess überredet ihn zur einzig möglichen Lösung: Der Koffer muss in den Frachtraum. Der Herr fügt sich in sein Schicksal, nimmt niedergeschlagen und vor allem verschwitzt Platz.

Ich verfolge das Spektakel aus der letzten Reihe, es macht mir Spaß, die anderen Passagiere zu beobachten. Die Maschine ist proppenvoll, es herrscht Urlaubsstimmung. Die stellt sich ein, wenn einem alles egal ist, so als hätte man plötzlich ein anderes Leben. Man kann den Abfall auf den Boden werfen, die Flipflops ausziehen und die nackten Füße auf den Flugzeugteppich stellen, denn man ist nicht mehr man selbst. Man ist nicht mehr die Person, die im Alltag die Tüte in den Papierkorb wirft und niemals barfuß gehen würde.

Eine Gruppe Kinder kniet auf den Sitzen, sie reden alle durcheinander und rufen sich lautstark mit Namen. Sie sind offensichtlich aufgeregt wegen der Reise und so geladen, dass sie sich, wenn die Maschine nicht abheben würde, schwimmend auf den Weg nach Neapel machen würden. Sie sind weder müde noch spüren sie die Zeit, sie befinden sich in einer anderen Dimension, sind unbesiegbar.

Auch ich müsste mich eigentlich so fühlen, denke

ich, aber die Wahrheit ist, dass ich mich noch nicht von dem Ballast befreit habe, dass ich noch in meiner winterlichen Alltagsversion zugegen bin. Es gab eine Zeit, als die Urlaubs-Lavinia beim ersten warmen Windhauch zum Vorschein kam. Dieses Jahr währt die Lethargie jedoch länger als sonst, und ich habe Mühe, sie aus ihrer Höhle zu locken. Sie hat sich darin verschanzt wie ein träges, allzu scheues Tier. Auf meinem Schoß liegt das Album meiner Mutter, ich schlage es auf und blättere ein paar Seiten um. Ohne dieses Büchlein wäre ich jetzt nicht hier. Ich brauche dringend ein weiteres Motto, etwas zur Ermutigung oder Beruhigung.

Neben einer Aufnahme des Meeres entdecke ich es, und es scheint mir das perfekte Gegenmittel gegen meine Zweifel zu sein. »Trotze dem Bekannten wie dem Unbekannten. Betrete Nächte wie Tage ohne Angst.« Es klingt wie eine Aufforderung meiner Mutter an sich selbst anlässlich einer Reise, die sie vor vielen Jahren unternommen hat. Ich lasse die Worte auf der Zunge zergehen …

»Schließen Sie jetzt bitte die Sicherheitsgurte und stellen Sie die Sitze in eine aufrechte Position, schalten Sie Ihre Handys und elektronischen Geräte aus …« Na also, es geht los.

Flugzeuge haben eine einschläfernde Wirkung auf mich, ein Gefühl völliger Hingabe überfällt mich, sobald ich mich über die Stadt erhebe, während diese am Boden verwurzelt ist. Meine Augen suchen den Torre

Mapfre und den Torre Agbar, die sich in der Ferne abzeichnen, und fallen dann einfach zu.

Ich sehe meine Mutter aus dem klaren Wasser eines Sees oder Meeres steigen, ihre langen Haare schimmern sanft, sie trägt keinen Badeanzug, ihr junger Körper ist nackt. Sie streckt die Arme nach mir aus und lächelt auf eine so warme und vertrauenerweckende Weise, dass ich mich hineinwerfen möchte, aber da ist etwas, das mich zurückhält.

»Komm, Lavinia, meine Kleine.«

»Ich kann nicht schwimmen, Mama.«

»Natürlich kannst du schwimmen«, lacht sie laut, als hätte ich etwas Absurdes gesagt.

Dann tritt sie zu mir, umfasst meine Arme und wirft mich ins Wasser. Wir tauchen gemeinsam unter, das Wasser ist kalt, blau, durchsichtig. Sie lässt meine Hände nicht los, sondern drückt sie fest, während wir dahintreiben. Ich bin überglücklich, wie wir zusammen durch dieses Reich der Stille tanzen. Wir drehen uns im Kreis, in einem unendlichen Strudel, bis wir wieder auftauchen. Während mir die Sonne das Gesicht wärmt, suche ich das meiner Mutter, drehe mich nach allen Seiten um, aber es ist nicht mehr da. Ich bin allein mitten im Wasser zurückgeblieben, ich kann schwimmen und habe keine Angst. Ein greller Strahl blendet mich. Ich schließe die Augen und öffne sie wieder. Wir sind gelandet.

Noch bevor ich das Flughafengebäude verlasse, bestelle ich mir einen Kaffee. Ich muss wach werden, und der heiße, aromatische Espresso versetzt meinen Sinnen wie erhofft einen schönen Peitschenhieb. Am Informationsschalter erkundige ich mich, wie ich am besten nach Ravello komme. Eine überaus höfliche junge Frau erklärt mir, dass ich den Bus nehmen muss. Ich stelle fest, dass mein Italienisch gar nicht eingerostet ist, obwohl es eine ganze Weile her ist, seit ich es an der Universität gelernt habe.

Immerhin hat es da ja auch noch Leonardo gegeben, den Römer, mit dem ich damals kurz zusammen war.

Wir machten uns einen Spaß daraus, Italiener zu mimen. Meine hölzerne Sprechweise amüsierte ihn, während ich seinen Tonfall zum Sterben schön fand, weil er mich an die Schauspieler in den italienischen Schwarzweißfilmen erinnerte. Alles Italiener par excellence, mit großer Nase, dicken Augenbrauen, immer zu Komplimenten aufgelegt und auf natürliche Weise sympathisch. Auch wenn es nur eine harmlose Liebelei war, werden mir die Abende mit ihm immer im Gedächtnis bleiben. Ich erinnere mich noch gut an die Johannisnacht am Strand, als wir den Sommer willkommen hießen, übers Lagerfeuer sprangen und die ganze Nacht im tiefen Sand tanzten. Es war uns egal, ob er uns verschlucken würde, denn für uns zählte nur eins: dass wir uns liebten. Am Ende des Sommers war es auch mit uns vorbei, aber das ergab durchaus Sinn, denn wenn wir alljährlich übers Lagerfeuer gesprungen wären, hätten wir es bloß irgendwann in Asche verwandelt. Stattdessen ließen wir es einen Sommer lang richtig lodern, um es dann einfach auszublasen wie Kerzen auf einer Torte.

Es war eine sehr körperliche Liebe, eine Stichflamme, die nicht von Dauer sein konnte.

Bei der Erinnerung an Leonardo muss ich grinsen, weil mir seine schönen italienischen Worte von Nutzen sein werden auf der langen Reise, die mich erwartet.

Der Weg von Neapel nach Ravello ist nicht weit, allerdings ist es kein leichtes Unterfangen, aus der Stadt herauszukommen. Der Bus steckt immer wieder fest im Verkehrschaos zwischen in zweiter Reihe geparkten Autos, roten Ampeln und grauen Blechlawinen, die sich im Schritttempo voranschieben. Draußen vor den Fenstern ragen Arme aus Hemdsärmeln, steigt hin und wieder der Rauch einer Zigarette zum Himmel auf. Ich habe es eilig, Neapel hinter mir zu lassen, und bin nicht bei der Sache, dennoch kommt mir manches bekannt vor, so als wäre ich noch in Barcelona. Die lächelnden Menschen etwa, die auf der Straße miteinander plaudern, ein Stück Pizza oder ein Getränk in der Hand, die Möwen auf der Suche nach Nahrung, die mit Tischen und Stühlen vollgestellten Gehsteige, der Geruch des Meeres. Für einen Moment habe ich Lust, aus dem Bus zu steigen und mich in dieses Leben zu stürzen. Ich bin gerade erst in Italien angekommen, und schon habe ich das Gefühl, in eine andere Dimension, nämlich in die der Reise, gesaugt zu werden. Instinktiv werfe ich einen Blick auf das Album, und sofort steigen die Fragen wieder in mir hoch. Was will ich mir selbst beweisen? Will ich wirklich drei Monate alleine verbringen? Ich, die ich mir nie auch nur ein Wochenende für mich gegönnt habe? Es gibt keine Antwort darauf, nur den Zeitraum, der vor mir liegt. Ich koste den Klang der Namen aus: Juni, Juli, August.

Antworten habe ich zwar keine, aber auch keine Angst. Ein Schauer der Neugier durchläuft mich von oben bis unten, und ein winziges Lächeln liegt auf meinem Gesicht, während ich die Passanten betrachte. Ich frage mich, wer sie sind, möchte sie alle kennenlernen. Dank der Leichtigkeit, die mich ergreift, fällt nach und nach die Nervosität von mir ab. Ich weiß, dass ich hier jemanden treffen werde, es geschieht jedes Mal, wenn ich dieses Gefühl habe, dass meine Lunge gut gefüllt ist und meine Augen weit geöffnet sind.

Die Straße wird breiter, das Gewimmel weniger. Am Stadtrand mehren sich Betonblöcke mit Balkonen, auf denen Wäsche zum Trocknen hängt und Fernsehantennen angebracht sind. In Ravello verändert sich die Landschaft erneut drastisch. Von weitem kommt mir der Ort vor wie ein glitzernder Ring hoch über dem Meer, die Häuser am Steilhang über dem Wasser sind eins mit dem Felsen, der sie hält, sie sind Teil der Erde, immer schon gewesen, als wären sie nach einem Regentag aufgeblüht.

Als ich aussteige, spüre ich, wie die Sonne meine Haut erwärmt. Ich bleibe stehen und weiß nicht, wo ich anfangen soll. All diese Schönheit zusammengenommen ist ein Angriff auf die Sinne, an einer Stelle zu beginnen erscheint mir unmöglich, denn ich möchte jetzt schon jeden Winkel erforschen, jedes Haus betreten und gleichzeitig auf allen Balkonen sitzen und Limonade trinken. Ich mache mich auf den steilen Weg zum Hotel, stellenweise färbt Stechginster die felsigen Wände. Ich bin müde von der Reise, aber der Gedanke, dank meiner Mutter in diesem Schmuckstück gelandet zu sein, lässt mich die Anstrengung würdigen. Plötzlich ist es, als ginge sie neben mir, mit ihrem entschlossenen, fast militärischen Schritt, als sagte sie zu mir: »Komm schon, Lavinia, hab dich nicht so! Schau doch nur, wie wundervoll!« Ich sehe sie förmlich vor mir, wie sie sich einen Stechginsterzweig hinters Ohr steckt.

Villa Hollein, das Hotel, das meine Freunde reserviert haben, liegt kurz vor der Ortsmitte, eingekeilt auf einem Felsen in perfekter Harmonie mit der Landschaft. Das Weiß und Blau der Fassade wird unterbrochen von den Blättern des Efeus und den violetten Bougainvilleabüschen, die sich über die Felsbögen ranken.

In der Eingangshalle steht ein Paar mittleren Alters, er mit Strohhut, sie in weißer Leinenhose, das sich gerade vom Hotelpersonal verabschiedet. Er hebt die großen braunen Ledertaschen auf, sie hängt sich bei ihm ein, und sie machen sich auf den Weg die Treppen hinunter ins Tal.

Durch die dünnen Sohlen meiner Turnschuhe spüre ich den kühlen Marmorfußboden. Mein Einzelzimmer hat einen kleinen Balkon mit Meerblick. Die Fenster stehen offen und lassen die erfrischende Meeresbrise herein. Auf dem niedrigen Tisch am Fußende des Bettes steht ein Korb mit frischen gepflückten Zitronen. Weiße Handtücher liegen perfekt gefaltet auf der korallenfarbenen Überdecke. Ich finde alles ganz wunderbar.

Nach einer schnellen Dusche ziehe ich die Jeansshorts und eine ärmellose Bluse an und schlüpfe in die silbernen Sandalen. Meine Glieder wollen sich frei fühlen, die Haut will atmen. Ich wackele mit den Fingern und Zehen und bringe das Blut zum Zirkulieren. Das ist für mich Sommer.

Ich nehme das Handy vom Nachttisch und tippe eine Nachricht für meine Freunde: »Bin im Hotel angekommen. Es ist wunderschön!!! Sogar mit Meerblick. Wie geht's euch? Was treibt ihr so?«

Sie antworten mir umgehend, die einen aus Barcelona, die anderen aus ihren jeweiligen Urlaubsorten. Sara ist gerade auf dem Sprung nach New York. Scherzhafte Worte voller Zuneigung gehen hin und her, ich stecke sie zusammen mit dem Handy in die Tasche und habe das Gefühl, ich trage sie mit mir herum, diese bunte Meute, die wie eine Familie für mich ist.

Es ist später Nachmittag, als ich losziehe, und noch immer sehr heiß. In den Bars auf der Piazza del Duomo sind alle Tische besetzt, alle essen Eis. Ich kaufe mir ein *tramezzino* und eine Limonade auf die Hand, ich will umherschlendern und vor Einbruch der Dunkelheit den Garten der Villa Cimbrone erkunden. Beim Einchecken im Hotel habe ich in einem Prospekt gelesen, er sei ein zauberhafter Ort, hoch über dem Meer gelegen und mit einem historischen Gebäude, das ein britischer Bankier Anfang des zwanzigsten Jahrhunderts gekauft und restauriert hat. Am meisten zieht mich jedoch der Name des Belvedere an: »Terrasse der Unendlichkeit«.

Ich gelange zum Garten, indem ich so viele Treppen steige, dass ich ganz kurzatmig bin, als ich endlich oben ankomme. Während ich verschnaufe, sehe ich mich um und entdecke die antiken Statuen und Säulenreste, die den verzaubert wirkenden Garten schmücken. Von einem Brunnen aus führt ein langer, steinerner Laubengang, der mit Efeu und Blumen überwuchert ist, zum Meer. Im Vorbeigehen streiche ich über die Muscheln und kleinen Kiesel im porösen Mauerwerk, um sicher zu sein, dass es kein Traum ist. Am Ende ist das Belvedere zu sehen, wo sich ein Panorama von unendlicher Schönheit mit Blick auf den Golf von Neapel eröffnet.

Es ist so still, dass das Rauschen der Bäume einen rhythmischen und musikalischen Klang annimmt. Doch dann nehme ich ein weiteres Geräusch wahr, das weniger zufällig wirkt, menschlicher. Es dringt von einer der antiken Statuen herüber, und mir wird schlagartig klar, dass ich nicht allein hier bin. Ein Mann und eine Frau haben offensichtlich jedes Schamgefühl über Bord geworfen und stöhnen im Gleichklang. Dabei klammern sie sich so eng aneinander, dass ich den Eindruck habe, nur einen Körper vor mir zu haben, mit einer Vielzahl von Händen, die ihn streicheln. Der Mann überragt die Frau mit seiner mächtigen Gestalt, seine Locken verflechten sich mit ihren langen Haaren.

Die Statue beobachtet die beiden kühl, während ich wie versteinert dastehe und spüre, wie ein Feuer in mir auflodert und eine fiebrige Schaulust aufkommt. Die Atemzüge der beiden, anfangs gedämpft, stimmen jetzt eine Hymne enthemmter Wollust an. Es gibt keine Gesetzmäßigkeiten in ihren Bewegungen, weder Regeln noch Drehbuch, nur Fleisch und Instinkt. Der Mann nimmt das Gesicht der Frau zwischen die Hände und leckt vom Kinn bis zur Stirn darüber, besitzergreifend, aber mit wenig Liebe. Sie sucht seine Lippen und saugt gierig daran.

Ich verberge mich hinter der Säule, aus Angst, entdeckt zu werden, ich möchte weggehen, kann den Blick jedoch nicht von den verschränkten Beinen und Armen lösen, erst recht nicht von dem Rücken des Mannes, der wie aus Stein gemeißelt aus den prallen Pobacken emporwächst. Ich fühle mich als Teil des Schauspiels, und während sich der Abend herabsenkt, verschwindet alles um uns herum – der Garten, die Statuen, das Meer. Die Körper winden sich in einem ekstatischen Kampf, als der Mann erst die Hände in ihre Haare krallt, um dann ihre Hüften zu packen und sie zu sich heranzuziehen. Er wölbt den Rücken, streckt das verzückte Gesicht in die Luft und …

In diesem Moment kreuzt sein Blick den meinen. Einige unendliche Sekunden lang fordern mich seine Augen heraus, alles andere als verlegen, provozierend, triumphierend gar, und während ich im Tanz der beiden verankert bleibe, hypnotisiert von ihrer Kraft, habe ich ein Déjà-vu. Ich habe diese Augen irgendwo schon mal gesehen. Nur wo?

Dann zerrt die Befangenheit mich mit sich weg. Ich weiche einen Schritt zurück, drehe mich um und renne davon.

Hastig durchquere ich den Garten in Richtung Ausgang, stolpere die Treppen hinunter, setze mich auf die erstbeste Bank und atme tief durch. Ich knöpfe die Bluse auf, bemerke die Schweißperlen am Kragen, beuge mich nach vorne und lasse den Kopf zwischen den Knien baumeln, sodass meine Haare wie ein Vorhang herunterfallen. So verharre ich für einige Minuten. Ich bin erschüttert, nicht weil ich entdeckt wurde, sondern weil ich merke, mit welch gespannter Gier ich dieses Schauspiel verfolgt habe.

Als ich den Kopf hebe, fällt mein Blick auf einen Zitronenzweig, der aus dem Lattenzaun einer Villa hängt. Ich pflücke eine Frucht, zerteile sie, indem ich sie zerquetsche und dabei meine Sandalen benetze. Dann trinke ich den Saft, spüre die sauren Rinnsale in den Mundwinkeln und trockne mich schließlich mit dem Zipfel meiner Bluse ab. Ich fahre mir mit beiden Händen durch die Haare, sodass der Saft der Zitrone sie hinten hält. Ich strecke die Beine aus, das Orange des Sonnenuntergangs wärmt mich von oben bis unten, und ein wohliges Beben durchzuckt meinen Körper. Mein Blut zirkuliert wieder. Jenes Erwachen, auf das ich seit langer Zeit warte.

Ich mache mich auf den Rückweg zum Hotel, verliere mich absichtlich in den Gassen, streife mit einem Zweig an den steinernen Mauern entlang und hinterlasse dabei eine Spur. Dabei lausche ich auf das harte, vibrierende Rasseln, das dabei entsteht, dasselbe Geräusch, von dem ich mir vorstelle, dass die Rädchen in meinem Körper es machen. Ich spüre, wie sie sich in Gang setzen und drehen, als wäre ich eine Blechpuppe, die wieder in Bewegung geraten ist.

Als ich ankomme, ist es dunkel, einige Fenster sind beleuchtet, Schatten bewegen sich hinter den Vorhängen, still, flüchtig. Die Hotelhalle ist voller Leute, die kommen und gehen. Ich betrete den Aufzug, wo ein Paar sich gerade küsst, bei meinem Eintreten aber voneinander ablässt. Sie tragen Sommerkleidung, ein wenig zerknittert, riechen nach frischem Schweiß und Erde. Ich erkenne ihre Haare wieder, seine Augen. Es sind die beiden aus der Villa Cimbrone.

»Welche Etage?«, fragt er mich mit Nonchalance, während sich die Türen schließen und ich diesem engen Raum nicht mehr entfliehen kann.

»Welche Etage?«, wiederholt er nachdrücklich, als hätte ich ihn nicht verstanden.

Sie lacht ein wenig schrill, amüsiert. Mein Blick ruht auf ihm, er erinnert mich nach wie vor an jemanden, wenn auch nicht von hier, nicht von heute. Der Aufzug ist mit winzigen grünen Rauten tapeziert, so klein, dass sie kaleidoskopartig miteinander zu verschwimmen scheinen. Vor diesem Hintergrund fängt sein Gesicht vor meinen Augen an zu tanzen, immer näher, immer klarer. Ich fische ihn aus dem Koffer der Erinnerung, kehre im Geiste zurück zum Prüfungstag an der Hochschule. Da ist es wieder, das Bild, wie er sich verspätet hinter dem Tisch der Prüfungskommission niederlässt, die dunkle Brille, die er heute nicht trägt, der lapidare Satz, den er zu mir sagt, bevor er mich entlässt.

»Dritter.«

»Wir auch.« Seine raue, volltönende Stimme.

Der Aufzug, der nach oben fährt, meine Füße, die den Boden verlieren.

5

Bloody Mary

Ich war zu müde, um noch mal vor die Tür zu gehen, daher habe ich im Hotel zu Abend gegessen. Ich hatte keinen großen Hunger, da ich ständig an die seltsame Begegnung im Garten der Villa denken musste.

Es ist leicht zu erraten, was Claudio Giarda hier macht. In Ravello findet gerade ein berühmtes Klassikfestival statt, das Künstler aus aller Welt anlockt. Die Dame am Nebentisch vorhin beim Essen hatte ein Programm vor sich liegen, und ich bat sie, einen Blick hineinwerfen zu dürfen. Ein ganzer Sommer mit Konzerten, der Traum eines jeden Musikers und letztlich auch meiner, wenn ich mich denn noch als Geigerin betrachten würde. Giarda hatte sogar gleich mehrere Auftritte, solo und mit Orchester. Ich gab das Programm meiner Tischnachbarin zurück, ohne mich darin zu vertiefen. Früher hätte ich all mein Hab und Gut gegeben, um ein paar Karten zu ergattern, aber inzwischen ziehe ich es vor, einen gewissen Sicherheitsabstand zu wahren.

Genau wie seit einigen Jahren in der Liebe. Seit ich kein junges Mädchen mehr bin, fällt es mir schwer, mich gehen zu lassen. Dabei habe auch ich schon mehr als einen Mann verletzt. Mein Problem ist, dass ich immer viel zu schnell von jemandem begeistert bin, ich gehöre nicht zu den Frauen, die sich erobern lassen. Ich genieße nun mal gerne, auch beim Sex. Ich habe ein bisschen experimentiert und weiß, was mich anmacht. Sobald ich den Panzer jedoch lockere, hält mich etwas zurück, und die größte Versuchung ist stets die Flucht.

So ist es mir in letzter Zeit öfter ergangen, ich bin jedes Mal nach einem gemeinsamen Wochenende, einem Fest oder zwei Monaten mit Filmen und Alkohol (Bier für die Männer, Bloody Mary für mich) von der Bildfläche verschwunden. Schnell wie der Blitz bin ich am Ende zu meiner mit Dingen vollgestopften Einsamkeit zurückgekehrt.

Jetzt dagegen habe ich Durst, nicht nur nach dem Weißwein, den ich fast ausgetrunken habe, sondern danach, mich zu zeigen und zu entblößen, von allen Kleidern und Blockaden.

Zurück im Zimmer, habe ich als Erstes das Fenster aufgemacht, um das Meeresrauschen und die prickelnde Luft hereinzulassen, frisch und sommerlich.

Jetzt liege ich ausgestreckt auf dem Bett, spiele ein bisschen mit meinen Füßen, verhake die Zehen ineinander und reibe sie auf dem makellosen Baumwolllaken auf und ab. Ich versuche den Moment mit allen Sinnen auszukosten, und es gelingt mir tatsächlich, in der Gegenwart zu bleiben, ohne dass mein Geist auf Reisen geht. Ich denke nur an meine Füße, die das weiße Gelände durchpflügen, das jungfräulich und ohne irgendein Hemmnis ist, so glatt wie ein geschliffener Stein.

Es ist dunkel im Raum, nur ein schmaler Lichtschein dringt aus dem Badezimmer, vom Balkon weht der Geruch des Meeres herein, die Vorhänge bewegen sich im Windhauch. Ich liege da wie festgefroren in diesem Intervall des soeben begonnenen Urlaubs, wiege mich ein bisschen und räkle mich dann, ehe ich über das Kissen streiche und herzhaft gähne. Schließlich trete ich auf den Balkon, um frische Luft zu schnappen, und meine Seidenbluse schillert im Mondlicht wie ein Fischschwarm, der an die Wasseroberfläche kommt. Ich durchbreche die Poesie des Moments, indem ich mir eine Zigarette anzünde, die ich vorhin im Rucksack gefunden habe. Wer weiß, wie lange sie schon dort ist, normalerweise rauche ich nur, um mich in Gesellschaft zu fühlen. Aber jetzt geht es mir auch alleine gut, als Tochter der Freiheit, die mir die Welt gewährt. Ich öffne die Lippen, genieße mit geschlossenen Augen den ersten Zug und lehne mich nach vorne an das Geländer. Tief unten die Wellen, die diese Nacht voller Leben in ihren Armen wiegen.

Ich betrachte die Reihe kleiner Balkons, die einer neben dem anderen die Fassade des Hotels säumen. Während ich mich frage, wer wohl meine Zimmernachbarn sind und was sie so treiben, antwortet mir das

Schicksal, indem die Balkontür neben mir aufgeht. Ein Mann tritt heraus, dreht mir den Rücken zu. Sein Rücken ist breit und kompakt wie ein Eisblock, er trägt ein dunkelblaues T-Shirt, und darunter geben schwarze Shorts den Blick auf wohlgeformte Beine frei. Sie sind sonnengebräunt, mit kleinen schwarzen Löckchen. Mein Blick wandert von den Füßen bis zum Kopf der dunklen Gestalt.

Da beugt der Mann den Oberkörper über das Geländer, als wolle er an der Nacht schnuppern. Sein Haar ist nass, der Geruch nach Herrenduschgel steigt mir in die Nase, ein wenig holzig, penetrant. Dann spritzt mir ein Tröpfchen Wasser auf die Wange, das ich mit der flachen Hand abwische. Ich zucke zurück ins Dunkel meines Balkons, in die Stille, aber die Glut der Zigarette zwischen meinen Fingern hat mich längst verraten. Also nehme ich einen weiteren Zug, und während ich den Rauch einatme, treffen sich unsere Blicke im Mondlicht und unsere Gesichter sind wie paralysiert. Claudio Giarda. Schon wieder er, ich kann es nicht glauben. Es kommt mir vor wie ein Scherz.

»Du schon wieder«, sagt er und legt den Kopf schief, wie um mich besser in Augenschein zu nehmen. Ist er überrascht? Genervt? Hat er mich in der Villa Cimbrone gesehen und hält mich nun für eine Stalkerin?

»Scheint so, für wen auch immer du mich hältst«, erwidere ich vorsichtig.

»La Vida Breve«, sagt er nur und holt damit die Vergangenheit in die Gegenwart.

Er hat mich tatsächlich wiedererkannt, erinnert sich offenbar noch sehr gut an den Tag meiner Prüfung, als ich vor ihm und den anderen Professoren der Kommission diese erbärmliche Interpretation des spanischen Tanzes abgeliefert habe. *La Vida Breve.* Das kurze Leben. Erst jetzt fällt mir auf, wie gut der Titel zu mir passt.

»Das ist aber ziemlich lange her«, erwidere ich.

Er lächelt geheimnisvoll, und in seinen Wangen bilden sich Grübchen. Dann schüttelt er den Kopf wie jemand, der einem vom Schicksal ausgetüftelten Scherz auf die Spur kommt. Aus den offenen Fenstern des Speisesaals dringen die Geräusche vom Abendessen, Stimmengewirr, Geschirrklappern und der Geruch nach Pasta mit Tomatensoße. Wir sind nicht mehr dieselben wie damals, ich bin nicht die Schülerin, er ist nicht der Prüfer, der mich beurteilen soll. Unsere Körper müssen sich neu verorten, außerhalb der Aula, müssen eine neue Art und Weise finden, sich zu bewegen und miteinander zu kommunizieren. Er ist ganz anders, als ich ihn in Erinnerung habe, lässiger, entspannter, ohne Brille vor den schwarzen Augen, ohne Schreibtisch, Bleistift, Hemd und Hose – nur Haut, Wind und Luft. Seine Energie dagegen ist nicht weniger machtvoll, er hat etwas Fesselndes an sich, etwas, das mir zugleich Angst macht.

Ich weiß nicht so recht, was ich tun soll, lächeln oder ernst bleiben, ob ich ihn siezen oder duzen soll. Ich entscheide mich für das Du.

»Ich muss damals echt schrecklich gespielt haben, wenn du dich nach so langer Zeit noch an mich erinnerst«, sage ich, wie um mich zu rechtfertigen.

»Nein.« Er schüttelt den Kopf. »Ich erinnere mich an dich, weil du die seltsamste Mischung aus Talent und Wut ausgestrahlt hast, die mir je untergekommen ist.« Sein Blick erforscht mich. »Bei der Prüfung hatte ich den Eindruck, als wolltest du unbedingt durchfallen.«

»Da liegst du gar nicht so falsch«, gebe ich zu und ziehe nervös an der Zigarette. Ist es möglich, dass er all das wirklich bemerkt hat? Einen Moment lang fürchte ich, er könnte das Thema vertiefen und mir weitere Fragen stellen, stattdessen schaut er mich ein paar Sekunden lang schweigend an, als wäre ich ein sonderbarer Gegenstand, dann zeigt er auf meine Zigarette.

»Einmal ziehen im Tausch gegen alles, was du in meiner Minibar findest.«

»Oh, dabei ziehst du aber den Kürzeren, ich habe sie so gut wie zu Ende geraucht«, erwidere ich, erleichtert über den Themawechsel.

»Umso besser, dann kann ich mir selbst weiterhin vormachen, dass ich Nichtraucher bin.«

»Du Glücklicher.« Ich strecke die Hand mit dem Stummel über das Geländer.

Unsere Balkons liegen etwa einen halben Meter auseinander. Unter uns die schroffen Klippen und das Meer. Zufrieden atmet Claudio den Rauch ein, dann bedeutet er mir, zu ihm rüberzukommen. Ohne auch nur eine Sekunde darüber nachzudenken, wähle ich den kürzesten Weg, hieve mich auf das Geländer und lasse die Beine baumeln. Ich schaue nicht in die Tiefe, denn ich habe Höhenangst, aber seine Gegenwart verleiht mir ein Gefühl von Sicherheit. Prompt, wenn auch ein wenig überrascht, steckt er sich die Zigarette zwischen die Lippen, um die Hände frei zu haben, und packt mich um die Taille. So gleite ich zu ihm hinüber auf den etwa einen Quadratmeter großen Balkon. Unsere nackten Füße schauen sich an, und mein Blick verharrt auf ihnen. Seine sind wunderschön, lang und dennoch kompakt, gut proportioniert, wie man es bei einem so kräftigen Körperbau erwartet.

Er öffnet die Balkontür einen Spalt breit und bittet mich hinein. Ich schlüpfe zwischen ihm und dem Türrahmen hindurch, obwohl der Platz viel zu eng ist für zwei Menschen. Als ich einen Fuß auf den Teppich setze, streife ich seine Brust, und seine Nähe lässt mich erzittern. Ein Schauer durchläuft mich, wie wenn die Nacht sich herabsenkt und unsere Sinne entflammen, als wären wir zum Angriff bereite Tiere. Die Spannung, die dieser kurze Kontakt auslöst, überträgt sich auf die Luft um uns herum und lässt sie knistern.

»Heute Abend bin ich wütend«, sagt er, und für einen winzigen Augenblick bemerke ich in seinem Blick ein Feuer aus Bosheit und Sinnlichkeit.

»Das ist dann wohl Schicksal. Einmal ich, einmal du. Nur dass wir uns diesmal im Paradies befinden, während das letzte Mal für mich die Hölle war.«

»Paradies, hast du gesagt. Ich hasse den Sommer, wenn alle so tun, als wären sie bestens gelaunt und im Reinen mit sich und der Welt.« Er beobachtet mich immer noch, bereit, jedes meiner Worte auf die Waagschale zu legen.

»Wie kannst du nur? Im Sommer steckt so viel Lebendigkeit. Und überall nackte Haut.« Ich spiele das Spiel mit, bin neugierig, wohin es uns führt.

Claudio mustert mich von Kopf bis Fuß, ohne Scham. Seine Augen verändern sich erneut, haben auf einmal Nuancen, die ich nicht kenne. Ich kann mich nicht bewegen, so als hielte er mich in dieser Ecke des Raumes fest, dabei hat er mich nicht mehr berührt.

»Warum bist du wütend?«

»Das tut nichts zur Sache.« Er entfernt sich, öffnet die Minibar. »Mal sehen, was wir da haben: Bier, Nüsse, Wodka … noch mal Nüsse und Bier. Es gibt nicht viel Auswahl. Das ist die am schlechtesten bestückte Minibar aller Zeiten.«

»Nüsse sind gut. Bier auch.« Aber ich würde einen Arm für eine Bloody Mary geben.

Sein Zimmer ist größer als meins. In einer Ecke steht ein Schreibtisch, der Eingangsbereich ist größer, und es gibt ein Doppelbett. Im ganzen Raum entdecke ich keinen einzigen Hinweis auf eine Frau, in der Luft liegt auch kein Frauenduft. Sogar auf dem Boden sehe ich nach, als suchte ich Spuren in einem Wald. Claudio ist definitiv allein in diesem Hotel. Nur wer ist dann die Frau aus der Villa? Und wo steckt sie jetzt?

Er reicht mir das Bier. Ein kurzer Moment der Spannung zwischen meiner Hand und der seinen entsteht, und während er mir die eiskalte Flasche reicht, spüre ich die Hitze, die seine Haut ausstrahlt.

Ich trinke einen Schluck und schaue flüchtig auf die Badezimmertür, die geschlossen ist. Bei dem Gedanken, dass seine Geliebte dort drin sein könnte, erstarre ich. Dann sage ich mir, dass dieser Gedanke absurd ist, und verjage ihn. Wahrscheinlich merkt Claudio etwas, denn er fragt mich, ob das Bier kalt genug sei.

»Ja, danke. Aber vielleicht gehe ich besser zurück in mein Zimmer, ich will nicht stören …«

»Stören? Im Gegenteil. Hotelzimmer machen einen immer unendlich traurig, wenn man alleine reist.«

Also ist die Frau tatsächlich nicht bei ihm, vielleicht ist sie ja nur eine belanglose Affäre. Die Nachricht, wenn auch unbestätigt, lässt einen Anflug von Triumphgefühl in meinem Inneren aufsteigen, das völlig ungerechtfertigt ist.

»Hast du auf dem Festival gespielt?«, frage ich mit vorgetäuschter Unschuld, um mir nicht anmerken zu lassen, dass ich mich längst informiert habe.

»Sagen wir, ich bin in erster Linie hier, um zu arbeiten, aber auch zum Vergnügen.«

Instinktiv werde ich rot, beim Gedanken an die Szene, der ich am Nachmittag beigewohnt habe.

Er scheint meine Gedanken zu lesen und lächelt, fast habe ich das Gefühl, dass er ein Spiel mit mir treibt.

»In Ravello kann man viele Dinge tun. Warst du

zum Beispiel schon in der Villa Cimbrone?« Er wirft es beiläufig hin, dabei wissen wir beide ganz genau, dass es eine Anspielung ist.

Ich stehe mit dem Rücken an der Wand, fühle mich in die Enge getrieben wie eine Diebin, einen anklagenden Zeigefinger auf der Brust und im Scheinwerferlicht, das mich blendet. Leugnen, leugnen bis zum Tod.

»Nein, noch nicht.« Ich trinke einen Schluck Bier, um den Brei aus Verlegenheit und Wut herunterzuspülen, der mir die Kehle hochsteigt. Der verdammte Kerl hat mich ausgetrickst, nur um mich in die Falle zu locken. »Warum, gibt's dort etwas Interessantes zu sehen?« Ich bemühe mich, seinem Blick standzuhalten.

Claudio beobachtet mich weiterhin wie eine Katze eine Maus. Dann senkt er den Kopf. »Na ja, ich hatte das Gefühl, dich dort gesehen zu haben.«

»Du hast mich also nicht nur wiedererkannt, sondern siehst mich auch an Orten, an denen ich gar nicht war … Muss ich mir Sorgen machen?«, frage ich und setze ein perfides Lächeln auf.

Er hebt eine Augenbraue. Touché. Seine Selbstgewissheit verliert er jedoch nicht, offenbar weiß er, dass er im Vorteil ist. Überhaupt würde ich sagen, dass er meine Antwort ebenso wie die Situation auf angenehme Weise spannend findet.

Auge in Auge stehen wir da, und keiner will den Blick senken. Wir mustern uns gegenseitig, jeder hinter dem eigenen Schutzwall verborgen, jeder eifersüchtig auf die eroberte Stellung bedacht und dennoch zufrieden mit diesem Patt. Wenn wir Lust hätten, würden wenige Worte genügen, um das Feld von Subtext und Rätseln zu säubern, und das Gespräch würde ehrlich und sauber ablaufen.

»Ja, okay, ich geb's zu. Ich habe gesehen, wie du heute Nachmittag dort eine Frau gevögelt hast.«

»Und ich gebe zu, dass es mir durchaus nicht missfallen hat, von dir dabei beobachtet zu werden.«

»Gut, also dann.«

»Mach's gut.«

»Danke.«

Aber das wäre todlangweilig und ist sicher nicht das, was wir wollen. Wir wollen uns austricksen, unehrlich sein, uns Lügen und Halbwahrheiten erzählen und zulassen, dass die Realität sich mit der Einbildung mischt.

Am Ende nimmt Claudio das Gespräch wieder auf, indem er ein unverfängliches Thema anschneidet. »Warum bist du eigentlich in Ravello? Bist du auch wegen des Festivals hergekommen?«

Ich knabbere ein paar Nüsse und denke inzwischen über eine vernünftige Antwort nach. Warum bin ich hier?

»Das weiß ich ehrlich gesagt selbst nicht so genau. Ich war noch nie in Italien und hatte Lust zu verreisen. Letztlich hat meine Mutter mich hierhergebracht, wohin ich anschließend fahre, weiß ich noch nicht.«

»Ist deine Mutter auch musikbegeistert?«

»Nein, sie … ist nicht musikbegeistert. Sie ist vor

einem halben Jahr gestorben.« Warum habe ich das gesagt? Seit es passiert ist, hat es sich noch nie ergeben, dass ich mit einem Fremden darüber geredet habe. Ich schneide dieses Thema sonst lieber nicht an, um kein Mitleid zu erwecken, um niemanden in Verlegenheit zu bringen, um keinem zur Last zu fallen. Keine Ahnung, warum ich die Bombe ausgerechnet jetzt abwerfe.

Claudio bleibt ein paar Sekunden lang stumm. Er wirkt zwar betroffen, aber auf seinem Gesicht spiegelt sich weder Mitleid noch Verlegenheit, noch Überdruss. Eher Neugier.

»Wie konnte sie dich dann zu dieser Reise veranlassen?«

»Ich habe ein Tagebuch von ihr gefunden und folge den Eintragungen«, erkläre ich ihm. »Keine Sorge, ich stehe nicht in direktem Kontakt mit meinen Ahnen, falls du darauf hinauswillst.«

Er lächelt bitter, während sein Blick sich auf etwas richtet, das ich nicht sehen kann. »Es sind die Ahnen, die mit uns in Kontakt bleiben, mit alldem, was sie zurücklassen.«

Bevor es mir gelingt, der Bedeutung dieses Satzes nachzuspüren und zu verstehen, warum er ihn gesagt hat, hat sich sein Gesichtsausdruck schon wieder verändert, und der dunkle Schleier ist verschwunden.

»Jedenfalls hat sie dir einen wunderschönen italienischen Namen gegeben.«

»Sie hat mir immer erzählt, es sei der Name einer Prinzessin aus der Antike.«

»Wie war deine Mutter? Bist du ihr ähnlich?«, fragt er mich, reicht mir ungefragt ein Glas Wodka und schenkt sich selbst auch eins ein.

»Zumindest behaupten das alle«, erwidere ich, nachdem ich einen Schluck getrunken habe. »In meinem Alter soll sie haargenau so ausgesehen haben wie ich. Nur dass sie sehr lange Haare hatte, es war schließlich in den Siebzigern, und ein sonniges Gemüt. Sie hatte ein strahlendes Lächeln, das von ihrem ganzen Gesicht Besitz ergriff.« Für einen Moment verliere ich mich in der Erinnerung an die alten Fotos, die ich schon unzählige Male betrachtet habe und die die tausend Gesichter meiner Mutter zeigen.

»Sie war sicher sehr schön«, sagt Claudio, als wäre er mir in den Raum mit den Fotos gefolgt. Dann schaut er wieder mich an: »Und du? Hast du denn kein sonniges Gemüt?«

»Wie könnte ich es noch haben, jetzt?«, möchte ich instinktiv zurückfragen. Vielleicht hatte ich es früher mal, bevor meine Mutter zu einem Foto wurde.

Doch ich sage nichts, sondern beschränke mich darauf, auf meine Füße zu starren. Plötzlich merke ich, wie sich eine Blase aus Schmerz in der Brust ausbreitet, und ich habe das Bedürfnis, mich zu verstecken, um sie außerhalb seines Blickfeldes platzen zu lassen. Ich halte nach einer Fluchtmöglichkeit Ausschau.

»Hast du was dagegen, wenn ich kurz das Bad benutze?«

Er weist auf die Tür, und ich flüchte mich hinein,

froh um die Pause von diesem Gespräch, von Claudios Blick, der mir keinen Ausweg lässt, von all den traurigen Erinnerungen und schwierigen Themen. Ich benetze Handgelenke und Schläfen mit Wasser, dann trinke ich in großen Schlucken. Ganz langsam verschwindet der Schmerz. So ist es immer. Er kommt in Wellen, wühlt mich auf und vergeht dann wieder. Inzwischen bin ich daran gewöhnt.

Während ich mir das Gesicht abtrockne, versuche ich mich abzulenken und tauche genussvoll in Claudios Intimität ein, indem ich mir das Bad näher ansehe. Er hat nur die kleine Hotelseife benutzt, ein paar Blasen sind auf dem Waschbecken zu sehen, ein zerknülltes Handtuch auf dem Badewannenrand, eine winzige Wasserpfütze auf dem Marmorfußboden. Der Teppich ist unbenutzt.

Bevor ich hinausgehe, bemerke ich sein Hemd auf dem Stuhl. Ich kann dem Drang nicht widerstehen, hebe es auf und bohre die Nase hinein. Es ist derselbe Geruch wie gerade eben, als ich auf dem Weg ins Zimmer an ihm vorbeigegangen bin, nur sehr viel intensiver: Holz, Meer, Weihrauch, Mann. Ich lege das Hemd wieder an seinen Platz und gebe acht, dass es wieder genauso drapiert ist, wie ich es vorgefunden habe. Nur für den Fall, dass er paranoid ist … Wobei hier wahrscheinlich eher ich diejenige bin, die man als paranoid bezeichnen könnte.

Dann verlasse ich das Badezimmer.

6

Crash, Boom, Wow

Als ich zurückkomme, sitzt er auf dem Bettrand.

»Hast du Lust auf ein Schweppes, um den Wodka zu mischen?«

»Danke«, sage ich und halte ihm mein Glas hin.

Er geht zum Kühlschrank, öffnet eine Flasche und schenkt den Inhalt zur Hälfte in sein Glas und zur Hälfte in meines.

Ich trinke ein paar kleine Schlucke, will diesen Zustand des Angeheitertseins in die Länge ziehen, ohne jedoch am Ende betrunken zu sein. Es ist ein feines Gleichgewicht, das einen gewissen Sachverstand voraussetzt, um gehalten zu werden. Glücklicherweise sind die jahrelangen Trinkgelage an der Uni dabei sehr hilfreich.

Trotz des beruhigenden Effekts des Alkohols kommt mir die Situation immer noch paradox vor. Ich im selben Hotelzimmer wie Claudio Giarda. Dennoch ist es verdammt angenehm in dieser Blase, in der Raum und Zeit aufgelöst zu sein scheinen und alles passieren kann.

»Weißt du, ein kleines bisschen freue ich mich darüber, dass sie dich an der Hochschule nicht genommen haben«, sagt er und macht es sich in dem Sessel bequem.

Ich werfe ihm einen finsteren Blick zu. Macht er sich etwa über mich lustig?

»Du wärst jetzt sicher dort und würdest proben, solfeggieren, komponieren … Wahrscheinlich hättest du dir diese Reise niemals gegönnt, und dann säßen wir jetzt nicht hier und würden reden.«

»Tja, aus der Warte habe ich es noch gar nicht betrachtet. Aber danke, das entschädigt mich vollkommen«, gebe ich sarkastisch zurück. In Wirklichkeit fühle ich mich gedemütigt und verletzt, für ihn hat mein Scheitern bei diesem Vorspielen keine Bedeutung, von den schwindelerregenden Höhen seiner Erfahrung und seiner Karriere aus gesehen wirkt es vermutlich wie eine Lappalie.

Er beugt sich zu mir herüber, indem er die Ellbogen auf den Knien abstützt.

»Da, damals hattest du auch diese kleine Falte auf der Stirn. Ich habe sie sofort bemerkt, als ich dich gesehen habe.« Instinktiv berührt er meine Stirn.

Wenn ich durcheinander bin, bildet sich tatsächlich eine kleine Furche zwischen den Augenbrauen, auch das habe ich von meiner Mutter.

»Du hast auf mich gewirkt wie von einem anderen Planeten«, fährt er fort. »Die anderen Studenten, die vor der Kommission gespielt haben, waren ängstlich oder panisch, manche haben sich auch allzu selbstsicher gegeben. Wie dem auch sei, sie waren jedenfalls anwesend. Du nicht, du warst ganz woanders mit diesem verdrossenen Blick. Es hatte den Anschein, als würdest du auf die Partitur schauen, dabei hast du nirgendwohin geschaut. Ab und zu hast du versucht, dir eine Haarsträhne aus den Augen zu pusten, aber sie ist immer wieder zurückgefallen.«

So bin ich Claudio also vorgekommen, wie eine Außerirdische. Es ist mir peinlich, wie ich mich benommen habe. Ich sehe mich im Rückblick wieder vor der Kommission sitzen, klein und anmaßend, vor allem aber wird mir klar, wie sehr es mir gefällt, dass er sich so gut an mich erinnert, bis in die kleinsten Details.

»Kurz nachdem du die Aula verlassen hattest, bin ich dir gefolgt, um dich zu suchen, aber du warst verschwunden. Es war, als hättest du dich in Luft aufgelöst.«

»Was hättest du mir denn gesagt? Wolltest du mich etwa trösten? Wahrscheinlich wäre ich dir ins Gesicht gesprungen.«

»Nein, ich wollte nur mit dir reden, wollte wissen, wer du bist, dir vielleicht einen Wodka anbieten …« Er hebt eine Hand, um auf das Glas in meinen Händen zu zeigen, als wolle er sagen: »Am Ende ist alles nach Plan gelaufen.« Er wird wieder ernst. »Ich hätte dich gefragt, was mit dir los ist, was dich so sehr verzehrt, dass du eine solche Prüfung in den Wind schlägst.«

Es folgt ein langes Schweigen, während Claudio auf

eine Antwort wartet und ich sie ihm nicht geben will. Ich habe mich schon zu sehr bloßgestellt, ich mag ihm nicht auch noch die Geschichte um meinen Vater zum Fraß vorwerfen. Immerhin weiß ich nicht das Geringste über ihn.

»Es war nichts Besonderes, nur eine vorübergehende Verstimmung. So was kommt vor.«

Er sieht mich an. Offensichtlich glaubt er mir nicht.

»Auf jeden Fall hat es keine Bedeutung mehr. Ich habe mit der Musik abgeschlossen«, beeile ich mich hinzuzufügen, um auch dieses Gespräch zu Ende zu bringen. Ich rette mich zu dem Tisch mit der Wodkaflasche, gieße mir noch etwas davon ins Glas.

Der Alkohol hat mich leicht schlapp und überempfindlich gemacht und mir gleichzeitig die Sinne vernebelt. Ein Gespräch mit Claudio ist wie eine Achterbahnfahrt. Im einen Moment fühle ich mich klein und unbedeutend, im nächsten stehe ich im Mittelpunkt seines Interesses. Was sieht er in mir? Ich bin schon häufiger arrivierten Menschen begegnet, und zwar nicht nur Musikern, die Interesse für andere nur heucheln, um das eigene Ego zu nähren, um die eigene Größe im Vergleich zur Mittelmäßigkeit ihres Gegenübers hervorzuheben. Wer weiß, vielleicht ist Claudio einer von ihnen.

Ich bin so sehr in meine Gedanken versunken, dass ich seine Gegenwart erst im letzten Moment bemerke. Er nimmt mir die Flasche aus den Händen und schenkt sich ebenfalls nach. Dabei streift sein Arm den meinen, und ich habe wieder seinen Geruch in der Nase, gemischt mit dem des Wodkas.

Er stellt sich jetzt genau mir gegenüber, während ich an den Tisch gelehnt verharre, so als bräuchte ich Unterstützung. Dann sieht er mich an und nippt dabei an seinem Drink. Die Luft wird dick wie Honig, ich wäge jede meiner Bewegungen, jede seiner Gesten ab. Alles kommt mir kompliziert vor, irgendwie falsch. Ich bin nervös, atme heftig aus, um mir eine Haarsträhne aus den Augen zu pusten. Es gelingt mir nicht. Da lacht er und streicht sie mir hinters Ohr.

»Das wollte ich schon die ganze Zeit machen.« Seine Hand bleibt liegen, sie kehrt nicht zurück an ihren Platz. Ich schmiege das Gesicht hinein und denke, dass es sich wirklich schön anfühlt.

Das ist der Wendepunkt. Wir sind uns entschieden zu nah, um es mit irgendeiner Ausrede rechtfertigen zu können, um hinterher erzählen zu können, dass es nur zufällig passiert sei. Meine Lippen sind auf der Höhe seines Halses, sein Mund verharrt neben meinen Augen, meine Stirn ist nur einen Millimeter von seiner Nase entfernt. Ein Kuss ist jetzt die einzige Lösung, die einzige Möglichkeit, ihm zu entkommen. Nur eine winzige Bewegung und unsere Lippen treffen sich, der Schalter rastet ein.

Das Klingeln eines Handys zerreißt die Luft, katapultiert uns auseinander und lässt uns das Ziel aus den Augen verlieren.

Claudio murmelt eine Entschuldigung, nimmt sein

iPhone aus der Tasche und will es ausschalten, aber als er einen Blick auf den Bildschirm wirft, verdunkelt sich seine Miene. »Entschuldige, aber da muss ich kurz rangehen«, sagt er und zieht sich in die Diele zurück.

Auch wenn ich am liebsten jedes einzelne Wort mit anhören möchte, setze ich mich auf den Sessel und schalte den Fernseher ein, um nicht als Eindringling zu erscheinen. Ich drücke eine Taste nach der anderen, zappe mindestens dreimal alle zehn Kanäle durch, überspringe die Nachrichtensendungen, die Talkshows, die Dokumentationen. Schließlich bleibe ich bei irgendwelchen Werbespots hängen, kurze, schnelle Bilder. Ich schenke mir noch mal Wodka nach, ich trinke das Glas aus.

Der Sessel ist sehr unbequem. Ich schlage die Beine übereinander, um sie gleich wieder aufzustellen, schiebe die Hände unter die Oberschenkel, fasse meine Haare zusammen, pruste. Das Warten wird zu Langweile. Ich betrachte das Bett, das perfekt gemacht ist, die straffen, pompösen weichen Kissen, ich lege mich darauf. Müde bin ich nicht, vielmehr habe ich das Gefühl, dass mein Kopf von den Schultern abgetrennt ist und schwebt wie ein Ballon, der leicht dahinfliegt. Ich bin gekränkt und wütend auf Claudio. Er hat mich hier geparkt, während er sich um seine eigenen Angelegenheiten kümmert und keinen Gedanken daran verschwendet, ob er unhöflich erscheint. Offenbar ist er es gewohnt, dass Frauen auf ihn warten. Ich möchte gehen, traue mich aber nicht hinaus, weil er im Vorraum aufgeregt auf und ab geht. An eine Flucht über den Balkon ist nicht zu denken, nachdem ich getrunken habe, ich könnte auf die Klippen hinunterstürzen.

So lasse ich zu, dass mein Geist auf Reisen geht, und zähle die Schuhe am Fußende des Betts, dann die Seiten des Buches auf dem Nachttisch. Ich zähle fünf T-Shirts auf dem Stuhl, eine Brieftasche, sechs Steckdosen, einen grünen Teppich, einen braunen Schrank, vier Wände, zwei Bilder mit Booten darauf und eine runde Uhr. Ich betrachte die Zeiger und zähle, wie viele Stunden fehlen, bis die Morgendämmerung uns davonträgt, wie viele Tage es noch bis zu meinem Geburtstag sind, wie viele bis Silvester. Genau an diesem Punkt des Spiels, an dieser Stelle der Geschichte, zeichne ich einen Rahmen, setze zwei Figuren hinein, Claudio und mich, und sehe zu, wie sie sich bewegen. Ich stelle mir vor, wie wir eine Flasche Sekt entkorken, wie die Begrenzungslinie dieses Zimmers rot zu glühen beginnt, der Rahmen in Flammen aufgeht und wir mittendrin gefangen sind.

Das wäre eine Möglichkeit. Danach konzentriere ich mich wieder auf Claudio und denke, dass ich auch aufstehen und langsam, den Kopf leicht geneigt, auf ihn zugehen und ihn mit forschendem Blick mustern könnte. Ich setze einen Schritt vor den anderen, umkreise ihn, bleibe vor ihm stehen und zähle die zwanzig weißen Haare, die auf seinem schwarzen Schopf hervorstechen, die drei kleinen Kratzer auf seinem Arm, die Locke, die ihm in die Stirn fällt. Ich könnte ihm das Handy aus der Hand nehmen und ihm zuflüstern: »Das brauchst du jetzt nicht.« Ich könnte das Gespräch unterbrechen, das Handy ausschalten und es auf den Sessel werfen, wo es vor Neid sterben würde, weil ich es so weit von seinem Besitzer weggeschleudert habe.

Ich könnte mich auch vor ihn hinknien, seine Hose öffnen, herunterziehen und ihm mit den Händen über die Leisten streichen. Ich könnte sie über seine muskulösen Beine gleiten lassen, an den Knien innehalten und den Mund auf die runden, knochigen Kniescheiben pressen. Ich könnte mich auf den Bauch legen, seine nackten Knöchel mit der Zunge liebkosen und dabei die Nervenenden in seinen Füßen zählen, die unter der Wärme meiner Berührung zucken. Geschmeidig könnte ich zwischen seinen Beinen hindurchkriechen, mich auf den Rücken drehen und ihn mit mathematischer Präzision aus dieser Perspektive beobachten, wie ein Mechaniker, der einen Wagen repariert. Ich könnte seine Waden bewundern, die wie gemeißelt aussehen, gesund und stark, und mit den Zehenspitzen auf seine Pobacken tippen, rund und vollkommen wie Pfirsiche. Ich könnte aufstehen, mich ausziehen, meinen Rücken an seinen schmiegen, bis sich unsere Schulterblätter verhaken, könnte nachspüren, wie die beiden Knöchelchen aufeinandertreffen, wie sie vibrieren und zucken, getroffen wie von einem menschlichen elektrischen Schlag.

Ich könnte mich ein bisschen an ihm reiben und meinen Hintern so unter dem seinen positionieren, dass sie zwei in der Mitte geteilte Os bilden. O wie Onomatopöie, wie das Ticktack der Uhr, das uns mitteilt, dass früher oder später der Morgen kommt, wie das Geräusch, das wir machen würden, wenn wir uns beide umdrehen würden, Brust an Brust. Zwei Maschinen, die zusammenstoßen, zwei Herzen, die brechen, peng, peng, als würde jemand mit einer Pistole in der Hand die Tür aufreißen und auf uns schießen, weil wir uns zu sehr lieben. Dann ein Schrillen, wie wenn das Telefon erneut klingelt, ungehört, während es zwischen uns bumm macht und wir auf das Bett sinken.

Während sich all die Klänge vermischen und die Geräusche verrücktspielen, könnte ich die Beine spreizen, sie in einem Bogen über seinen Kopf führen und ihn bitten, mich zu einem »Wow« zu verleiten. Dabei lecke ich ihm erst über die Finger und lege sie dann auf den Eingang zum Tunnel der Lust, der ihn feucht empfängt. Dann nehme ich seine andere Hand und führe sie über meinen Körper, als wäre sie ein Schwamm, der mich von der Scham erlöst, von jedem Anstand reinwäscht. Ich könnte entdecken, dass mir das nicht reicht, könnte Hunger haben auf ihn, ihn in mir spüren wollen und ihn näher zu mir heranziehen, während ich über ihm mit den Zehen gegen die Decke stoße, sie durchlöchere und bis in den Himmel gelange, wo ich die Sterne streife, während ein gewaltiges Prickeln sich in meinem Bauch ausbreitet, wie ein Aal, der sich windet und stirbt.

All das könnte ich tun.

Stattdessen bleibe ich auf dem Bett liegen und drehe Däumchen, zähle die Meter, die mich von Claudio trennen, der immer noch telefoniert und mit jemandem spricht, der nicht ich bin. Das Gesprächsthema scheint sehr ernst sein, der Falte auf seiner Stirn nach zu urteilen.

Er dreht sich zu mir um, deutet eine Entschuldigung an und gibt mir ein Zeichen zu warten. Ich lächele verhalten zurück, stelle das leere Glas auf den Nachttisch, decke mich mit einem Kissen zu und denke, dass ich besser nicht warten, sondern aufstehen und in mein Zimmer gehen sollte …

Es ist Tag, ein Sonnenstrahl dringt durch die geschlossenen Vorhänge und kitzelt mich an der Nase. Ich reibe mir die Augen, alles ist still und gedämpft …

Dann fällt mir wieder ein, wo ich bin, und ich richte mich ruckartig auf. Habe ich wirklich hier geschlafen? Ich durchkämme das Zimmer mit Blicken, die Schuhe, die T-Shirts, das Buch, Claudios Handy, alles verschwunden. Nur das leere Glas, die Bilder mit den Booten darauf und die Uhr sind noch da. Über meine nackten Beine hat jemand ein Laken geworfen, vermutlich hat er mich zugedeckt, nachdem ich eingenickt bin. Ob er wohl neben mir geschlafen hat? Und wenn ja, wie konnte er dann gehen, ohne sich zu verabschieden? Er hat mich mit den Augen ausgezogen, während wir miteinander geredet haben, und dann hatte er nicht einmal den Mut, auch nur ein Wort zu mir zu sagen.

Halb benommen schlurfe ich ins Bad, wasche mir das Gesicht mit kaltem Wasser, und als ich zurück ins Zimmer komme, bemerke ich den Geigenkasten, der am Tisch lehnt. Sicher hat Claudio ihn vergessen, denke ich, aber im Näherkommen sehe ich, dass ein Zettel daran haftet, auf dem handschriftlich steht: »Die ist für dich, für den Fall, dass du dich auf deiner Reise einsam fühlst. Claudio.«

Das kann nicht wahr sein, so etwas Dämliches kann er nicht gemacht haben! Ich renne hinunter in die Halle und frage, wo der Gast von Zimmer einunddreißig abgeblieben ist. Abgereist, heißt es, keine Ahnung, wohin, solche Informationen habe man nicht und wenn, dann sei man nicht befugt sie weiterzugeben.

Was soll ich jetzt tun? Ich kann diese Geige unmöglich behalten. Claudio weiß, dass ich aufgehört habe zu spielen, und ich habe nicht die geringste Absicht, wieder damit anzufangen. Ich bin fuchsteufelswild. Ich stelle mir vor, mit welcher Selbstgefälligkeit er seine gute Tat vollzogen hat, ohne zu kapieren, dass man Wunden besser nicht wieder aufreißt. Dass die Wut nicht vergeht, sondern jeden Moment von neuem ausbricht, wenn man auf einen Bastard trifft, der einen derart provoziert.

Offensichtlich will er mir damit auf ganz und gar unverschämte Art mitteilen, dass er mich ohne weiteres hätte vernaschen können, mich aber verschont hat. Er scheint wirklich davon auszugehen, dass er mir mit dieser Hinterlassenschaft einen Traum erfüllt. Was für ein aufgeblasener Geck! Eine Nacht mit ihm hätte ich genossen, aber was ich jetzt mit dieser Bürde anfangen soll, ist mir völlig schleierhaft.

Nachdenklich mustere ich die Geige und stelle mir für einen Moment vor, sie einfach stehen zu lassen. Soll sich doch das Hotelpersonal darum kümmern. Aber dann kommt mir die strenge, gewissenhafte Miene des unsympathischen Rezeptionisten in den Sinn, außerdem bringe ich es, auch wenn das falsch ist, nicht übers Herz, ein Geschenk einfach so zurückzulassen. Mir bleibt also nur, die Geige mitzunehmen und sie ihrem rechtmäßigen Besitzer zurückzugeben.

Ich trage den Kasten also in mein Zimmer und öffne ihn. Darin liegt ein Schmuckstück aus dunklem Nussholz. Mit beiden Händen fahre ich über die gespannten Saiten, nehme den Bogen heraus und bemerke die leicht abgenutzten Rosshaare. Spontan lege ich mir die Geige auf die Schulter und spüre, wie sich das Holz in die Halsgrube schmiegt – wirklich ein wunderschönes Instrument. Dann fällt mein Blick auf das Etikett und ich lese: »J. B. VUILLAUME, RUE CROIX-DES-PETITS-CHAMPS, PARIS 1840.«

Oh mein Gott! Das ist nicht irgendeine Geige, sondern eine Vuillaume aus dem neunzehnten Jahrhundert, noch dazu aus der ersten Hälfte, als der französische Geigenbauer seine Werkstatt in Paris neu eröffnet hatte. Er war damals gerade zum ernstzunehmenden Konkurrenten der besten italienischen Geigenbauer aufgestiegen, Stradivari eingeschlossen. Ich habe so eine Geige noch nie in der Hand gehabt. In der heutigen Zeit ist sie ein Vermögen wert und ausschließlich auf Auktionen zu bekommen.

Ich zittere leicht, als ich die Geige auf den blauen Samt im Koffer zurücklege und sie dann lange betrachte. Es ist, als wäre sie lebendig, und ich möchte sie am liebsten umbringen. Genauso wie ich Claudio umbringen möchte, der sie mir einfach so hingestellt hat, ohne irgendetwas von mir zu wissen und ohne sich auch nur einen Moment gefragt zu haben, ob er mir damit einen Gefallen tut. Der sich danach einfach in Luft aufgelöst hat. Die Reise hat gerade erst begonnen, und ich habe mich schon verrannt.

Ich brauche dringend einen Kaffee.

7

Geschichten vom Meer und von den Bergen

Im Untergeschoss des Hotels gibt es einen Pool. Er ist zwar recht klein, aber reicht zum Schwimmen und wird mir hoffentlich helfen, meinen verspannten Körper wieder ins Lot zu bringen.

Es ist niemand im Wasser, und der einzige Mensch weit und breit ist ein Putzjunge, der gerade damit beschäftigt ist, saubere Handtücher in den Fächern bereitzulegen. Wie absurd, denke ich, während ich langsam in das spiegelglatte Blau eintauche, drinnen zu schwimmen, wenn es doch ganz in der Nähe das wunderbarste Meer gibt. Aber der Pool mit seiner geometrischen Ruhe und den sicheren Grenzen gibt mir ein Gefühl absoluter Beherrschbarkeit. Das Meer ist für Abenteuer und Improvisation bestimmt, in einem Schwimmbad hingegen kann man seine Gedanken sammeln.

Ich tauche unter, und fast wie durch Osmose wimmelt es in meinem Kopf plötzlich von Plänen und

Luftschlössern. Während ich mit den Armen durchs Wasser pflüge, denke ich schon an die nächste Etappe. Ich habe wunderbare Tage in Ravello verbracht, aber jetzt habe ich Lust, mich weiter durch den Sommer zu bewegen, der in meinem Kopf die Form von Italien annimmt – ein Stiefel, mit dem man die kommenden Monate der Länge und Breite nach durchwandern kann. Als ich aus dem Wasser steige, fühle ich mich stark und jung, strotze nur so von Kraft und Entschlossenheit.

Zurück im Zimmer, packe ich die paar Sachen, die ich aus dem Koffer gezogen hatte, um ihn nicht komplett auspacken zu müssen, wieder ein. Dann befrage ich das Album ein zweites Mal. Ich schließe die Augen, schlage es irgendwo auf, und als ich sie wieder öffne, erblicke ich zu meiner maßlosen Überraschung ein Foto von einem Gebirge. Die handgeschriebene Bildunterschrift lautet: »Der Montblanc, vom Tal aus gesehen.«

Das ist nun wirklich ein Ort, an den ich mich auf keinen Fall begeben möchte. Die Berge und ich hatten nie ein gutes Verhältnis zueinander. Ich mag sie nicht, sie interessieren mich nicht, außerdem habe ich Höhenangst. Davon abgesehen bin ich schon fast ganz unten im Stiefel, während der Montblanc an der Grenze zu Frankreich liegt. Ich klappe das Album wieder zu und beschließe, es erst wieder zu öffnen, wenn ich zurück in Neapel bin. Immerhin bin ich allein unterwegs, und kein Mensch merkt es, wenn ich einmal die Regeln übertrete. Überdies sind es meine eigenen Regeln, und im Grunde kann ich damit machen, was ich will. Erneut schlage ich eine beliebige Seite auf, diesmal leuchtet mir ein aufgeklebter Flyer für Ballettunterricht entgegen. Ich sehne mich immer noch nach Mut machenden Sätzen, und anscheinend hat meine Mutter, die Ballett mehr als alles andere auf der Welt gehasst hat, an dieser Stelle einen hinterlassen: »Wenn dir etwas total zuwider ist, dann gibt es dafür einen tieferen Grund. Stürz dich am besten kopfüber hinein, um der Sache auf die Spur zu kommen!«

Spontan schnappe ich mir mein Gepäck: Rucksack auf die Schultern, Rollkoffer im Schlepptau, in der anderen Hand den Geigenkoffer. Allein das Schließen der Zimmertür ist ein alles andere als leichter Akt. Draußen brennt die Morgensonne so heiß vom Himmel, dass man schon ins Schwitzen kommt, ohne auch nur einen Finger zu rühren.

Während ich durch die Gassen von Ravello in Richtung Bushaltestelle laufe, habe ich das Gefühl, jede Menge lästigen Ballast mit mir herumzuschleppen. Ich, die ich meine Geige in einem Schrank in Barcelona eingeschlossen habe, habe nun auf Reisen eine andere dabei, die mir nicht einmal gehört. Aber es ist zu spät, die Entscheidung ist gefallen, und ich habe sicher nicht die Absicht, den ganzen Weg zurückzulaufen, um sie wieder ins Hotel zu bringen. Ich werde schlicht und einfach Claudio aufspüren und sie ihm zurückgeben.

Mein spürbarer Unmut brodelt vor sich hin und wächst sich zu echter Gereiztheit aus. Der Gedanke an Claudio macht mich wütend, an die alles andere als elegante Art, am Prüfungstag einfach zu spät zu kommen, an seine allzu selbstgewisse Miene, mit der er mir den Tausch mit Zigarette und Minibar vorgeschlagen hat, an die offensichtliche Unhöflichkeit, mit der er ans Telefon gegangen ist und mich meinem Schicksal überlassen hat. Um dann, puff!, einfach von der Bildfläche zu verschwinden und sich genauso schnell aufzulösen, wie er aufgetaucht ist, ohne Gruß, ohne Anhaltspunkt. Mir bleibt nichts als die Geige, die mir nun schwer in den Händen liegt. Ich habe die Nase gestrichen voll von Männern, die mir Geigen schenken und sich dann vom Acker machen.

Ich besteige den Bus nach Neapel und werfe das Gepäck auf den Nebensitz. Sobald sich der Bus in Bewegung setzt, beginnen meine Gedanken zu fließen, und ich verliere mich im Labyrinth meiner Seele. In der Mitte ist ein großes Loch, in dem Raum, in dem vorher die Musik war, die Leidenschaft, die ich ein Leben lang gepflegt und dann mit einem einzigen Ruck herausgerissen habe wie eine giftige Pflanze. Als ob das nicht schon schmerzhaft genug wäre, geht die Misere weiter: Die Musik hat mich nach Italien verfolgt und mir eines schönen Sommerabends auf einem Balkon aufgelauert. Sie hat sich in der Gestalt eines Mannes namens Claudio versteckt, um mich anzulocken, mich mit dieser tiefen Stimme, den faszinierenden Augen und dem wilden Duft zu verführen. In Wirklichkeit hat der Kerl mich reingelegt. Ich wollte bloß eine Liebesnacht mit einem anderen Reisenden genießen, aber nun hat er mich mit seinem unerwünschten Geschenk an sich gebunden. Jetzt sitze ich hier im Bus mit dieser stummen, starrsinnigen Geige an meiner Seite, die mir vorkommt wie eine lästige Reisegefährtin, die ich nicht mehr abschütteln kann.

Als ich in Neapel ankomme, ist es bereits Mittag, und ich sterbe vor Hunger. Auch weil ich einen weiteren Weg gewählt hatte, da ich mehr vom Meer sehen wollte. Am Bahnhof Mergellina steige ich aus, am Fuß des Posillipo, gleich an der Küste. Der Golf von Neapel liegt vor meinen Augen wie eine Ansichtskarte: das azurblaue Wasser, die Schiffe am Hafen, die Häuser an der Uferpromenade. Irgendwann stoße ich auf die Fontana della Sirena mit der Meerjungfrau, die sich über einen Felssockel erhebt und vier verschiedene Tiere unter sich hat: einen Delphin, ein Pferd, eine Schildkröte und einen Löwen. Auf dem Platz wimmelt es nur so vor Menschen, und es gibt mehrere Bars mit Freiflächen, aber auch wenn der Hunger groß ist, beschließe ich, nicht hierzubleiben. Auf Reisen halte ich mich nie in den Touristenquartieren auf, sondern schlage mich lieber in die Wohnviertel durch, um mich unter die Einheimischen zu mischen.

Auf der Suche nach einem Restaurant biege ich in eines der nahegelegenen Gässchen, wo ich vor lauter Lokalen die Qual der Wahl habe. Endlich finde ich eins, das mich besonders anspricht und auf einer Schiefertafel vor der Eingangstür die Liste der Tagesgerichte präsentiert. Unter einer spartanischen Holzlaube stehen mehrere Tische im Freien. Als wäre ich allein auf weiter Flur, bedeutet mir der Kellner, mir einen Platz zu suchen. »Wo immer Sie wollen, Prinzessin.« Dabei gibt es nur noch einen einzigen freien Tisch.

Nachdem ich Platz genommen habe, werfe ich einen Blick ins Innere des Lokals und entdecke eine große Granittheke, auf der frischer Fisch präsentiert wird. Weiter hinten kann man sogar in die Küche sehen und die Köche und Kellner beobachten, die sich auf heiter vertrauliche Weise um die Gäste kümmern. Als ich endlich die Speisekarte durchforste, habe ich nicht die geringste Ahnung, was ich bestellen soll.

Da kommt mir auch schon ein Kellner mit Glatze, Bauch und grauem Schnurrbart zu Hilfe und nimmt sie mir aus der Hand. »Signorina, machen Sie sich nicht Ihre schönen Augen kaputt. Am besten, Sie schließen sie und konzentrieren sich auf Ihre Sinne.«

Ich folge seinem Rat. Tatsächlich steigen mir herrliche Essensdüfte in die Nase, und ich höre, wie in der Küche das Öl brutzelt und die Messer in mechanischem Rhythmus auf die Holzbretter einhacken.

»Wir könnten mit einer Kostprobe von unserem Büffelmozzarella beginnen, der ist exquisit«, verkündet der Mann mit dem typischen Akzent der Gegend, indem er die Vokale ein bisschen in die Länge zieht und das S als Sch ausspricht. »Anschließend hätten wir zu bieten Wolfsbarsch *all'acqua pazza*, rohe Meeresfrüchte, Venusmuscheln, Austern, Meerwalnüsse oder Datteln. Alternativ Drachenkopfsuppe, Meerbarben auf Holzkohle gegrillt, dann unsere *friarielli*, also Stängelkohl, den man sich auf keinen Fall entgehen lassen sollte, unser gebackenes Reissartù, ferner *friggitielli*, das sind ganz wunderbare Schmorpaprika …« Plötzlich unterbricht er sich und ruft seinem Kollegen zu: »Lazzaro! Bring dieser Schönheit hier frisches Wasser und ein wenig Brot. Sie wird mir sonst ohnmächtig, keine Ahnung, ob wegen der Hitze oder vor Hunger.«

Zwischenzeitlich habe ich mich entschieden für Mozzarella, *friarielli* und Meerbarbe. Das Brot kommt mit dem Hinweis: »Unsere besondere Spezialität, im Holzofen gebacken.« Tatsächlich, die noch warme Kruste ist köstlich, ich fühle mich pudelwohl und fast wie zu Hause, von Fremden umgeben, aber doch in Gesellschaft. Das Essen ist wirklich wunderbar, sehr schmackhaft und selbst auf dem Teller noch voller Leben, allein der Geschmack sättigt mich, noch bevor die Bissen im Magen ankommen.

Während ich schweigend genieße, beobachte ich die anderen Gäste, die unbesorgt lachen und plaudern. Mein Kellner Guido, wie ich inzwischen erfahren habe, kommt immer mal wieder vorbei, um zu fragen, ob alles in Ordnung sei. Ich kann nichts weiter tun, als energisch zu nicken und unbeirrt weiterzukauen. Dass ich es offensichtlich nicht schaffe, den Mund für eine Antwort zu öffnen, scheint ihm die beste Bestätigung zu sein.

Als er später damit beschäftigt ist, den Tisch abzuräumen, nehme ich das Album aus dem Rucksack und breite es auf den Brotbröseln aus. Letztes Mal hat es mir den Montblanc vorgeschlagen, ein Ziel, das ich vermeiden möchte. In meiner gegenwärtigen Festtagsstimmung will ich es nun erneut befragen und so herausfinden, was es für mich bereithält. Also schlage ich es wieder einfach irgendwo auf. Statt eines Fotos oder einer Karte habe ich diesmal einen mit Füller geschriebenen Satz vor Augen: »Wer sich dem Schicksal widersetzt, kommt mit Verspätung dort an, wo er längst hätte sein sollen.«

Erschrocken schlage ich das Album wieder zu, denn das ist nun wirklich nicht das, was ich mir erhofft hatte. Es sieht fast so aus, als würde meine Mutter mich drängen, die Herausforderung des Montblanc anzunehmen. Was soll ich tun? Ihrer Aufforderung folgen oder meinen Ängsten die Oberhand lassen?

Während ich noch in diesen Gedanken versunken bin, nimmt am Tisch gegenüber ein sonderbares Wesen Platz, das sofort meine Aufmerksamkeit auf sich zieht. Es handelt sich um einen extrem dünnen Mann, der ungewöhnlich groß, aber gekleidet und zurechtgemacht ist wie eine Frau, nur sorgfältiger: blondes, zu einem Zopf geflochtenes Haar, knallroter Lippenstift, lackierte Nägel, langes Blumenkleid. Er merkt, dass ich den Blick nicht von ihm lassen kann, und schneidet eine Grimasse, was mir meine Unhöflichkeit bewusst macht und mich veranlasst, sofort wegzusehen.

Guido, der die Szene mitbekommen hat, ruft ihm aus der Küche zu: »Gasparina, lass gefälligst das arme Geschöpf in Ruhe!«

Als er herauskommt, um dem Neuankömmling Brot und Wasser zu bringen, wendet er sich freundlich an mich. »Keine Angst, Prinzessin, das ist bloß Gasparina, der *femminiello* von Mergellina. Ein ziemlich verrückter Kerl, aber er tut keinem was zuleide.« Offensichtlich hat er beschlossen mich zu duzen, als rechtfertige die Tatsache, dass ich in seinem Restaurant gegessen habe, dieses Vertrauensverhältnis.

Als Guido wieder hineingeht, nickt Gasparina ihm hinterher und raunt mir dann lächelnd zu: »Weißt du, er steht auf mich … Wahrscheinlich ist er eifersüchtig.« Seine Augen sind sorgfältig geschminkt und wirken durch die künstlichen lila Wimpern länger, aber der Ausdruck seiner strahlenden Augen ist aufrichtig … »Und du, woher kommst du, mein Kind?«

»Aus Barcelona.« Ich bin völlig verzaubert, dabei ist er sicher nicht der erste Transvestit, dem ich begegne. In Raval gibt es ein Lokal namens *La Valenta*, in das ich oft mit meinen Freunden gehe. Die Besitzer Lola und Carmen sind Freunde von Jana, und wenn sie uns kommen sehen, begrüßen sie uns immer überschwänglich.

Aber Gasparina wirkt so liebenswürdig, fast mütterlich, dass ich ganz in ihrem Bann stehe.

»Du bist doch nicht etwa alleine unterwegs?«

»Doch.«

»Wie mutig! Ich hätte nie die Traute, alleine zu reisen.«

Wir lächeln einander an, und ich habe das Gefühl, dass sie genauso neugierig auf mich ist wie ich auf sie.

»Falls du ein paar Geheimtipps brauchst, wende dich vertrauensvoll an mich, nicht dass du hier von irgendjemandem abgezockt wirst. Wir Frauen müssen uns doch gegenseitig helfen ...«

»Vielen Dank, aber ich bin schon wieder auf dem Sprung. Ich kann leider nicht in Neapel bleiben.«

»Was hast du denn Schönes vor?«

»Na ja, eigentlich müsste ich auf den Montblanc.« Als ich es ausspreche, wird es auf einen Schlag wahr, mehr als mir lieb ist.

»Heiliger Himmel! Was hast du denn da oben verloren?«

»Eigentlich gar nichts, der Punkt ist nur, dass meine Mutter ... mich erwartet.« Ich finde keine besseren Worte zur Erklärung.

»Die Mama darf man niemals warten lassen. Sie hat uns ja schon neun lange Monate mit sich herumgeschleppt. Das dürfte genügen, würde ich sagen.«

Jetzt gesellt sich auch noch Guido hinzu. »Gasparina ist eine Glücksfee, das ist im ganzen Viertel bekannt. Was auch immer du vorhast, wenn du sie auf deinem Weg triffst, geht es in jedem Fall gut aus.«

Ein wenig Glück kann ich gut gebrauchen, denn jetzt ist es zu spät für einen Rückzieher. Wenn es nach mir ginge, würde ich noch eine Weile hier in Neapel bleiben, um Gasparinas Geschichten zu lauschen, ihr beim Schminken zuzuschauen und in ihrem Schrank herumzuschnüffeln, aber leider muss ich meine eigenen Wünsche hintanstellen und gegen den Strom schwimmen: vom Meer ins Gebirge, vom Süden in den Norden. Erneut scheint meine Mutter die Fäden in der Hand zu halten und mich heimlich zu leiten, damit ich ja auf ihren Spuren bleibe. Offensichtlich hat sie beschlossen, dass ich in die Berge fahren muss. Nun gut, dann fahre ich eben in die Berge.

Der *femminiello* hat sich inzwischen abgewandt und ist in ein Gespräch mit einem anderen Gast vertieft. Die einzige Erinnerung an seine Gesellschaft ist der Rosenduft, den er hinterlassen hat. Als ich nun aufstehe und bezahle, wirft er mir von weitem einen Kussmund zu. Der Kellner gibt mir noch eine Muschel mit auf den Weg und sagt, ich solle wenigstens ein Stück vom Meer mitnehmen, damit ich es nicht allzu sehr vermisse.

Mit der Muschel in der Hand und begeistert wie ein zum Tode Verurteilter auf dem Weg zum Schafott, mache ich mich auf den Weg zum Bahnhof und kaufe mir eine Fahrkarte nach Turin. Als ich endlich im Zug sitze und den Kopf an die Fensterscheibe lehne, werde ich wieder von tausenderlei Zweifeln und Ängsten überfallen, die im Laufe der langen Zugfahrt immer schlimmere Ausmaße annehmen. Ich stehe tatsächlich im Begriff, die größte Herausforderung meines Lebens in Angriff zu nehmen, einer Klippe von ungekannten

Dimensionen entgegenzusteuern – nicht nur wegen meiner Höhenangst, sondern wegen des Gefühls einer schier unerträglichen Schwere und sinnlosen Mühe, mit dem die Berge in meinem Kopf verbunden sind.

Das alles ausgerechnet auf Veranlassung meiner Mutter, die mich zu Lebzeiten nicht mit meinen Schulkameraden in den Skiurlaub fahren ließ. Zum einen, weil sie es zu teuer fand, und zum anderen, weil sie feststellte: »Was willst du denn in den Bergen? Wir wohnen doch am Meer. Es ist völlig überflüssig, dass du Skifahren lernst.« Ganz richtig ging sie davon aus, dass ich nie in die Verlegenheit kommen würde, mit den Skiern von Montjuïc nach Barceloneta hinunterfahren zu müssen, und dass es sich daher um eine völlig unnötige Investition handelte. Ich habe nie versucht sie umzustimmen, denn ehrlicherweise hatte ich nicht die geringste Lust, mich auf den beschwerlichen Weg zu machen, um mir auf irgendeinem Berggipfel Erfrierungen zuzuziehen.

Als ich älter wurde und meine Freundinnen öfter mal beim Shoppen von Wintersportzubehör begleiten musste, entwickelte ich einen heftigen Widerwillen gegen diese Welt: Skianzug, Skischuhe, Strumpfhosen, Handschuhe, Mützen, Funktionshemden, Winterstiefel, Skier, Snowboards, Helme. Ich beneidete sie kein bisschen, wenn ich sie mit schweren, platzraubenden Gegenständen voll beladen aus den Läden kommen sah. Sie gaben ein Vermögen aus für einen Sport, den sie allerhöchstens vierzehn Tage im Jahr praktizierten, während ich ganze zwanzig Euro in einen Badeanzug investierte, der mindestens drei Sommer lang halten würde.

Es gab nicht den geringsten Zweifel: Wenn ich vor der Wahl stehen würde, ob ich lieber in Grizzlybärmontur vor Kälte sterben oder frei wie ein Fisch im Meer baden wollte, würde ich mich auf jeden Fall für die zweite Option entscheiden. Es war so wunderbar einfach, sich aufs Fahrrad zu schwingen, in Flipflops, Badeanzug unterm Kleid und nur einem Handtuch im Gepäck, und dann gut gelaunt an den Strand zu radeln. Mir war völlig schleierhaft, wie jemand auf die absurde Idee kommen konnte, um fünf Uhr morgens aufzustehen, das Auto zu beladen und um die halbe Welt zu fahren, um dann irgendwo an einem Skilift Schlange zu stehen und später einen Berg hinunterzufahren. All das nicht nur einmal, sondern den ganzen Tag lang immer und immer wieder, wie in einer Endlosschleife.

Während ich nun das Foto im Album betrachte, frage ich mich, was meine Mutter auf dem Montblanc zu suchen hatte. Ob es sie aus Neugier dorthin verschlagen hatte oder weil irgendein Freund sie mit seiner Begeisterung angesteckt und dazu überredet hatte. Es gibt keinerlei Hinweise darauf, nur das Bild und die lakonische Bildunterschrift. Was mag sie empfunden haben, als sie sich zum ersten Mal dieser Landschaft gegenübersah? Welches Gefühl es auch war, ob Hass oder Liebe, ich kann es nicht nachvollziehen, da mir diese Erfahrung völlig fehlt.

So kommt es, dass die Abwehr in meinem Inneren ihren Platz langsam der Neugier überlässt. Eigentlich ist diese Reise die ideale Gelegenheit, um neue Entdeckungen zu machen und sich für das zu öffnen, was zunächst unmöglich schien. Nun gut, wenn das so ist, dann fährt Lavinia eben in die Berge.

Nach und nach kommt mein Gemüt zur Ruhe, und wie auf eine geheime Absprache hin wird auch der Zug langsamer. Erst als wir in den Bahnhof von Turin einfahren, merke ich, dass die Berge bereits hier die Landschaft dominieren.

Am Bahnhof steige ich sofort in den Bus nach La Salle, jenes Dörfchen am Fuße des Montblanc, das ich mir als Basis ausgesucht habe. Ich setze mich in die erste Reihe, weil ich den Weg durch die große Windschutzscheibe genau mitverfolgen will. Es dauert etwa eine Stunde, bis das Gebirgsmassiv in Sicht kommt. Es sieht aus wie eine riesige vor uns liegende Mauer, und die Straße scheint schnurgerade darauf zuzuführen. Während sie zunächst flach erscheint, nimmt sie im Näherkommen Form an, rundet und wandelt sich, kommt mir vor wie ein Wolfsmaul, in dessen Innerem wir wie winzige Insekten umherwuseln. Dann weitet sich der Raum, den die Bergwand umfasst, kleine, felsige Kämme und Bäume zeichnen sich darauf ab und schließlich der Fels an sich, der braun ist, grau, braun, schwarz. An manchen Punkten ist er karg und intakt, an anderen mit einem feinen grünen Pelz bekleidet, so spärlich, dass die Erde durchscheint, aus der er erwächst.

Am Fahrbahnrand fließen Rinnsale durch ein Steinbett, dessen unterschiedlich große graue Kiesel sich ungerührt der ewigen Bewegung des Wassers entgegenstemmen.

Der Bus nimmt nun die Serpentinen in Angriff, und wir schlängeln uns immer weiter in die Höhe, wo das Gebirge abgeschlossen wirkt, wie gemeißelt. Ich kann es jetzt gut überblicken, dreidimensional, in der Höhe wie in der Breite, aber es kommt mir kalt vor, distanziert, wenig menschlich.

Bald darauf kommen wir in La Salle an. Beim Aussteigen reicht mir der Fahrer die Taschen, die ich in den Gepäckraum gepfercht hatte.

»Sehr passend für die Berge, ein kleiner Rucksack, eine Geige und ein Stadtkoffer«, sagt er scherzhaft. Dann mustert er mich eingehender und fügt spöttisch hinzu: »Wie ich sehe, hat die junge Dame genau die passenden Klamotten für eine Kletterpartie im Hochgebirge dabei.«

Mir wird bewusst, dass ich wie ein Fisch auf dem Trockenen wirken muss. Ich trage eine knielange Jeanslatzhose und ein gestreiftes Marineshirt, dazu die üblichen Stoffturnschuhe mit zerrissenen Schnürsenkeln. Der Fahrer gafft mir weiter ungerührt auf die Schenkel und hat inzwischen eine typische Alphamännchenposition eingenommen. Mit verschränkten Armen, leicht nach vorn geschobenem Becken und so weit gespreizten Beinen, dass man einen hundertjährigen Baumstamm hindurchschieben könnte, steht er da. Ich mustere seine blaue Uniform mit dem Logo der Verkehrsgesellschaft und der um den Bauch herum viel zu eng sitzenden Weste, seine übertrieben sonnengebräunte Haut, die spärlichen, grau melierten Haare und das aufgedunsene Gesicht. Dabei stelle ich mir vor, wie er sich am Sonntag zu Hause bei seiner Mama mit Lasagne vollstopft, um sich danach aufs Sofa zu knallen und Fußball zu schauen.

Unverwandt halte ich den Blick auf ihn gerichtet, bis er endlich nachgibt und den seinen senkt. Dann mache ich auf dem Absatz kehrt und lasse ihn einfach stehen. Ich weiß sehr gut, dass meine Kleidung unpassend ist, aber mir das ausgerechnet von so jemandem sagen zu lassen, ist unter meiner Würde.

Mein erster Weg führt mich zur Touristeninformation, wo mich eine Dame mittleren Alters mit süßlichem Lächeln empfängt und mir einen fast schon übertrieben freundlichen Willkommensgruß entgegenschmettert. Ich erkläre ihr, dass ich zum ersten Mal im Gebirge sei und keine Ahnung von Tuten und Blasen hätte. Offensichtlich erweckt das in ihr den Mutterinstinkt, denn sie kommt hinter ihrem Schreibtisch hervor, fasst mich an der Schulter und versichert mir, dass alles gut gehen werde und sie alle Informationen habe, die ich brauche. Anschließend breitet sie eine Karte von der Ortschaft vor mir aus und markiert darauf die verschiedenen Sehenswürdigkeiten, um mich als Nächstes mit Unmengen von Prospekten und Visitenkarten von Hotels, Restaurants und Fachgeschäften auszustatten. Am Ende wirft sie noch einen Blick in ihren Computer und stößt einen begeisterten Jubelruf aus, als hätte ich in der Lotterie gewonnen. Sie hat nämlich festgestellt, dass sie für morgen noch einen freien Platz in einer »besonders leichten« geführten Exkursion für mich hat.

»Oh, schau nur«, trällert sie und zeigt hinter mich, »da kommt gerade die Gruppe von heute zurück.«

Ich drehe mich um und erblicke Menschen jenseits der siebzig mit erhitzten, strahlenden Gesichtern, was aufs Eindrucksvollste ihre dritten Zähne zum Vorschein bringt. Natürlich sind sie alle perfekt ausgestattet: Trekkingschuhe, Fischerhut mit Bändchen unterm Kinn, Cargohose mit unzähligen Taschen, in denen zweifellos multifunktionale Schweizermesser stecken. Der Führer ruft sie gerade mit strenger Stimme zur Ordnung, als habe er es mit einer Kinderhorde auf einem Schulausflug zu tun.

Ich drehe mich wieder zu der Dame um und sage ihr – wobei ich mir Mühe gebe, so wenig unhöflich wie möglich zu erscheinen –, dass diese Art des Bergwanderns nicht so ganz dem entspricht, was ich im Sinn habe.

»Na gut, Kindchen, aber geh dir wenigstens was Passendes zum Anziehen kaufen. Hier wird es nachts ziemlich kalt«, ermahnt sie mich in leicht verdrossenem Ton und drückt mir den Prospekt eines Ladens in die Hand, der zugleich als Rabattcoupon gilt. Zur Sicherheit schiebt sie gleich noch einen zweiten hinterher.

Ich frage mich, wieso sich alle erdreisten, mich wegen meiner Kleidung anzusprechen …

Wenig später habe ich den Laden gefunden und trete beherzt ein, um dann ziemlich verloren zwischen Regalen mit Karohemden, Bergschuhen und Tarnfleckhosen umherzuirren. Alle anderen Kunden sind bereits im Stil des Ladens gekleidet und scheinen ganz genau zu wissen, was sie zu tun und zu lassen haben. Schließlich nehme ich meinen Mut zusammen und gehe auf einen der Verkäufer zu, wobei ich mir den mit dem vertrauenerweckendsten Gesicht aussuche. Als ich ihm erkläre, dass ich in puncto Bergkleidung ein unbeschriebenes Blatt sei, nimmt er sich meiner sofort an. Dies hat zur Folge, dass ich zur willenlosen Marionette in seinen Händen werde. Er entscheidet, welche Schuhe für mein Niveau am besten taugen, ebenso welche Hosen und welche T-Shirts.

Eine Weile folge ich ihm brav, aber als er mir auch noch eine Sonnenbrille mit Seitenschutz und Fleece-Halswärmer verkaufen will, bringe ich gerade genug Würde auf, um mich zu widersetzen. Auf dem Weg zur Kasse verliebe ich mich in ein Paar fingerlose Handschuhe mit Netzbesatz. Ich ziehe sie an und betrachte hingerissen meine Hände. Sie sind irgendwie sexy.

»Die werden dir nicht viel nützen«, sagt der Verkäufer, der mich offensichtlich immer noch im Blick hat. »Sie sind zum Klettern.«

»Ah, okay …« Ich denke kurz darüber nach und lege sie zurück, um sie dann doch wieder in die Hand zu nehmen. Wenigstens eine Sache, die mir gefällt, werde ich mir ja wohl kaufen dürfen in diesem verdammten Laden!

Die wunderschönen neuen Handschuhe gleich übergezogen, trete ich kurz darauf endlich hinaus auf die Straße – mit Rucksack, Geige, Rollkoffer und Einkaufstüte. Die Menge an Dingen, die ich mit mir herumschleppe, wächst in besorgniserregender Weise. Höchste Zeit, dass ich eine Unterkunft finde.

Ich durchwühle meine Taschen nach den Adressen, die ich bei der Tourist-Info bekommen habe, und rufe die billigste Pension auf der Liste an. Nichts zu machen, sie sind schon voll. Nach drei vergeblichen Versuchen finde ich endlich ein nettes und für meinen Geldbeutel geeignetes Bed & Breakfast. Es liegt am Ortsrand und ist eine Art Almhütte, die ganz in Holz gehalten ist.

Als ich eintrete, umfängt mich ein Duft nach Kiefern und Sauberkeit, der mich sofort positiv stimmt, ebenso wie das freundliche Lächeln des alten Mannes am Empfang. Er heißt Ovidio, und sein weißer Bart sieht aus wie eine umgekehrte, verkleinerte Darstellung des Gebirges, das draußen vor der Tür in den Himmel ragt.

Er begleitet mich in mein Zimmer und ist mir mit dem Gepäck behilflich, dann meint er noch, ich solle nach unten kommen und etwas trinken, sobald ich mich eingerichtet habe. Der Gedanke an ein alkoholisches Getränk motiviert mich tatsächlich, mich rasch umzuziehen, und nur zehn Minuten später leiste ich Ovidio schon wieder Gesellschaft. Ich setze mich in eine Ecke der Bar und frage ihn mit wenig Hoffnung, während ich die Flaschen hinter seinem Rücken mustere, ob ich eine Bloody Mary haben könne.

»Du bist hier wirklich am richtigen Ort gelandet, Mädchen«, erwidert er und macht sich sofort an das Mixen der Zutaten. »Meine Cocktails sind die besten im ganzen Alpenbogen.«

Wenig später präsentiert er mir ein Glas mit einer blutroten Flüssigkeit, mit ein wenig Sellerie und Oliven dekoriert, das mir förmlich zuzurufen scheint: »Trink mich!« Ich habe zwar nicht alle Cocktails des Alpenbogens probiert, aber ich muss zugeben, der von Ovidio ist wirklich bemerkenswert.

Während ich in kleinen Schlucken genüsslich trinke, plaudere ich mit ihm über mich und meine Reise. Dabei schaue ich mich genauer um und entdecke, dass es sich bei der Bar eigentlich um eine Buchhandlung handelt. Die Regale an den Zimmerwänden sind randvoll mit Büchern, zum Großteil Fachliteratur über die Berge und das Bergsteigen. Als ich zugebe, dass ich blutige Anfängerin bin, aber keine Lust habe, mich einer organisierten Trekkinggruppe anzuschließen, hebt Ovidio eine Augenbraue. Einen Moment lang fürchte ich, dass er mir Vorwürfe macht, stattdessen nickt er feierlich.

»Ganz richtig so. Die Berge sind dazu da, um die Einsamkeit zu erleben. Viele Menschen kommen hierher, aber nur wenige verstehen sie wirklich.« Er kommt hinter der Theke hervor, geht direkt auf ein Regal zu und sucht etwas, wobei er sich immer wieder den Bart glatt streicht. »Da ist es ja!«, ruft er zufrieden, zieht ein Buch heraus und präsentiert es mir. »Das hier ist der richtige Führer für dich. Es sind eher einfache Wege in der näheren Umgebung drin, mit Karten und Beschreibungen. Die kannst du alleine entlangwandern, ohne dich zu verlaufen.«

Ich drehe das Buch in den Händen, und es gefällt mir jetzt schon. Der Umschlag, die Buchstaben, der Geruch, der von den Seiten aufsteigt. Ich beschließe, es zu kaufen und mache mich überglücklich auf den Weg in mein Bett.

Auf dem Weg in mein Zimmer blicke ich aus dem Fenster und stelle fest, dass die Berge spurlos verschwunden sind, oder vielmehr, dass man sie nicht mehr sieht, weil sie dieselbe Farbe wie die Nacht angenommen haben. Es ist, als hätte jemand die Umgebung im dunkelsten Blauton angestrichen, alles, bis auf mein Herbergshäuschen. Lichter sind auch keine zu sehen, nur die Sterne am Himmel, von denen einer heller als alle anderen leuchtet. Er scheint mir zuzuzwinkern und zu sagen: »Geh nur schlafen, morgen wartet ein ereignisreicher Tag auf dich.«

Zuvor hatte Ovidio mir erklärt: »Den Bergen tritt man am besten im Morgengrauen gegenüber.«

8

Amulette

Ich liebe das Frühstück, weil es das Präludium für einen neuen Tag ist, an dem alles geschehen kann, alles zu tun und alles zu lassen ist. Im Morgengrauen stehe ich auf, bin sofort wach und fit wie ein Turnschuh. Zu einem Teller mit Eiern und Speck sage ich niemals Nein, und die von Ovidio sind besonders schmackhaft. Ihr Duft steigt mir schon im Bett in die Nase und scheint mir sagen zu wollen: »Los jetzt, es gilt keine Minute zu verlieren, ein neuer Tag ist angebrochen.«

Während ich am Frühstückstisch in dem Buch blättere, das ich gestern Abend gekauft habe, von meinem Gastgeber bestens verwöhnt, schlinge ich gierig mein Essen herunter, fast ohne zu kauen. Ich bin so elektrisiert, dass ich das Gefühl habe, es auf dem Weg vom Mund in den Magen schon verdaut zu haben. Nachdem ich den Reiseführer aufmerksam studiert und gewissenhaft einige Analysen und Vergleiche angestellt habe, weiß ich endlich, welchen Weg ich heute

Morgen gehen will: ein Tal namens Valle del Trifoglio. Einfachster Schwierigkeitsgrad, wenige Höhenmeter, gut ausgeschildert, also bestens geeignet für Anfänger wie mich.

Ovidio habe ich auch schon nach seiner Meinung gefragt, und er hat mir beigepflichtet. Dennoch verspüre ich immer noch einen leichten Widerwillen gegen den Aufbruch, mein altes Misstrauen gegen die Berge ist noch nicht verschwunden. Ich schaffe es, keinen Nachschlag zu bestellen, und verabschiede mich von Ovidio.

»Bis später«, sage ich leichthin zu ihm und gebe mich dabei zuversichtlicher, als ich bin. Denn da gibt es diese leise Stimme tief in mir drin, die hinzufügen möchte: »Wenn ich in ein paar Stunden nicht zurück bin, ruf den Notarzt, die Polizei oder die Feuerwehr, auf jeden Fall rette mich.«

Mit meinen nagelneuen Wanderschuhen und den wunderschönen nutzlosen Handschuhen durchquere ich das Dörfchen, das gerade im Begriff ist aufzuwachen. Nach einer Viertelstunde gelange ich tatsächlich zu einem Schild, das den Anfang des Wanderwegs markiert. Die aufgeschlagene Wanderkarte in der Hand, hole ich tief Luft und schlage den Trampelpfad ein, der in den Wald führt. Das Geräusch meiner Schritte leistet mir Gesellschaft – wenn sie nicht wären, würde hier nichts weiter herrschen als ursprüngliche, unverfälschte Stille.

Je mehr ich in die Natur vordringe, desto mehr lässt

die Stille Raum für eine neue Welt, die mir unbekannt ist. Blätterrascheln ist zu hören, vielleicht verursacht von einem Tier, Baumrindenstücke, die auf den Boden fallen, Vogelgezwitscher. Ich bleibe brav auf dem Weg, ohne auf dumme Gedanken zu kommen oder spontanen Impulsen zu folgen, und halte mich stur an die Markierung. Auch weil ich nun doch ein bisschen in Panik gerate, als ich mich umdrehe und den Ausgangspunkt nicht mehr ausmachen kann, sondern nur weites, endloses Grün.

Nach mehrstündiger Wanderung habe ich das Gefühl, dass der Umfang meiner Beine sich verdoppelt hat, auch wenn ich lange Hosen trage und es nicht überprüfen kann. Ich spüre meine Muskeln, die lebendig unter der straffen Haut pulsieren, meine Pofalte, die bei jedem Schritt kaum merklich auf den Schenkel trifft.

Ohne mir dessen bewusst zu sein, werde ich schneller, marschiere jetzt zügig voran. Mir ist danach, das Ganze zu beenden, den Kreis zu schließen und zurück ins Dorf zu kehren, wieder menschliche Gerüche in die Nase zu bekommen und nicht nur die nach Schlamm, Erde und Natur. Stattdessen biege ich um die Kurve, und der enge Weg verbreitert sich wie durch Magie zu einer Lichtung, mit Gras und Margeriten bewachsen, die hier und dort ihre Köpfchen herausstecken. Im Hintergrund ragen majestätisch die Berge mit ihren verschneiten Gipfeln auf.

Ich rolle die Hosenbeine hoch bis zum Knie und

lege die Waden frei. Mir ist heiß, ich beginne zu schwitzen, habe furchtbaren Durst, die Sonne sticht und wärmt die Natur, erweckt sie aus ihrem Dämmerschlaf. Der Weg windet sich um einen Felsen herum, und ich finde mich mitten im Hochwald wieder, umstanden von hundertjährigen Bäumen von beeindruckendem Umfang. Plötzlich wird mir zu meinem Entsetzen klar, dass die Wegmarkierung, der ich folge, nicht mehr die richtige ist. Suchend sehe ich mich nach dem weißroten Fähnchen um, das mich bis hierher geführt hat. Ich mache kehrt, gehe weiter, ohne Erfolg. Das Valle del Trifoglio scheint verschwunden zu sein. Wahrscheinlich habe ich mich auf dem letzten Abschnitt verlaufen. Ich rufe mich wiederholt zur Ruhe, studiere die Karte in meinem Buch, drehe sie mindestens dreimal in den Händen und versuche verzweifelt sie zu lesen, aber ich verstehe nur Bahnhof. Die aufgezeichneten Wege sind nichts weiter als geschwungene Linien, kleine rote Schlangen auf weißem Grund.

Ich drehe mich um mich selbst, auf der Suche nach irgendeinem Referenzpunkt, der mir weiterhelfen könnte, entdecke jedoch nichts als Bäume und noch mehr Bäume, Felsen. Ist denn weit und breit keine Bar, in der ich nachfragen könnte? Oder eine Tankstelle? O Gott, ich habe mich verlaufen. Aber nur keine Panik. Ich ziehe mein Handy aus der Tasche und … es hat keinen Empfang. Das ist tatsächlich ein harter Schlag für meinen Optimismus. Mutterseelenallein stehe ich im

Wald, ohne Essen, ohne Wasser, ohne die geringste Ahnung, was ich tun soll. Na Gott sei Dank, dass der *femminiello* von Neapel mir Glück bringen sollte! Was hätte mir Schlimmeres passieren können? Von einem Bären gefressen zu werden?

O Gott, Bären! Daran habe ich noch gar nicht gedacht ... Und wenn ich um Hilfe rufe? Sie werden mich für die letzte Idiotin halten, aber wenigstens werde ich gerettet. Ich stoße also einen Schrei aus und lausche in Erwartung einer Antwort. Nichts.

Frustriert fange ich an zu fluchen und den Kies unter meinen Füßen umherzukicken, woraufhin sich eine kleine Staubwolke bildet. Ich muss niesen, und als ich die Augen wieder aufschlage, taucht in der Ferne, wie eine Vision inmitten der Staubwolke, eine menschliche Gestalt auf. Ein Wunder!

Ich renne ihr entgegen, schreie und fuchtele wild mit den Armen. Im Näherkommen kann ich die Person besser erkennen. Es ist ein junger Mann, mehr oder weniger in meinem Alter, groß, blond, sportliche Kleidung, einen riesigen Rucksack auf den Schultern. Er schaut mir überrascht entgegen und bedeutet mir mit den Händen, mir Zeit zu nehmen, so als wolle er sagen: »Ich bin ja da, ich warte auf dich.« Schwer atmend und nassgeschwitzt komme ich bei ihm an, bleibe wenige Schritte vor ihm stehen und reiße mir mit einer einzigen Bewegung das Sweatshirt vom Leib, in der Hoffnung, besser atmen zu können.

»Entschuldige, ich habe mich verlaufen«, teile ich

ihm direkt und entwaffnend mit. »Kannst du mir vielleicht weiterhelfen?« Mein Ton schwankt zwischen Bitte und Befehl.

Misstrauisch sieht er mich an und sagt: »Du brauchst doch nur dem Weg zu folgen.«

»Welchem denn? Hier sind überall Wege«, gebe ich aufgeregt zurück, wobei ich hysterisch in Richtung der Markierungen gestikuliere, die zwischen den Bäumen hindurchlugen. »Das ist ein Labyrinth hier. Ich weiß nicht, wie ich zurückkomme, du musst mir helfen!«

Er bleibt die Ruhe selbst. »Pass auf, es ist ganz einfach. Siehst du den grauen Felsen dort unten?«

Ich starre in die angedeutete Richtung, aber da sind überall Felsen. Ich kann keinen klaren Gedanken mehr fassen, mein Gehirn ist ausgefallen, für mich ist auf einmal alles grau.

»Ich verstehe nicht … welchen denn?«

Er stellt sich hinter mich, damit ich mit dem Blick der imaginären Linie folgen kann, die sein Zeigefinger bildet, und wiederholt mit Engelsgeduld: »Du musst nur um diesen grauen Felsen da vorne herumgehen, den neben der großen Lärche. Nach der Biegung stößt du auf einen Weg, dem du nach rechts folgst. Er führt ins Tal, in kaum einer Stunde bist du im Dorf.«

Ich drehe mich um und starre ihn an, als suchte ich in seinem Gesicht nach Anzeichen, die mir helfen zu entziffern, was er gerade gesagt hat. Er sieht aus wie ein Deutscher. Oder besser, er sieht aus, wie man sich einen Deutschen vorstellt: blond, blass, betörend, begehrenswert, aber im Grunde eiskalt. Er ist deutlich größer als ich und sehr schlank, das Gesicht ist ziemlich kantig, fast bartlos, die Augen haben die Farbe von Gletschern, die ihm die Haut zu durchstechen scheinen. Die kurzen, ungekämmten Haare stehen ihm vom Kopf ab wie stachelige Piniennadeln.

»Schönen Tag noch.« Er schenkt mir ein Lächeln und geht seiner Wege.

Seiner Meinung nach bin ich gerettet, bestens versorgt und in Sicherheit. Während er sich entfernt, schaue ich zu dem grauen Felsen hinüber, dem ich folgen müsste, und dann wieder zu ihm, der in die entgegengesetzte Richtung läuft, seiner Sache ganz sicher, mitten im Wald. Dann renne ich hinter ihm her.

»Entschuldige, aber hast du vielleicht Lust, mit mir mitzukommen?«, schlage ich ihm vor, als wäre das die logischste Sache der Welt.

»Ich kann nicht«, erwidert er und läuft schnellen Schrittes weiter. Stumm folge ich ihm. »Denk dran, je weiter du gehst, desto länger wird der Rückweg«, warnt er mich.

»Wenn du nicht mit mir kommst, dann gehe ich eben mit dir.« Der Gedanke ist mir gerade durch den Kopf geschossen, und ich spreche ihn aus, ohne nachzudenken. Er kommt mir sofort vor wie ein toller Schachzug. Mir ist es lieber, einen weiteren Weg zu gehen und dabei Gesellschaft zu haben, als mutterseelenallein nach Hause zu wandern.

»Das schaffst du nicht«, sagt er, ohne mich eines Blickes zu würdigen.

»Warum denn nicht?«, frage ich irritiert.

Jetzt bleibt er stehen, und ich, die ich ein paar Schritte hinter ihm gegangen bin, stoße gegen seinen Rücken. Er dreht sich um und geht ein Stück rückwärts, um Abstand zu gewinnen, dann mustert er mich mit teutonischer Strenge.

»Weil ich da hinaufmuss, bevor es Abend wird«, sagt er und zeigt auf den Gipfel des Berges. »Das ist kein Weg, der für dich geeignet wäre.«

»Woher willst du das wissen? Ach, egal, ich habe schon verstanden, ich soll dir nicht zur Last fallen. Wenn das so ist, dann noch eine schöne Tour und auf Wiedersehen. Ich komme auch ohne dich aus.«

Ich habe wirklich keine Lust zu betteln. Mein Stolz hat die Oberhand über meinen Überlebensinstinkt gewonnen. Hocherhobenen Hauptes mache ich kehrt und gehe den Weg zurück. Nach wenigen Metern bereue ich es jedoch schon wieder und drehe mich um, um zu prüfen, ob er vielleicht auch nach mir sieht. Keine Chance. Ich gebe auf und will wieder loslaufen, da stolpere ich über ein Steinchen, verliere das Gleichgewicht und greife nach einem Strauch. Der Ast bricht jedoch ab, ich purzele vornüber und lande im Dreck. Als ich mich aufrapple, sind meine Hände schmutzig und die Knie bluten. Ich muss daran denken, dass ich als Kind ständig mit irgendwelchen Blessuren aus dem Park zurückkam.

Schade, dass ich schon groß bin und niemand da ist, der meine Kratzer versorgt.

Was für ein Chaos ... Ich weiß nicht, wie ich mich säubern soll, und benutze spontan das Sweatshirt. Noch bevor ich es auf die aufgeschürfte Stelle pressen kann, reißt es mir jemand aus der Hand.

»Was tust du denn da? Das ist doch schmutzig. Lass mich das lieber mal machen.« Der Teutone ist tatsächlich umgekehrt.

»Setz dich hierher«, sagt er und hilft mir dabei, mich auf einem großen Stein niederzulassen.

Als er sich über mich beugt, gleitet ihm ein Anhänger aus dem T-Shirt und pendelt an seinem Hals. Es ist ein kleiner schwarzer Quarzkristall, der an einem Lederbändchen befestigt ist. Ich starre ihn an und hebe dann den Blick zu seinen Augen. Auch er beobachtet mich, und plötzlich entsteht ein Moment der Spannung zwischen uns.

»Mir geht's gut, alles in Ordnung«, spiele ich das Ganze herunter, auch wenn mir inzwischen mehrere blutige Rinnsale übers Schienbein laufen.

»Tut es weh?«, fragt er mich, während er die Wunde mit einer sauberen Serviette abtupft.

»Nein«, lüge ich und versuche meine Verlegenheit zu überspielen, indem ich mich in Ironie flüchte. »Ich bin daran gewöhnt, so als Spezialistin fürs Hinfallen. Ich habe eine ganz eigene Technik entwickelt, wenn du willst, bringe ich sie dir bei.«

Mir fallen all die Male ein, die ich in der Stadt über

schiefe Gullideckel gestolpert bin. Die Blicke der Arbeiter. Die Pfiffe der Passanten. Die endlos erscheinenden Sekunden, während du dich wieder zusammenraufst.

»Wenn du mich auf dich aufmerksam machen wolltest, ist dir das auf jeden Fall gelungen«, kommentiert er ohne die Andeutung eines Lächelns.

Er hilft mir beim Aufstehen und lässt mich ein paar Schritte machen, um zu kontrollieren, ob alles in Ordnung ist. Ist es.

»Wie auch immer, ich bin jedenfalls Tommaso.« Er streckt mir die Hand hin, und ich will sie gerade ergreifen, als ich merke, dass mein Handschuh voller Erde ist. Ich ziehe sie wieder zurück, doch er nimmt sie und behält sie in der seinen, um sie dann anzustarren, als wäre sie ein seltsames Tier. »Was machst du denn damit?«

»Nichts. Ich habe die Handschuhe nur gekauft, weil sie mir gefallen haben.«

Endlich lächelt er. Er sieht schön aus, wenn er lächelt, dieser Tommaso, auch wenn er sofort wieder ernst wird, als wäre ihm ein wichtiger Gedanke gekommen oder eine dringende Mission eingefallen, der er sich unverzüglich zu widmen hat. Sein abweisendes Gebaren reizt mich, ich bekomme Lust, ihm einen Strich durch die Rechnung zu machen.

»Also, ich bin Lavinia«, sage ich lächelnd und überrumpele ihn, indem ich ihn auf beide Wangen küsse. »Bei uns in Spanien macht man das so«, erkläre ich dann.

Er verharrt ein paar Sekunden, als würde er überlegen, wie er darauf reagieren soll, und beschließt dann offensichtlich, meine Provokation zu ignorieren und kehrtzumachen, bereit, seinen Marsch wieder aufzunehmen.

»Wir müssen uns beeilen, wir haben fast eine halbe Stunde verloren.«

»Das bedeutet, ich darf mitkommen?«, frage ich hoffnungsvoll.

»Du fällst schon wieder zurück«, antwortet er, ohne stehen zu bleiben.

Schnell hole ich auf und bleibe an seiner Seite. Eine Zeit lang gehen wir schweigend nebeneinander her, und ich bemühe mich, mit ihm Schritt zu halten, auch wenn er im Stechschritt marschiert und sich nicht um mich zu kümmern scheint. Er bewegt sich mit geradeaus gerichtetem, konzentriertem Blick, ohne die Umgebung wahrzunehmen, wie jemand, der nicht zum Vergnügen wandert, sondern um ein Ziel zu erreichen. Ich hingegen bemühe mich, die Landschaft zu genießen. Jedenfalls versuche ich es, auch wenn sie mir etwas eintönig, fast schon langweilig erscheint. Ich kann die Pflanzen nicht auseinanderhalten, ich kenne die Namen der Bäume nicht, und wenn uns ein Tier begegnen würde, wäre ich wahrscheinlich eher ängstlich als neugierig. Ich könnte Tommaso ausfragen, sicher kennt er alles ganz genau und könnte mir vieles erklären, aber offensichtlich bin ich für ihn nur eine lästige Schmeißfliege, daher ist es besser, ihn nicht zu reizen.

Trotzdem ist er mir sympathisch, weil er authentisch ist, er versucht erst gar nicht, um jeden Preis zu gefallen. Er macht den Eindruck, als wüsste er genau, was er tut, und als würde er, wenn er etwas wirklich will, es sich einfach nehmen und basta.

Ich singe im Kopf eine Melodie vor mich hin, um mir Gesellschaft zu leisten. Mein Vorsatz, den Mund zu halten, hält nur fünf Minuten vor, dann kann ich mich nicht mehr beherrschen.

»Wohin gehen wir eigentlich? Das heißt, ich habe schon kapiert, dass wir da rauflaufen, nur warum? Was gibt es da oben zu holen?«

Nach ein paar Sekunden Schweigen, als ich schon jede Hoffnung auf eine Antwort verloren habe, beginnt er zu sprechen, ohne sich zu mir umzuwenden. »Der Weg, den wir gehen, heißt der Zahn des Riesen.«

Ich hake schnell ein und nutze seine unerwartete Offenheit. »Warum heißt er so?«

»Du magst die Berge nicht, aber du wärst perfekt geeignet für das Leben in den Alpen, zäh, wie du bist«, sagt er seufzend und fügt hinzu: »Den Namen hat man ihm zu Ehren von Gargantua gegeben, einem gutmütigen Riesen, der sehr neugierig war und das Reisen liebte. Er war so groß, dass sein Körper bei jeder Bewegung die Erde zerschlug. So ist das Gebirge um uns herum entstanden. Da er die Alpen so sehr liebte, bat er vor seinem Tod, dass man seinen Körper an verschiedenen Orten verstreuen solle. Ein Zahn ist zum Beispiel ins Massiv des Montblanc eingepasst worden.

Er ist wie ein Amulett, das die Bewohner der Gegend vor bösen Geistern beschützt. Du kannst ihn von hier aus sehen.«

Wir stellen uns auf einen Felsvorsprung, und er zeigt mir den Berggipfel, der tatsächlich wie der Eckzahn eines Riesen aussieht. Schulter an Schulter stehen wir da, und eine Windbö weht mir seinen Schweißgeruch in die Nase. Er riecht gut, er riecht nach Leben. Als ich mich zu ihm umwende, bemerke ich wieder den kleinen Kristall, der ihm um den Hals baumelt.

»Ist das auch ein Amulett?«, frage ich, indem ich den Stein zwischen die Finger nehme. Er ist sehr schön, schwarz mit rosa Streifen in verschiedenen Schattierungen.

Tommaso nimmt ihn mir aus der Hand und steckt ihn wieder unter sein T-Shirt. »Gehen wir. Es wird schon spät.« Erneut der ernsthafte junge Mann vom Anfang, renitent und rätselhaft.

Wir gehen ein gutes Stück weiter, ohne zu sprechen. Ich wage es nicht, ihm weitere Fragen zu stellen, intuitiv spüre ich, dass er ganz in Gedanken versunken ist und nicht gestört werden möchte. Außerdem habe ich gar nicht mehr so viel Lust zu plaudern. Wir befinden uns jetzt auf einem schmalen, gewundenen Pfad, der über die Bergflanke hinausragt. Zu unserer Rechten erhebt sich die endlos hohe Felswand, zur Linken liegt eine atemberaubende Schlucht. Ich nehme mir vor, nicht in die Tiefe zu sehen, sondern die Augen fest auf Tommasos Rücken zu heften, der jetzt vor mir hergeht. Dennoch spüre ich die Kälte der Leere unter uns, als würde in der Tiefe der Riese Gargantua mit offenem Maul liegen und aus seinem tausendjährigen Schlund einen eiskalten Wind ausstoßen.

Ich spüre ein Kribbeln im Bauch, eine absurde Angst, die meine Gedanken blockiert und mich die Herrschaft über meinen Körper verlieren lässt. Ich fühle mich ausgeliefert, klein und unpassend gegenüber der Natur. Meine Beine sind stocksteif vor Anspannung und unfähig, auf meinen Kopf zu reagieren, der ihnen den widersprüchlichen Befehl erteilt, sich weiter zu bewegen und gleichzeitig untätig zu verharren. Tommaso muss etwas gemerkt haben, denn er dreht sich ein paarmal nach mir um. Als der Weg endlich wieder breiter und ebener wird, bleibt er stehen, zieht eine Feldflasche und ein Stück Schokolade heraus und reicht sie mir.

Ich trinke und esse, ohne zu zögern, sofort für alle Mühen entschädigt.

»Es fehlt nicht mehr viel«, versucht er mich zu beruhigen.

Na hoffentlich, denke ich.

Kurz darauf finden wir uns vor einer sehr steilen Felswand wieder.

»So, da wären wir. Jetzt kannst du dich ein bisschen ausruhen.«

Während ich mich umblicke und zu verstehen versuche, was dieser Platz Besonderes an sich hat, stellt Tommaso den Rucksack auf den Boden und packt mehrere Seile und Karabinerhaken aus. Er legt einen Klettergurt um die Taille und knüpft ein Ende des Seils daran fest – ganz offensichtlich bereitet er sich auf etwas vor, von dem ich nicht die leiseste Ahnung habe. Er zählt die Karabiner, setzt einen Helm auf und zieht seltsame Schuhe mit verstärkten Spitzen an.

Ein Schauer läuft mir über den Rücken, als ich die kleinen Metallringe bemerke, die aus dem Felsen ragen.

»Was hast du vor?«, frage ich und fürchte mich zugleich vor der Antwort.

»Ich will da hinauf«, erwidert er, als wäre es die natürlichste Sache der Welt. »Keine Sorge, ich bin bald wieder da.«

Ich zittere allein bei dem Gedanken, ihn an dieser steilen Wand hängen zu sehen. Ich möchte gern irgendetwas tun, mit den Händen eine Leiter für ihn formen, um ihm beim Hinaufklettern zu helfen, irgend so etwas, aber mit einer Situation wie dieser habe ich keine Erfahrung.

»Kann ich dir irgendwie behilflich sein?«

»Ja, warte einfach hier auf mich.«

»Kann ich dir nicht das Seil halten oder sonst etwas tun? Ach, bitte …«

Ich sage es ohne echte Überzeugung. Ich habe keine Ahnung vom Klettern, und er vermittelt auch nicht den Eindruck, als würde er meine Hilfe brauchen. Tommaso jedoch scheint ernsthaft über meinen Vorschlag nachzudenken, und nach einem Seufzer zeigt er auf meine Handschuhe. »Vielleicht erweisen sie sich am Ende doch noch als nützlich.«

Er zieht einen zweiten Klettergurt aus dem Rucksack, bedeutet mir, ihn umzulegen, und lässt das andere Seilende durch ein seltsames Dingsda gleiten, um mir dann zu erklären, dass ich ihn beim Hochklettern absichern werde. Mein Körper soll durch ein mechanisches System als Gegengewicht fungieren, für den Fall, dass er den Halt verliert, um ihn so vor einem Sturz in die Tiefe zu bewahren. Ich muss nichts weiter tun, als das Seil bei seinem Aufstieg langsam nachzuführen und mich nicht zu sehr durchschütteln zu lassen, falls es sich plötzlich anspannen sollte. Sobald er mir Bescheid gibt, soll ich ihm beim Abstieg helfen.

»Pass bloß auf«, raune ich ihm zu, als er auf die Wand zugeht.

Er hat die Hände in einem Säckchen mit einem seltsamen Puder vergraben. »Das ist Magnesit«, teilt er mir mit und streicht mit weißen Fingern auf der Suche nach Halt über den Stein. Erst mit einem Fuß, dann mit dem anderen klettert er hinauf und hängt schließlich wie ein Gecko am Felsen. Seine Glieder strecken sich, um sich im nächsten Moment wieder zusammenzuziehen, mit einer Professionalität und Behändigkeit, als hätte er diesen Berg schon zahllose Male erklettert und als wäre es für ihn völlig natürlich, in der Vertikalen zu leben, mit nichts weiter unter den Füßen als tiefer Leere.

Sein spindeldürrer Körper enthüllt nun sein vollständiges Potenzial, und von hier unten sieht es aus, als würden die eisernen Muskeln seiner Arme und Beine beim Klettern alles Gewicht hinter sich lassen und ihn wie im Flug nach oben katapultieren. Er ist leicht und elastisch, unter dem T-Shirt ist das Pulsieren seines jungen, athletischen Körpers spürbar.

Manchmal ruft er etwas zu mir herunter, wie um mich zu beruhigen. Offensichtlich ist er geselliger, wenn er zwanzig Meter über dem Erdboden im Seil hängt, als wenn er mit beiden Beinen auf der Erde steht.

Er ist fast auf dem Gipfel angekommen, und kurz habe ich Mühe ihn zu entdecken, weil mir ein Felsvorsprung die Sicht verbirgt, aber dann taucht er ein ganzes Stück weiter oben wieder auf. Ich erkenne ihn nur an seinem roten Helm, der aussieht wie ein großer, munter voranskrabbelnder Marienkäfer.

Plötzlich läuft etwas schief. An einer offensichtlich besonders schwierigen Stelle verliert sein rechter Fuß den Halt. Tommaso stößt einen Fluch aus und hängt einen Moment später nur noch mit einer Hand an der Felswand. Mir gefriert das Blut in den Adern, als ich ihn über mir baumeln sehe, während er mit der anderen Hand verzweifelt nach Halt sucht. Die Wand scheint an der Stelle spiegelglatt zu sein. Nichts zu machen, er rutscht immer wieder ab und stürzt ins Leere, das Seil rutscht mir blitzschnell durch die Finger und wetzt im Nu das Gewebe meiner Handschuhe durch. Zutiefst erschrocken kneife ich die Augen zu, sehe im

Geiste schon schreckliche Szenen mit verdrehten Gliedern und zerfetztem Fleisch vor mir, aber in diesem Moment greift der Blockiermechanismus, Tommasos Fall wird nach ein paar Metern gestoppt, und es reißt mich mit einem mächtigen Rückstoß nach oben.

Kurz darauf öffne ich die Augen und sehe Tommaso im Nichts schweben, ruhig, wie eine Spinne in ihrem Netz. Die Karabiner, die er auf seinem Weg nach oben angebracht hat, haben das Seil gehalten, mit dem er gesichert ist. Genau dieses Seil ist jetzt meine Verbindung mit ihm, ich halte es so fest ich kann. Es wird ihm nichts passieren, ich bin für ihn da. Noch während ich mich zu zentrieren versuche, werde ich auch schon hin und her geworfen und mein rechtes, sowieso übel zugerichtetes Knie knallt auf den Felsen. Mir entfährt ein Schrei, den ich zu unterdrücken versuche, aber Tommaso hat ihn gehört und ruft mir zu, ob mit mir alles in Ordnung sei.

»Ja, geht schon. Und du, was ist mit dir?«

»Ich lebe noch. Du warst toll, Lavinia.«

Ich spüre sein Gewicht nicht mehr und merke, dass er wieder ein Stück hochgeklettert und nur noch als kleiner Punkt in der Ferne zu sehen ist. Mein Herz schlägt wie verrückt, und von diesem Moment an lasse ich das Seil nicht mehr los, nicht für eine Sekunde, voller Dankbarkeit für meine Handschuhe und den Impuls, der mich veranlasst hat, sie zu kaufen. Wären sie nicht gewesen wären, dann wären meine Hände jetzt völlig hinüber.

Wenig später erreicht Tommaso den Gipfel. Er hält sich ein paar Minuten oben auf, keine Ahnung, was er da tut. Dann bittet er mich, nach und nach das Seil locker zu lassen, um ihm beim Abstieg behilflich zu sein. Er lässt sich herunter, indem er sich immer wieder mit den Beinen von der senkrecht aufragenden Wand abstößt, selbstgewiss und übermütig wie ein junger Gott, der beschlossen hat, vom Olymp herabzusteigen.

Als er schließlich die Erde berührt, falle ich ihm instinktiv um den Hals und drücke ihn an mich, als hätte ich Angst, dass er gleich wieder wegfliegt. Ich atme seinen Geruch tief ein, er verströmt einen virilen Duft, der ein Inbegriff an Männlichkeit ist und mit seinem jungenhaften Aussehen kontrastiert, seinem reinen Gesicht. Ich bin glücklich, dass er wieder neben mir steht, gesund und munter. Allerdings fällt mir auf, dass er sein Amulett nicht mehr um den Hals trägt, und als er sich mir zuwendet, glänzen seine Augen, ein feiner roter Schleier hängt über den hellen Pupillen. Ich weiß nicht, was ich sagen soll, und schließlich ergreift er als Erster das Wort.

»Danke.«

»Bist du sicher, dass mit dir alles in Ordnung ist?«

»Ja, mir geht's viel besser … jetzt.«

Dann nimmt er meine Hände in seine, drückt sie fest und sieht mir zum ersten Mal in die Augen, ganz so als hätte er eben erst bemerkt, dass ich da bin.

»Wir können umkehren.« Mehr sagt er nicht. Er muss nicht mehr sagen.

Auf dem Weg ins Tal beginnt das Knie zu schmerzen, mit dem ich gegen die Felswand geschlagen bin. Erst sind es nur vereinzelte kurze Stiche, die bald häufiger werden. Immer wieder pocht es in kurzen Intervallen, schließlich jedes Mal, wenn ich die Ferse aufsetze. Tommaso merkt es, und ich tue auch nicht länger so, als wäre nichts, mein Gesicht spricht sowieso für sich. Ich sage ihm also, dass es verdammt wehtut. Er kauert sich zu meinen Füßen und fordert mich auf, mich auf seine Schultern zu setzen.

»Du darfst es nicht zu sehr belasten, sonst kannst du morgen nicht mehr gehen.«

»Du wirst mich ja wohl kaum bis ins Dorf tragen wollen?«

»Das würde ich zwar tun, aber ich glaube, es ist besser, wenn wir die Nacht über in einer Herberge bleiben. Ich kenne eine, die nicht allzu weit weg ist.«

Auf Tommasos Rücken fühle ich mich wunderbar sicher und geschützt. Ich habe den Eindruck, er kennt die Berge so gut wie sich selbst. Als er den gekennzeichneten Weg verlässt, um auf einen kleinen Felsvorsprung zu steigen, widersetze ich mich nicht. Zum ersten Mal bemerke ich die Vollkommenheit der Täler, die sich kurvenreich vor uns öffnen, bedeckt von einem dichten leuchtenden Grasmantel, die mächtigen, majestätischen Berge, die frische, klare Luft. Wir durchqueren einen Wildbach, steigen über einen kleinen Wasserfall und finden uns wie durch ein Wunder vor einem kleinen See wieder, dessen Wasser bis zum

Rasen reicht. Es löst die Grenzen auf und erweckt so den Eindruck, als wären Wasser und Erde eins.

Die Herberge, eine Almhütte aus Holz, taucht irgendwann vor uns auf. Drinnen zwei Bänke, ein Kamin, ein Tisch und zwei Stühle. Spinnweben schmücken die Wände. Auch hier riecht es nach den Bergen und der frischen Erde, die wir unter den Schuhsohlen haben. Tommaso lässt mich sanft auf die Bank gleiten und zieht mir mit geschickten, vorsichtigen Bewegungen und ohne mein Knie zu berühren die Bergschuhe aus. Ich kann gar nicht glauben, dass der brummige, energische Kerl von heute Nachmittag so zartfühlend sein kann. Noch unwahrscheinlicher kommt es mir vor, dass ich mich tatsächlich hier befinde: Ravello und Claudio sind in weiter Ferne. Und doch ist in mir ein Rest von Kränkung zurückgeblieben, da ist etwas, das aus meiner unscharfen Vergangenheit herüberstrahlt und hässliche Gefühle in die Gegenwart sendet. Aber daran will ich jetzt nicht denken. Ich halte das bange Gefühl auf Abstand und konzentriere mich ganz auf Tommaso.

»Ich gehe kurz raus, um Brennholz zu holen. Bin gleich zurück.«

Ich ziehe auch die Socken aus und trage einen Stuhl nach draußen. Vorsichtig setze ich mich darauf und halte die Füße in den Wind und die Waden in die Luft, genieße die letzten schüchternen Sonnenstrahlen, die langsam am Horizont sterben. Dann kommt Tommaso zurück, das Holz hat er sich auf die Schultern geladen. Er sieht aus wie der geborene Waldhüter.

»Ich mach gleich Feuer im Kamin, die Wärme wird deinem Knie guttun.«

Ich atme noch ein paarmal die frische Abendluft ein und folge ihm dann in die Herberge.

Drinnen knistert schon das Feuer. Vielleicht ist es das einzig wirklich Schöne an einem Leben in den Bergen, so wie ich es mir immer ausgemalt habe: bei Einbruch der Nacht vor dem Kamin sitzen, draußen ist es kalt, während drinnen das Feuer prasselt, es nach brennendem Holz riecht und die Luft immer stickiger wird.

Ich setze mich neben Tommaso, und er reicht mir die Feldflasche mit Wasser.

»Leider habe ich keinen Wein. Wir müssen uns damit begnügen.«

Meine Kleider sind nassgeschwitzt, ich ziehe das Sweatshirt aus und bleibe im T-Shirt sitzen.

»Wenn du willst, ich habe noch ein sauberes T-Shirt im Rucksack«, sagt er und reicht es mir.

Es ist rot und ganz zerknittert. Ich ziehe meines aus und stehe im BH vor ihm, bis ich seines übergestreift habe. Tommaso scheint das peinlich zu sein, denn er dreht sich ein wenig verlegen zur Seite. Darüber muss ich heimlich lachen.

Das T-Shirt reicht mir fast bis zu den Knien, und ich ziehe nun auch die Hose aus. In der improvisierten Tunika fühle ich mich endlich frei, strecke die Beine zum Feuer und wackele genüsslich mit den Zehen.

»Meinem Knie geht's schon viel besser … glaube ich jedenfalls.«

»Zeig mal her«, sagt er und dreht sich zu mir.

Als wir einander gegenübersitzen, sehen unsere Beine aus wie zwei umgedrehte V, zwei Miniaturberge, die sich kreuzen, die Knie sind die Gipfel. Eingehend betrachtet Tommaso meine Wunden, erforscht sie eine nach der anderen, sie haben sich inzwischen geschlossen und sind von kleinen schwarzen Rändern umgeben. Mit dem Finger streicht er ganz zart über meine Haut.

»Tut das weh?« Seine Augen suchen wieder die meinen.

Es tut kein bisschen weh. Ich empfinde fast Vergnügen, als ich die kleinen, hämmernden Stiche spüre. Der Saum des T-Shirts fällt mir weich in die Leiste und enthüllt den leeren Raum, der sich zwischen den beiden Schenkeln abzeichnet. Ein kleiner ovaler See und dann der Slip, der nur andeutungsweise hervorspitzt. Fällt mir gar nicht ein, mich anständig hinzusetzen, ich fühle mich so frei wie die Natur, die diese Almhütte umgibt.

Wir sehen uns an. In diesem Moment prasselt das Feuer stärker, und ein Funke springt zwischen uns über. Es ist ein Zittern, das wir im Körper spüren, das ihn lebendig macht und aufweckt wie einen kleinen Soldaten, der in die Schlacht gerufen wird. Ich strecke die Beine zwischen die von Tommaso. Meine erinnern mich an die lange, gerade Straße, die ich mit dem Bus gefahren bin, und seine an die Berge, die ich vom Bus aus gesehen habe. Genau das sage ich jetzt zu ihm.

Tommaso lächelt und beginnt vom Knöchel aus meine Beine entlangzufahren. Seine Finger sind jetzt ein kleines Auto, und mit den Lippen imitiert er das Geräusch eines Motors. Ich nehme seine andere Hand und führe sie an meinen Mund, benutze seinen Zeigefinger wie einen Lippenstift, mit dem ich präzise den Umriss meiner Lippen nachfahre. Als er mit der anderen Hand auf der Höhe meines Knies ankommt, öffne ich die Beine und schaffe so eine Abzweigung. Er legt die Hände auf meine Schenkel und nähert sein Gesicht dem meinen, drückt seine Lippen auf meinen Mund. Seine Handflächen sind ein wenig rau, vielleicht hat er sich an den Brombeersträuchern verletzt, als er vorhin Holz geholt hat. Er lässt sie emporwandern bis zu meinem Po, verliert keine Zeit und zieht mir den Slip herunter. Zärtlich streichelt er mich an Bauch und Taille, streicht wieder hoch zu den Rippen und umfasst meine Brüste. Das alles, ohne je die Hände von meinem Körper zu nehmen, ohne sich auch nur einen Zentimeter meiner Haut entgehen zu lassen.

Ich lege mich auf den Holzboden, Tommaso erklimmt mich, als wäre ich ein Felsen. Seine Finger, die mir vorkommen wie Stöckchen mit Rinde, wollen jede Ritze und jede Vertiefung meines Körpers erkunden. Für ihn bin ich wie frische Erde, feucht, jungfräulich, und zum ersten Mal, seit ich in den Bergen bin, trenne ich Gedanken und Körper, höre ich auf, ihn zu kontrollieren. Ich lasse mich erforschen, nehmen und beherrschen. Tommaso ist ein Wünschelrutengänger auf der Suche nach Wasser, tastet sich hinunter bis zur Quelle, öffnet mir die Beine. Ich bin nass. Er lässt die Hand über meine feuchte Klit gleiten, ohne innezuhalten, schmuggelt sich dann weiter bis zum Spalt, der sich halb zwischen den Gesäßbacken öffnet, auf der Suche nach dem Äuglein. Er steckt einen Finger in mich hinein, als hätte er plötzlich Halt gefunden. Ich werde ganz steif, während er immer tiefer eindringt, meinen Körper erforscht wie ein aufmerksamer Entdecker, ohne irgendein Fleckchen zu vergessen, und sich in Tiefen vorwagt, die ich bisher nicht kannte.

Dann nimmt er mein rechtes Ohrläppchen zwischen die Lippen und flüstert: »Lass dich gehen.«

Er beugt sich nach rechts, küsst die winzige Stelle hinter dem Ohr, ein weiteres unerforschtes Löchlein. Sofort stellen sich die unsichtbaren Härchen unter seinem warmen Atem auf. Ich fühle mich verloren, die Beute dieses Mannes, der in mir eine Lust weckt, so alt und primitiv wie die Natur selbst.

Wir ziehen die wenigen Kleider aus, die wir noch am Leib haben – vor dem Feuer haben wir nichts zu verbergen. Haut an Haut liegen wir da, sein Geschlecht richtet sich vor mir auf, ein Berggipfel, ein Fels, Granit und Eis. Ich nehme ihn in den Mund, hungrig und durstig zugleich, ich lasse ihn meine Hitze spüren, indem ich mit der Zunge immer wieder über die Spitze fahre, den Gipfel seiner Lust.

Mein Körper ist ein Halm, der Stängel einer Margerite, ein Wasserrinnsal, ein dünnes Blatt.

Tommaso greift mir in die Haare, als wolle er frisches Gras ausreißen, und zieht mich dann an sich. Unsere Gesichter streifen sich jetzt, wir riechen aneinander, unsere Münder verschmelzen in einem animalischen Kuss, bei dem unsere offenen Lippen sich kaum treffen, weil die Zungen miteinander ringen, um Ruhe zu finden, während sie sich mit Gewalt umklammern, sich keinen Frieden geben. Wir stöhnen vor Lust, bis Tommaso von neuem meine Haare packt, diesmal um mir den Kopf herunterzuziehen und mich auf die Bank zu dirigieren. In meinem Körper zucken die Muskeln, zum Zerreißen gespannt. Ich spreize die Beine auf der Bank und lasse die Arme seitlich herunterhängen.

»Komm«, sage ich und schaue Tommaso über mir an, ein Waldtier auf Beutefang.

Draußen heult die Nacht, drinnen lodert das Feuer. Er reibt sein Glied an meinem Bauch, meine Muskeln straffen sich, und dann dringt er endlich in mich ein. Er bewegt sich langsam, dann rhythmisch, dann schnell. Der Sex, dem wir uns hingeben, ist wild und unverstellt. Ich genieße, er genießt, er vögelt mich, und ich genieße noch mehr. Ein Schrei der Lust reißt den Himmel entzwei und lässt die Sterne auf die Welt kommen. Die Flammen im Kamin züngeln mit uns in die Höhe, dann sterben sie weg, leicht wie Federn, zusammen mit unseren erschöpften Körpern.

Ich schlüpfe in das T-Shirt, das er mir geliehen hat, rot wie meine Wangen, die Haare habe ich hinter dem

Nacken zusammengefasst. Auch er hat seine Hose wieder angezogen und aus dem Rucksack Brot und Marmelade hervorgeholt.

Wir verzehren unser herrliches Mahl vor dem Feuer. Meine Sinne sind immer noch ganz wach, die Brombeermarmelade hat einen besonderen Geschmack, fruchtig und intensiv, der in jede Pore meiner Zunge dringt und mein Blut zuckert.

Ich betrachte Tommasos entspanntes Gesicht. Ich fühle mich wohl bei ihm. Er strahlt eine Ruhe aus, die mir schon immer gefehlt hat, mir, die ich immerzu auf der Suche bin nach etwas, das ich nicht finde. Seit Beginn dieser Reise sind die verrücktesten Dinge passiert. Erst die Begegnung mit Claudio, der mir noch unter der Haut brennt und mich ruft wie ein allzu aufdringliches Echo, und jetzt Tommaso. In einer anderen Zeit, an einem anderen Ort wäre all das nicht möglich gewesen. Ich habe beschlossen, meinen Ängsten einen Tritt zu versetzen, alle Fragen und nüchternen Gedanken habe ich auf den Dachboden gesperrt. Ich habe beschlossen, nicht besonnen und vernünftig zu sein. Ich habe beschlossen, diese Reise zu genießen.

Immer noch sehe ich Tommaso an. Jetzt, da unsere Körper einander begegnet sind, möchte ich auch seine Seele näher kennenlernen, mich in seine Gedanken und sein Schweigen schleichen.

»Darf ich dich was fragen?«

»Na klar.«

»Was hast du heute auf dem Gipfel gemacht? Warum war das so wichtig für dich?«

Ich spüre, wie sich sein Körper neben meinem anspannt. Sein Adamsapfel schnellt auf und nieder.

»Das ist eine lange Geschichte.«

»Wenn du nicht darüber reden willst, macht es auch nichts.«

Er bleibt ein paar Sekunden stumm, dann sprudelt es aus ihm hervor wie klares Wasser. »Wir haben damals diesen Aufstieg geschaffen, mein bester Freund Martino und ich, wir waren damals sechzehn Jahre alt.« Er bemerkt meinen ungläubigen Gesichtsausdruck, fährt aber fort: »Die Wand war jungfräulich, sie war eine Herausforderung für uns, wir wollten die Ersten sein, die sie bezwingen. Also haben wir sie hofiert und studiert wie eine kapriziöse Frau, die zu groß ist für zwei kleine Jungen. Immer und immer wieder haben wir es versucht, bis wir den Gipfel erreichten. Beim Aufstieg haben wir die Haken im Felsen angebracht, die du heute gesehen hast, in die man die Karabiner einhaken kann. Darum sind sie dort und können von jedem benutzt werden, der sich an dem Unternehmen versuchen will.«

»Ganz schön verrückt, du und dein Freund.«

»Martino war es noch mehr als ich.«

Mir verschlägt es die Sprache. *War?*

Wieder ist es Tommaso, der das Schweigen bricht. »Das Amulett, das ich um den Hals getragen habe, ist ein Kristall, den wir bei einer unserer gemeinsamen

Erkundungen gefunden haben. Wir haben lange darum gestritten, bis er ihn schließlich mir überlassen hat. Heute wollte ich ihn ihm zurückgeben, dort oben, auf unserem Felsen. Es ist jetzt zwei Jahre her, dass die Berge ihn verschluckt haben.«

»Wie … ist das passiert?«, frage ich erschrocken.

»Ich war nicht dabei. Er war am frühen Morgen zu einer Wanderung aufgebrochen, ganz hoch hinauf. Ich konnte ihn nicht begleiten, hatte an dem Tag etwas anderes zu tun. Aber wir vereinbarten, uns um sechs Uhr abends in der Herberge zu treffen. Bis sechs Uhr morgens wartete ich auf ihn, den ganzen Abend, die ganze Nacht. Er ist nicht zurückgekommen. Die Berge haben, ebenso wie die Tiere, ein wildes Herz. Wenn einer um ihre Größe weiß, werden sie ihm erst zur Leidenschaft und dann zur Obsession, man kann nichts dagegen tun. Du möchtest ein Teil von ihnen sein, wieder zu Staub werden, um als Berg geboren zu werden. Aber die Natur ist grausam, unvorhersehbar. Wenn du denkst, sie perfekt zu kennen, wendet sie sich gegen dich.«

Ich drücke ihn fest, schmiege das Gesicht in seine Armbeuge. Er lehnt seinen Kopf gegen meinen.

»Martino gehört jetzt dem Berg, niemand hat ihn je gefunden.«

Wir bleiben eine Zeit lang so liegen, den Blick ins Feuer gerichtet, ohne zu reden. Tommasos Geschichte ist mir schmerzlich vertraut. Ich weiß, was dieser Schmerz bedeutet. Es ist nicht nur der Verlust, sondern auch das Unbehagen, einen geliebten Menschen überlebt zu haben.

Die Flammen sind zur Glut geworden, die Nacht ist ein schwarzer Mantel, der das Land bedeckt. Wir strecken uns auf dem Boden aus, eng aneinander geschmiegt, miteinander verschlungen wie zwei Knäuel.

Mich durchzuckt der Gedanke, dass Berge und Herz sich ähnlich sind. Beide kennen keine Regeln.

9

Fiat 500

Während auf der Zugfahrt die Landschaft draußen an mir vorbeizieht, lasse ich die süßen Erinnerungen an die Tage in den Bergen Revue passieren. Es sind völlig neue Gefühle und Gedanken für mich, und so lehne ich den Kopf gegen die Fensterscheibe und schließe die Augen, um mir das Erlebte besser vorstellen zu können. Es ist schön, alles noch einmal ganz für mich alleine durchzugehen und auf Details zu stoßen, die mir im Moment des Erlebens entgangen waren.

Ich denke wieder an Tommaso, an den Schauer des Ursprünglichen, den ich mit ihm zusammen empfunden habe, an die Holzhütte, die uns Unterschlupf gewährt hat wie eine Arche aus alter Zeit, als wir Zuflucht vor der Nacht suchten. Am nächsten Morgen wachten wir mit den ersten Sonnenstrahlen auf, deren mattes, weiches Licht auf unsere Körper fiel. Wir warteten, bis sie an Kraft zunahmen und das Tal in ein goldenes Licht tauchten, um uns dann an den langsamen Abstieg zu machen, dessen Rhythmus uns mein immer noch leicht schmerzendes Knie diktierte. Das Schweigen zwischen uns war jetzt nicht mehr unangenehm, sondern wie ein stummer Pakt zwischen zwei Menschen, die einander ihre Körper und ihr Herz in ihrer ganzen Nacktheit enthüllt hatten. Ein Schweigen, das auch für all die kleinen Geräusche um uns herum Raum ließ, im Grunde dieselben wie jene, die ich am Tag zuvor schon gehört hatte, als ich mich auf den Weg machte.

Erst jetzt jedoch gelang es mir, ihre Poesie zu erspüren und mich auf ihren Klang einzustimmen. Erst jetzt nahm ich das Unkontrollierbare und Magische an der Natur wahr und spürte, wie um mich herum die vier Grundelemente des Universums miteinander verschmolzen: Wasser, Feuer, Luft, Erde. Und ich mittendrin.

Als wir die Herberge erreichten, empfing uns Ovidio mit offenen Armen. Er freute sich sehr, mich wiederzusehen, denn er hatte sich schon Sorgen gemacht, als ich am Abend zuvor nicht zurückgekommen war. So stelle ich mir den Vater vor, den ich nie hatte: als liebenswürdigen älteren Herrn, der zu Hause auf seine Tochter wartet. Als Ovidio feststellte, dass Tommaso bei mir war, erschien ein breites Lächeln auf seinem Gesicht. Ich wollte ihm eigentlich von unserer zufälligen Begegnung im Wald erzählen, aber er hatte gar kein Interesse an großen Erklärungen, denn für ihn war das Wichtigste, mich in Sicherheit zu wissen.

»Wenn unser Tommaso bei dir ist, kann dir nichts passieren. Er ist einer der besten Führer hier im Dorf, die Täler kennt er wie seine Westentasche. Du hast Glück gehabt, dass du ihn getroffen hast.«

Damit hatte Ovidio den Nagel auf den Kopf getroffen. Es war ein großes Glück, dass ich und Tommaso uns begegnet sind.

Jetzt im Zug, als ich mir das Ganze im Nachhinein noch einmal vor Augen führe, erkenne ich den Wink des Schicksals in unserem Aufeinandertreffen. Ohne Tommaso hätte ich mich in den Bergen verlaufen, und wenn er ohne mich auf den Felsen geklettert wäre, hätte er riskiert, sich das Genick zu brechen. Die Tatsache, dass wir uns beide in einer Notsituation befunden haben, hat einer eigentlich alltäglichen Begegnung einen außergewöhnlichen Stempel aufgedrückt. Ganz unvermittelt haben wir eine größere Bedeutung füreinander erlangt, weil jeder im anderen einen wichtigen Pfeiler erkannte, der nötig war, damit jeder seine Reise fortsetzen und seine Ziele erreichen konnte. Ich habe ihm beigestanden, als er seinen Freund ehrte, und er hat mir geholfen, meine Ängste zu besiegen.

Unser Abschied nach der Ankunft bei Ovidio war rührend. Mindestens fünf Minuten lang standen wir uns gegenüber, ohne uns voneinander trennen zu können. Tommaso sorgte sich nach wie vor um mein Knie und versuchte Zeit zu gewinnen, indem er mir immer wieder dieselben Fragen stellte, nur um noch ein bisschen bleiben zu können.

»Wie geht's dir denn jetzt? Du ruhst dich doch aus, nicht wahr? Wann fährst du wieder?«

»Ja, mir geht's gut. Ja, ich ruhe mich aus. Morgen, glaube ich. Ich möchte noch ein bisschen die Berge genießen.«

»Du hast also doch noch Gefallen an ihnen gefunden, das freut mich. Ich habe heute eine Touristengruppe und morgen auch, aber wenn ich es schaffe, komme ich noch mal vorbei, um dich zu verabschieden.«

»Mach dir keine Sorgen. Ich bin hier gut aufgehoben, und deine Berge werde ich ganz sicher mit Sorgfalt behandeln.«

Als ich ihm nachblickte, wie er die Straße hinunterschlenderte, hatte ich das Gefühl, seinen Gang seit langem zu kennen, als wäre er ein alter Freund. Wer weiß, vielleicht war er das ja auch … in einem anderen Leben.

Als ich danach in mein Zimmer trat, überfiel mich das unangenehme Gefühl, mein altes Leben wieder aufnehmen zu müssen. Das Gepäck mit den Kleidern und all den anderen Sachen war noch dort, wo ich es stehen gelassen hatte. Spuren der Frau, die ich vor kaum vierundzwanzig Stunden gewesen war, als ich noch keine Ahnung von dem Abenteuer hatte, das mich erwartete. Und daneben lehnte die Violine an der Wand, stumm und rätselhaft, wie eine Frage, auf die es keine Antwort gibt. Sie war einfach da, um mich in meinem Chaos willkommen zu heißen und mich daran zu erinnern, dass ich jede Menge offene Rechnungen hatte, mit der Musik, mit meinem Vater und mit Claudio Giarda.

Der Zug fährt kreischend in einen Tunnel ein, und mit dem Verschwinden der weiten Gebirgslandschaft vor meinen Augen scheint auch meine Seele in tiefere, gewundene Schluchten abzutauchen. Ich denke an all die Dinge, die ich hinter mir gelassen habe, vor denen ich im Grunde davongelaufen bin: die Musik und meine vergeudeten Studienjahre, der Kliniktest, der mich darüber aufklären wird, ob ich überhaupt eine Zukunft habe, die Frage nach meinen Wurzeln. All diese Dinge sind wie schwarze Löcher, die mich früher oder später mit in den Abgrund reißen werden, und meine Flucht ist nur eine Möglichkeit, um Zeit zu gewinnen und den Moment hinauszuzögern, an dem es dem Unvermeidlichen gegenüberzutreten gilt.

Aber noch gibt es da diese drei Monate, ganze hundert Tage, die nur mir allein gehören. Ab und zu überfällt mich der Gedanke an den Briefumschlag, der zu Hause auf mich wartet, und die Angst schnürt mir die Luft ab. Doch dann habe ich wieder festen Boden unter den Füßen, und es erscheint mir wahnsinnig, den Spuren zu folgen, die ein junges Mädchen vor vielen Jahren in einem inzwischen vergilbten Album hinterlassen hat. Und doch ist es vielleicht das einzige Sinnvolle, was ich tun, das einzige Geschenk, das ich mir und meiner Mutter machen kann.

Irgendwann endet der Tunnel, vielleicht nehme ich die Wirklichkeit um mich herum aber auch nur wieder zur Kenntnis, jedenfalls liegt auf einmal wie ein Wunder die toskanische Landschaft vor mir. In diese

Gegend hat mich das Album meiner Mutter diesmal geführt.

Wie immer hatte ich willkürlich eine Seite aufgeschlagen, auf die ein Foto meiner Mutter in einer typisch italienischen Umgebung geklebt war. Auf einem kleinen, im antiken Stil gepflasterten Platz steht sie gegen einen steinernen Brunnen gelehnt da, einen schönen, romantisch mit Efeu bewachsenen Palazzo im Hintergrund. Auch diesmal gab es eine handgeschriebene Eintragung darunter, die Zeit und Ort benannte: »San Gimignano, August 1987.« Diesmal stand gleich daneben ein weiterer Satz, der mich neugierig machte. »Um mich her die Antike, in mir drin das Unerwartete.«

Ich betrachte die Landschaft vor dem Fenster, die so ganz anders ist als das norditalienische La Salle, das mir nun dauerhaft in Erinnerung bleiben wird. Ich denke an den Morgentau auf Ovidios bunten Petunien, an den Kirchturm, der in der Ortsmitte aufragt, die dicht bewaldeten Bergflanken, die wilden, imposanten Gipfel. Jetzt hingegen fährt der Zug an warmen, sanften Hügeln, verschlafenen Dörfern und gelben Kornfeldern vorbei, die vereinzelt mit Bäumen gesprenkelt sind.

Ich recke und strecke mich ausgiebig, voller Ungeduld, endlich anzukommen, und spiele ein bisschen an den Armlehnen unter meinem Handgelenk herum. In den Hosentaschen suche ich nach Kleingeld und stoße dabei auf einen Metallgegenstand, der an einer Schlaufe meiner Jeans hängt. Dieses kleine Ding wird für immer ein Verbindungsstück zwischen mir und Tommaso bleiben. Als ich heute Morgen schon im Bus nach Turin saß, kam kurz vor der Abfahrt plötzlich der keuchende Tommaso angerannt und bat den Fahrer hastig, noch zu warten und mich schnell noch einmal auszusteigen zu lassen.

»Wie schön, dass du doch noch kommen konntest. Ich hatte schon nicht mehr darauf gehofft.«

»Ich habe mich wahnsinnig beeilt. Ich wollte dir unbedingt noch das hier mitgeben.« Damit hängte er mir einen grünen Karabinerhaken an die Jeans und küsste mich liebevoll auf die Wange. Als ich vor lauter Staunen gar nicht wusste, wie ich reagieren sollte, sagte er lachend: »Was hast du denn? Du hast mir doch selbst beigebracht, wie man in Spanien küsst.«

Ich hätte ihn am liebsten eingepackt und mitgenommen.

»Danke, er ist wirklich wundervoll«, sagte ich mit einem Blick auf den Karabiner an meiner Jeans. »Es ist ein bisschen so, als würde ich dich mit mir herumtragen.«

»Jetzt weißt du auch, dass du hier in den Bergen immer einen Freund haben wirst, der auf dich wartet. Wenn du willst, bin ich für dich da.«

Durch das Metallding an meiner Hose bin ich jedoch nicht nur mit Tommaso verbunden, sondern ein kleines bisschen auch mit dem Montblanc – ein Band, das ich nie vergessen werde.

Ich schwelge in einer schwer zu definierenden Stimmung, irgendwo zwischen Melancholie und Entdeckerlust, als ich in Florenz aus dem Zug steige. Es ist wirklich höllisch heiß hier. Die Straße vor dem Bahnhof wirkt wie eine Feuerzunge, über der die schwere, glühend heiße Luft vor den Augen flirrt. Der Verkehr und die vielen Touristen machen die tropische Atmosphäre noch anstrengender. Ich bahne mir einen Weg zwischen all den Fotoapparaten und Koffern hindurch und passiere Bänke und Kioske, auf der Suche nach einem Infostand, an dem man mir Auskünfte über die Busverbindungen ins Umland erteilen kann. Um zwei Uhr nachmittags halten die Einwohner von Florenz üblicherweise Siesta, während die Touristen ausgerechnet zu dieser Tageszeit zur Attacke übergehen.

Vor dem Bahnhof ist ein kleiner, begrünter Platz, auf dessen Rasen Reisende herumliegen, die sich die Hosen hochgerollt und alle überflüssigen Kleidungsstücke ausgezogen haben, als wären sie im urbanen Badeurlaub. Ich gehe zu dem grünen Brunnen, um zu trinken und mir Hände, Gesicht und Hals zur Erfrischung zu bespritzen. Hoffnungsvoll halte ich noch einmal Ausschau nach den Bussen, denn ausgerechnet ich, die ich Klimaanlagen hasse, kann es auf einmal kaum erwarten, in den Bus nach San Gimignano zu steigen, in der heimlichen Hoffnung auf die eisigen Temperaturen, die darin herrschen mögen. Die in der Ferne daliegende Stadt nehme ich zwar zur Kenntnis, aber die unmenschliche Hitze lässt jedes Vorhaben, mich in das Gewühl zu begeben, noch im Entstehen zu Asche zerfallen.

Als ich die Haltestelle gefunden habe und auf den Fahrplan schaue, muss ich leider feststellen, dass der nächste Bus erst in drei Stunden fährt. Na wunderbar, denke ich und lasse erschöpft das Gepäck zu Boden gleiten. Ausgerechnet heute beginnt der eingeschränkte Sommerfahrplan.

Genervt ziehe ich das Handy heraus – immerhin gibt es hier einen WLAN-Hotspot, und auch wenn das Netz miserabel ist, zum Surfen reicht's – und rufe die App von BlaBlaCar auf. Ich habe sie noch nie benutzt, aber Laia, die fast jedes Wochenende zwischen Barcelona und San Sebastiàn pendelt, um ihren Freund zu besuchen, schwärmt mir immer davon vor. Eines Abends, als wir schon ziemlich betrunken waren, hat sie mich dann überredet, sie herunterzuladen. Man könne ja nie wissen. Nun gebe ich also Ausgangs- und Zielort ein, und tatsächlich erscheinen sofort zwei Autos, die abfahrbereit sind. Jenes in meiner unmittelbaren Nähe hat sogar noch einen freien Platz zu vergeben. Es gehört einer Frau namens Silvia, und ich schreibe sie ohne zu zögern an: »*¡Hola!* Ich bin Spanierin und möchte nach San Gimignano. Hast du zufällig noch einen Platz frei?«

»Ciao, wie viel Gepäck hast du?«, kommt auf der Stelle die Antwort.

Ich werfe einen Blick auf meine Sachen und würde am liebsten antworten: einen Rucksack, stattdessen tippe ich wahrheitsgemäß: »Einen Koffer und einen Geigenkasten, der so groß ist wie ein Trolley. Und einen Rucksack, aber den kann ich auf den Schoß nehmen.«

»In Ordnung, kein Problem. Wo bist du gerade?«

»Am Bahnhof Santa Maria Novella.«

»Okay. Warte vor dem Haupteingang auf mich, in zwanzig Minuten bin ich da.«

Ich tue wie mir geheißen. Die Verbindung bricht in dem Moment ab, als ich sie fragen will, welches Auto sie fährt, daher mustere ich nun alle ankommenden Wagen aufmerksam, in der Erwartung, es könne sich um meine Mitfahrgelegenheit handeln. Wer weiß, wie es aussieht. Weiß, grün und rot vielleicht? Während ich noch die italienische Flagge vor meinem inneren Auge habe, kommt mit großem Karacho ein gelber Fiat 500 um die Ecke gebogen, das erste Modell, ein wahres Kleinod. Am Steuer sitzt eine Frau mittleren Alters mit kurzen Haaren und einer Sonnenbrille auf der Nase. Schon ist sie vor mir zum Stehen gekommen und beugt sich zur Beifahrerseite hinüber.

»BlaBlaCar?«

»Ja«, antworte ich prompt.

»Steig ein. Dein Gepäck kannst du auf dem Rücksitz unterbringen, der Kofferraum ist unbrauchbar.«

Mir ist gleich die Delle an der Seite aufgefallen, die mich zu der heimlichen Frage verleitet, ob die Frau wohl einen eher riskanten Fahrstil hat. Um ehrlich zu sein: Ich habe nicht die geringste Ahnung von Autos, aber dieses hier ist mir ausgesprochen sympathisch. Ich weiß nicht, ob man das über ein Auto überhaupt sagen kann, vielleicht ist es mir auch nur in den Sinn gekommen, weil die Fahrerin mir denselben Eindruck vermittelt.

»Darf ich?«, frage ich beim Einsteigen und denke dann, dass ich gerade einen Fauxpas begangen habe.

Schließlich bin ich ja nicht dabei, ihr Haus zu betreten. Aber das Innere eines Wagens ist irgendwie auch ein privater Raum, fast wie wenn man in der Diele einer Wohnung steht und das Gefühl hat, in den persönlichen Bereich eines Menschen einzudringen, den man noch nicht kennt, von dem man aber gleich einen ersten Eindruck bekommen wird.

Jede Diele ist anders. Manchmal hängen dort jede Menge Schlüssel, Visitenkarten von Restaurants oder Ansichtskarten von fernen Ländern an der Wand, die Freunde aus dem Urlaub geschickt haben, wieder andere sind eher nüchtern und nur mit einem Teppich und einem Schirmständer ausgestattet. In meiner eigenen Wohnung hingegen gibt es gar keine Diele. Man betritt direkt das Herz des Wohnbereichs, steht sofort mittendrin.

Silvia lächelt mir vergnügt zu. Sie ist etwa Mitte vierzig, trägt Schlaghosen, Seidenbluse und Perlenkette und hat große rote Locken. Ihre Augen sind mit schwarzem Kajal geschminkt, was ihre längliche Form betont. Der Fiat ist entschieden zu klein für eine Frau wie sie, sie sitzt ganz nach vorne gedrängt, und ihre

Knie kleben förmlich am Lenkrad. Die Fenster sind ganz heruntergekurbelt, und sie scheint eine sehr sichere Fahrerin zu sein, als sie nun Gas gibt und sich auf den Weg aus der Stadt macht. Eine Hand am Steuer, drückt sie mit der anderen ständig die Klappe des Handschuhfachs zu, die mir jedes Mal wieder auf die Knie fällt. Sie rastet zwar kurz ein, klappt aber bei der nächsten stärkeren Erschütterung sofort wieder herunter. In dem Fach liegen einige CDs, die Wagenpapiere und ein Schlüsselbund, der mit einem Rasseln von einer Seite zur anderen geschleudert wird und als Untermalung des Motorengeräuschs zu dienen scheint. Kein Radio. Nach mehreren vergeblichen Versuchen lässt Silvia das Fach schließlich offen stehen.

»Tut mir leid, aber es ist wirklich kaputt.«

»Kein Problem. Ich bin ja froh, dass ich überhaupt eine Mitfahrgelegenheit gefunden habe. Auf den Bus hätte ich noch drei Stunden warten müssen.«

»Ich habe gern Gesellschaft. Du hast geschrieben, dass du Spanierin bist, stimmt's?«

»Ja, aus Barcelona.«

»Ah, dann müsste ich wohl eher Katalanin sagen?«

»Genau. Sie gehören zu den wenigen, die den Unterschied kennen. Normalerweise denken die Leute immer, das Katalanische sei nur ein Dialekt.«

»Ich muss dich bitten, mich zu duzen, sonst komme ich mir uralt vor. Und was das Katalanische betrifft: Ich mag den abgehackten Klang, den es hat, er hat eine eigene Musikalität. Meine schönsten Sommer habe ich an der Costa Brava verbracht, mein Mann und ich sind da sehr gerne hingefahren, meistens Anfang Juni.«

»Ja, am Anfang der Saison ist es wirklich schön. Habt ihr denn jetzt ein neues Urlaubsziel?«

Sie sieht mich mit einem sehr milden Gesichtsausdruck an. »Nein, unsere Wege haben sich getrennt. Wir verbringen den Sommer nicht mehr gemeinsam. Wir sind geschieden, aber glücklicherweise im Frieden auseinandergegangen«, schließt sie und zwinkert mir dabei zu.

Während der Fahrt plaudern wir ununterbrochen, Silvia ist spritzig und heiter, ihre Persönlichkeit ist so bunt wie ihr Auto und die Kleider, die sie am Leib hat. Sie ist von Beruf Modejournalistin und hat eine besondere Leidenschaft für Gartenarbeit. Daher erzählt sie mir von dem toskanischen Landhaus, einem alten Bauernhof, den sie und ihr Exmann Ernesto in den ersten Jahren ihrer Ehe mit viel Liebe und Hingabe auf Vordermann gebracht haben. Jedes Wochenende, sobald sie aus der Arbeit kamen, seien sie hingefahren und hätten herumgewerkelt, erzählt sie mir. Den Sonntag verbrachte sie normalerweise mit Gartenarbeit, während Ernesto quietschende Türen reparierte und Fensterrahmen hobelte. Irgendwann fingen sie jedoch an, das eine oder andere Wochenende auszulassen, sodass die Pflanzen im Garten verblühten und in den dunklen Ecken Spinnweben auftauchten. Wenn sie dann wiederkamen, schlug ihnen schon beim Öffnen der Tür die Kälte entgegen, weil seit ihrem letzten Besuch zu viel Zeit vergangen war. Alles war erkaltet.

»Die Begeisterung der Anfangszeit war vorbei … in jeder Hinsicht, verstehst du?«, schließt sie in vertraulichem Ton.

»Das tut mir leid«, gebe ich bedauernd zurück, und es stimmt tatsächlich. Ich würde es viel schöner finden, wenn die Liebe ewig dauern und sie allein genügen würde, um zwei Menschen zusammenzuhalten. Tausend Fragen kommen mir in den Sinn, die ich meiner Mutter immer stellen wollte: Warum haben sie und mein Vater aufgegeben? Wenn sie sich wirklich geliebt haben, warum haben sie dann nicht gekämpft, um zusammenzubleiben? War das Gefühl allein vielleicht nicht genug? Haben die Spinnweben auch ihre Herzen überzogen?

Ich werde es nie erfahren, denn es ist jetzt zu spät für Erklärungen. Sie ist nicht mehr da, und er ist nie da gewesen.

Silvia reißt mich mit ihrer Antwort aus meinen Gedanken.

»Das muss dir nicht leidtun. Manchmal gehen die Dinge einen anderen Gang, als wir es uns gewünscht haben. Wichtig ist, dass man das Erlebte pflegt und mit Sorgfalt behandelt, dass man nicht zulässt, dass es zerknautscht.«

Ich lächele, denn ich ziehe es vor, meine Meinung nicht zu Dingen zu äußern, die ich nicht selbst erlebt habe. Lieber höre ich nur zu, als oberflächliche

Kommentare abzugeben. Außerdem ist Silvia eine wunderbare Erzählerin.

»Das haben wir immerhin hingekriegt«, fügt sie schmunzelnd hinzu, »und in den letzten Jahren habe ich mir immer mal wieder einen Seitensprung mit Ernesto gegönnt. Es war amüsant, weil unerwartet. Genau das hatten wir damals unterwegs verloren: das Überraschende. Ich glaube, Glück ist einfach nur die Fähigkeit, sich immer wieder überraschen zu lassen. Glaubst du nicht auch?«

Ja, da ist etwas dran. Immerhin bin ich auf dieser Reise auch auf der Suche nach Dingen, die mich überraschen. Es ist die einzige Art und Weise, die ich kenne, um mich lebendig zu fühlen.

So ist es immer gewesen, auch früher schon. Ich bin regelmäßig vor der Routine geflüchtet, vor allem auch im Umgang mit dem anderen Geschlecht, und meine Beziehungen waren oft ziemliche Reinfälle. Wenn ich an die beiden letzten Typen denke, mit denen ich zusammen war, muss ich lachen. Jordi war Surfer und hatte den tollsten Körper aller Zeiten, was natürlich für ihn sprach, aber er schrieb mir unzählige WhatsApp-Nachrichten am Tag, alle von entwaffnender Banalität. Ich musste feststellen, dass er an mir klebte wie Pech, und so etwas kann ich absolut nicht ertragen. Martí war das genaue Gegenteil, immer kurz davor, auf und davon zu rennen. Als ich ihn zum ersten Mal in meine Wohnung einlud, war er total angespannt, trotzdem war der Sex mit ihm sehr vergnüglich und befreiend.

Nur sobald der Akt vorbei war, zog er sich sofort wieder in sich selbst zurück. Nachdem ich ihm ein paar Monate hinterhergerannt war, langweilte mich die Situation zu Tode.

Und jetzt habe ich innerhalb von wenigen Wochen zuerst Claudio und dann Tommaso getroffen. Vielleicht stimmt es, dass man sich einfach kopfüber ins Leben stürzen muss, um die richtigen Begegnungen zu haben. Oder die falschen. Ach, egal wie es weitergeht, ich bin bereit, mich auf Überraschungen einzulassen.

Draußen zieht die toskanische Landschaft an uns vorbei, wobei das Gelb des Fiat 500 vor dem Hintergrund der Kornfelder neben der Straße fast wie eine Tarnfarbe wirkt. Ich bin froh, dass Silvia nicht die Autobahn genommen hat. Die Aussicht, die sich uns von der Landstraße aus bietet, ist einfach hinreißend. Die Hügel haben etwas unglaublich Liebliches und Vertrauenerweckendes an sich, sie kommen mir vor wie die Rücken von zahmen Tieren, und von draußen weht ein warmer Wind zu uns herein.

Auch wenn mir die Ledersitze an den Schenkeln kleben, habe ich das Gefühl, jedes Mal sanft gewiegt zu werden, wenn wir um die Kurve biegen. Die in der milden Brise wogenden Getreideähren scheinen sich vor uns zu verbeugen, und die bestellten Felder in der Ferne bringen eine für die Natur ganz ungewöhnliche Geometrie zum Vorschein. Die regelmäßigen Streifen scheinen sich über die Landschaft hinweg zu vervielfältigen. Auch die Bäume sind offensichtlich nach sehr präzisen Kriterien gepflanzt, und es ist nicht zu übersehen, dass der Mensch diese Landschaft gestaltet hat. Jedoch scheint er es auf eine stille und respektvolle Weise getan zu haben, weil er für eine Verbesserung des Landes Sorge getragen hat, ohne es allzu sehr zu stören oder größere Eingriffe vorzunehmen.

»Da wir gerade von Überraschungen sprechen …« Silvia zieht einen Briefumschlag aus dem Seitenfach in der Autotür und reicht ihn mir. »Würdest du mir bitte vorlesen, was darin steht? Ich hatte heute Morgen keine Zeit, ihn aufzumachen.«

Ich öffne den Umschlag, der einen Strafzettel wegen Geschwindigkeitsüberschreitung enthält. So erfahre ich, dass Silvia eine Tochter namens Carolina hat, süße achtzehn Jahre alt, Schülerin am humanistischen Gymnasium und in ihrer Freizeit offenbar eine sehr wagemutige Autofahrerin. Sie hat gerade erst den Führerschein gemacht und muss noch üben, weshalb sie und ihre Mutter die Zeit auf dem Land nutzen, um ihren Fahrstil zu verbessern.

Silvia ist auf dem Weg zu ihrem Landhaus, wo das Mädchen gerade eine Woche mit seinem Vater verbracht hat, während sie arbeiten musste. Dort wollen sie dann ein paar Tage zu dritt verbringen, was sie ab und zu ganz gerne machen, da sie inzwischen fast wie alte Freunde sind. Allerdings zieht Carolina es vor, nur einen Elternteil um sich zu haben, denn beide zusammen sind eine Katastrophe, wie sie gerne betont.

Nach und nach sind die Kornfelder Weingärten gewichen, und wir sind so gut wie in San Gimignano angekommen. In der Ferne ragen schon die vielen unterschiedlich hohen Türme in die Luft, die mit ihren mannigfaltigen Brauntönen einen starken Kontrast zum strahlend blauen Himmel und zudem ein wunderbares sommerliches Panorama bilden.

Wenig später setzt Silvia mich in der Nähe der zentralen Piazza ab, nicht ohne mir zu erklären, wie ich zu der Bar komme, die ihrer Meinung nach die beste Limonade im ganzen Ort herstellt. Als ich ihr das Geld für die Fahrt geben will, macht sie eine abwehrende Handbewegung, um mir dann mit der anderen Hand die Tür aufzuhalten, die sonst zufallen würde, weil auch sie ein bisschen kaputt ist.

»Kommt nicht in die Tüte! Es war mir ein Vergnügen, dich mitzunehmen. Spar dir dein Geld für ein schönes Essen heute Abend.« Nachdem sie mich eingehend gemustert hat, runzelt sie skeptisch die Stirn und fügt hinzu: »Du gibst diesem zarten Köper doch genug zu essen? Für meinen Geschmack bist du ein bisschen zu dünn.«

Diese Mütter sind doch alle gleich. Mit meiner war es dieselbe Leier, sechsundzwanzig Jahre lang. Ich hätte einen kompletten Ochsen verschlingen können, für sie war es nie genug.

Brav versichere ich Silvia, dass ich einen gesunden Appetit habe und es mir wirklich an nichts mangelt, ganz im Gegenteil. Dann danke ich ihr noch mal für alles und schultere das Gepäck, während sie sich schon darangemacht hat, allerlei Papiere und Quittungen zusammenzuraffen und aus dem Auto zu entsorgen.

Nach dem wenigen, das ich gesehen habe, gehört Silvia zu den Menschen, die ständig in Aktion sind und es einfach nicht schaffen, eine Sache nach der anderen zu machen.

»Gute Reise weiterhin, Lavinia! Und pass auf dich auf.«

Auf dem Weg zu der Bar, die Silvia mir empfohlen hat, schaue ich mich verwundert um und komme mir vor wie auf dem Set für einen Kinofilm. Ich klopfe gegen eine Mauer, um zu überprüfen, ob sie echt ist, aus richtigem Stein und nicht etwa aus Karton, und erwarte fast, dass sie von einem Moment zum anderen in sich zusammenstürzt.

San Gimignano hat sich genau die Atmosphäre erhalten, die schon auf dem Foto meiner Mutter zu spüren war. Rote Backsteinhäuser, von Kletterefeu umrankte Bogenfenster und Ladenschilder aus den Nachkriegsjahren geben dem zauberhaften Ort mit seinen mittelalterlichen Fassaden einen besonders nostalgischen Anstrich.

Ich laufe durch die engen Gassen und komme schließlich zu einem kleinen, runden Platz, wo eine Fahrradklingel mich aus meinen Gedanken reißt. Schnell weiche ich aus und bemerke im selben Moment die Bar, von der mir Silvia erzählt hat: *Caffè del Trecento.* Erleichtert nehme ich auf der Terrasse an einem Tisch im Schatten Platz, auch wenn die Sonne schon dabei ist, eine Ecke davon zu verschlingen.

»Guten Tag, was möchten Sie trinken?«

Eine Kellnerin mit starkem englischem Akzent steht schon mit ihrem Notizblock bereit. Sie ist ungefähr in meinem Alter und trägt die kurzen Haare zu einem Pilzkopf frisiert. Ihre Haut ist sehr hell und mit unzähligen Sommersprossen übersät, die mich an die winzigen Brösel eines duftenden Brotes denken lassen. An ihren Ohrläppchen hängen zwei große goldene Ringe, ihre Lippen sind blutrot geschminkt. Sie freut sich offensichtlich, als ich eine Limonade bestelle, denn sie erzählt mir, dass es sich um ihre Lieblingslimo handelt, die aber kaum noch bestellt wird, weil alle immer nur Eiscreme haben wollen.

»Indeed Italy is icecream and coffee«, bestätige ich.

Sie lächelt, vielleicht amüsiert von meinem Englisch. Dann steckt sie sich den Stift hinters Ohr und geht wieder ins Lokal, wobei sie mit elegantem Hüftschwung den Tischkanten ausweicht. Sie trägt einen Minirock mit einer schwarzen Schürze, unter der ihre gertenschlanken, hellen Beine hervorschauen. Ich bin fasziniert von ihrer zarten, fast schon ätherischen Präsenz. Schöne Frauen sind immer interessanter anzusehen als gutaussehende Männer, weil sie so viel zu bieten haben, das die Aufmerksamkeit auf sich zieht. Sie haben eine komplexere Struktur, so wie ein Gebäude ja auch mehrere Etagen hat, nicht nur das Erdgeschoss und den ersten Stock, sondern auch einen Keller und einen Dachboden. Sie sind voller geheimer, verborgener Ecken und enorm kompliziert, was alles schwierig, aber gerade deshalb auch faszinierend macht. Auf der Straße bleibt mein Blick meistens eher an Frauen haften als an Männern, weil ihr Aussehen, ihre Kleidung und ihre Art sich zu bewegen mir unendlich viele Geschichten erzählen.

Erneut holt mich eine Fahrradklingel in die Realität zurück, ich schaue automatisch hoch und suche nach der Geräuschquelle. Das Fahrrad ist grün und hat einen Weidenkorb auf dem Gepäckträger, und während ich ihm noch mit dem Blick folge, erregt ein Plakat an einer Mauer meine Aufmerksamkeit. Erst bemerke ich das Bild darauf, dann den Text, den ich so schnell zu lesen versuche, dass die Buchstaben und Zahlen in meinem Kopf wild durcheinanderwirbeln. Es handelt sich um die Ankündigung eines Konzerts von Claudio Giarda. 30. Juni. Florenz. In einer Woche.

Das Herz hämmert in meiner Brust wie verrückt. »Beruhige dich«, rede ich ihm gut zu, »es besteht nicht der geringste Anlass, sich so aufzuregen.« Aber da ist nichts zu machen. Bumm, bumm, bumm wummert es weiter. Claudio ist also auf Tournee, deshalb ist er in Italien, und die nächste Etappe ist nur wenige Kilometer von hier entfernt. Eine optimale Gelegenheit, um ihm die Geige zurückzugeben und ihm zu diesem Anlass gleich ins Gesicht zu sagen, dass sein Geschenk alles andere als willkommen war und mir bisher nur Unannehmlichkeiten bereitet hat. Aber während ich den Moment im Kopf mehrmals durchspiele, schlägt mein Herz weiter wie verrückt. Die Schläge kommen mir vor wie schallendes Gelächter, mit dem es sich über mich lustig macht.

Inzwischen hat die Kellnerin die Limonade vor mir auf den Tisch gestellt, und ich wende mich wieder ihr zu.

Sie zeigt auf den Kasten, den ich offensichtlich die ganze Zeit gedrückt gehalten hatte, ohne mir dessen bewusst zu sein. »Spielst du Geige?«

»Hab ich mal.«

»Ein wunderbares Instrument mit dieser femininen Form. Sie würde jedenfalls gut zu dir passen. Eine Frau, die auf einer anderen Frau spielt.«

Ich bin noch völlig fasziniert von diesem poetischen Bild, als jemand aus einer Touristengruppe einen Pfiff ausstößt, um die Bedienung zu sich an den Tisch zu holen. Sie wirft mir einen Blick zu, als wolle sie sagen: »Barbaren!« Ich kann es ihr nicht verdenken.

Als ich die Limonade ausgetrunken habe, zahle ich, um mich kurz entschlossen auf den Weg zum Tourismusamt zu machen, wo ich eine Eintrittskarte für das Konzert des großen Meisters erstehe. Ich bin so froh, bald schon diese dämliche Geige los zu sein, dass ich keinen Gedanken an den Preis verschwende. Und wenn es mein letztes Hemd kostete, ich würde es liebend gerne hergeben. Immerhin ist dieses winzige Stück Papier für mich der Freifahrtschein für eine große Genugtuung. Also stecke ich es schnell ein und mache mich auf den Weg zu der Jugendherberge, in der ich auf Booking.com ein Zimmer reserviert habe.

Schon beim Betreten des Gebäudes habe ich kein gutes Gefühl. Am Empfang erwartet mich ein dicker, übelriechender Mann mit fettigen Haaren und fleckigem T-Shirt, der nicht einmal auf die Idee kommt, den Blick von dem kleinen Fernseher auf der Theke zu heben, um mir einen guten Tag zu wünschen.

»Ich habe reserviert«, sage ich, nachdem ich all meinen Mut zusammengenommen habe.

Er erhebt sich widerwillig und begleitet mich zu dem im ersten Stock gelegenen Zimmer, das ich mir mit drei anderen teilen soll. Sofort steigt mir der Geruch nach Schweiß und Käsefüßen in die Nase, und als er mir das Bad zeigt, lässt die nächste unliebsame Überraschung nicht lange auf sich warten. Die Duschen sind mit schmutzigen Plastikvorhängen ausgestattet, die wegen einiger fehlender Ringe schlaff und teils eingerissen herunterhängen, und die Waschbecken weisen Verkrustungen auf, die auf irgendeine Frühphase der Menschheitsgeschichte zurückzugehen scheinen. Ich bin sicher keine Prinzessin auf der Erbse, aber hier kann ich unter keinen Umständen die Nacht verbringen. Daher storniere ich die Reservierung und mache mich schnell aus dem Staub, um wegen des vorhandenen WLAN-Zugangs zum Tourismusamt zurückzukehren.

Meine Internetsuche nach einer anderen Unterkunft bleibt jedoch erfolglos, da alles ausgebucht oder zu teuer ist. Außer irgendwelchen unbezahlbaren alten Villen mit herrlichen Schwimmbädern ist einfach nichts zu bekommen. Jedenfalls nichts, das ich mir leisten könnte, nachdem ich für Claudios Konzert meinen finanziellen Ruin in Kauf genommen habe. Ich koche vor Wut. Am liebsten würde ich ihm seine blöde Violine hinterherwerfen.

Es ist ungemütlich und stickig hier drinnen, und ich bin in Schweiß gebadet, also stecke ich das Smartphone ein, schultere zum hundertsten Mal das Gepäck und mache mich unter wilden Verwünschungen wieder auf den Weg zu der Bar von vorhin, wo ich an meinem alten Tisch Platz nehme. Die englische Kellnerin ist gerade dabei, ihre Schürze in eine Schublade zu legen, offensichtlich ist ihre Schicht beendet. Doch als ihr Blick auf mich fällt, gibt sie ihrem Chef ein Zeichen, dass sie die Bestellung noch aufnimmt.

»Ciao, da bist du ja wieder. Möchtest du noch eine Limonade?«

»Nein, eine Bloody Mary wäre mir lieber. Mich dürstet nach Blut, wenn ich ehrlich bin«, antworte ich finster.

»What happened?«

»Ich habe nicht die geringste Ahnung, wo ich die Nacht verbringen soll. Aber das ist nur ein kleiner Ausschnitt aus dem ganzen Chaos. In Wirklichkeit ist die Sache viel komplizierter …«

»Oh, das tut mir leid … *I'll come back with your Bloody Mary in a minute.*«

Erneut zücke ich mein Smartphone und durchforste das Internet verzweifelt nach einer Unterkunft. Der Tag neigt sich dem Ende zu, und je später es wird, desto unwahrscheinlicher ist es, dass ich fündig werde. Die Kellnerin kommt mit einem wunderbar blutroten Glas zurück und stellt es auf den Tisch. Statt auf dem Absatz kehrzumachen, bleibt sie vor mir stehen und hält sich etwas verlegen das Tablett vor die Brust.

»Na, was gefunden?«

»Tja, es gäbe schon so einiges. Schade nur, dass ich einen Kredit aufnehmen müsste, um es mir leisten zu können«, erwidere ich, ohne vom Display aufzuschauen.

»Warum kommst du nicht einfach mit zu mir?«

Jetzt hebe ich den Kopf und sehe sie an, etwas ratlos, ob ich sie richtig verstanden habe.

»Du kannst bei mir übernachten, wenn du willst«, sagt sie mit voller Überzeugung. »Meine Mitbewohnerin ist den ganzen Monat weg, und ihr Zimmer steht leer.«

»Also, na ja, das wäre … wirklich ein Traum.« Ich spüre, wie sich meine Wut in null Komma nichts von dannen schleicht und einem Gefühl überschwänglicher Dankbarkeit Platz macht.

»*Great!*« Sie streckt mir die Hand hin, um die Vereinbarung zu besiegeln.

»Danke.«

»*You're welcome.*«

»Ich heiße Lavinia.«

»*I'm Hannah.*«

10

Buntspecht

Hannahs Wohnung, innen, Abend. Eine Mansarde, bestehend aus einer Kochecke, einem quadratischen Wohnzimmer, einem Bad mit Wanne und zwei Schlafzimmern. Die Diele: ein unter Wintermänteln und Strohhüten begrabener Kleiderständer, auf dem Boden verstreute Schuhe und ein an die Wand gelehntes Fahrrad.

Ich sitze auf einem blauen Futon, über den eine Tagesdecke mit Ethnomuster gebreitet ist. Bei ihrem Anblick fällt mir das Meer ein, weil ich zu Hause eine ähnliche Decke habe, die ich am Strand als Badetuch benutze. Hannah ist damit beschäftigt, einen Salat zu improvisieren.

»Magst du Mohnsamen?«, ruft sie mir aus der Küche zu.

Mir gefällt der Klang, den ihr Akzent den Worten verleiht. »Ja, gerne.«

»Und Sonnenblumenkerne?«

»Was immer du willst.«

Mir würde auch eine Scheibe Schwarzbrot genügen, so glücklich bin ich, dass ich ihr begegnet bin und heute Nacht in einem bequemen Bett schlafen darf! Um mich herum stehen Bücherstapel, die krumm und schief an der Wand nach oben klettern, ähnlich wie die Türme von San Gimignano. Ich versuche ein paar Titel zu lesen, sie sind fast alle in englischer Sprache.

»Woher kommst du eigentlich?«, frage ich.

»Aus Edinburgh. Aber ich habe die letzten Jahre in London gelebt.«

»If you want we can speak English«, biete ich ihr an und muss dabei an den Unterricht von Mr. Flicktone an der Universität denken. Er war um die sechzig, und ihm lag ganz besonders die Aussprache am Herzen. Bei einer der ersten mündlichen Prüfungen hat er mich mindestens zehn Mal das Wort *although* wiederholen lassen.

»Oh dear, thanks a lot but … ich muss Italienisch sprechen. Ich habe mir vorgenehmt, bis September viel besser zu werden. Du musst mir dabei helfen.«

»Gut, dann hast du es dir aber *vorgenommen*«, sage ich und trete in die Küche.

Hannah hat die Hände voller Mehl, und als sie sich eine Haarsträhne aus dem Gesicht wischt, bleibt eine Prise davon an der Stirn hängen.

»Du sprichst aber schon ganz ausgezeichnet. Was ist denn im September? Hast du eine Prüfung?«

»Ich bin von einer Künstlerresidenz in Florenz angenommen worden und will bis dahin richtig gut Italienisch sprechen, um anständig arbeiten zu können. Daher bin ich schon früher nach Italien gekommen, ich bin jetzt seit Mai hier.«

»Ach, bist du etwa Künstlerin?«

»Ich bin Fotografin, male aber auch. Das heißt, ich bearbeite die Fotos, die ich gemacht habe, indem ich sie später bemale. So, siehst du?« Sie zeigt mir einige Bilder, die am Kühlschrank und an der Küchenwand hängen. Es sind Schwarzweißfotos, vor allem Nahaufnahmen von Gesichtern und Körpern, die mit Hilfe eines Pinsels in phantastische Kreaturen verwandelt wurden. Füße, die tiefe Wurzeln in die Erde schlagen, Haare, die in den Himmel wachsen, Bäuche, die sich öffnen und neue Welten zur Schau stellen, Augen, die zu Flüssen auslaufen. Ich bin ganz begeistert von Hannahs Phantasien, die sich irgendwo zwischen Realismus und Magie bewegen.

Sie jedoch scheint nicht zu lange bei ihren Werken verweilen zu wollen. »Ich mache gerade ein Dessert für morgen. Kuchen mit Joghurt und Karotten«, wechselt sie schnell das Thema. »Es ist das erste Mal, dass ich es ausprobiere, ich hoffe, es gelingt.«

Ich merke, dass sie nicht weiter gefragt werden mag, und tue ihr den Gefallen, meine Aufmerksamkeit auf das Kochen und Backen zu verlegen. Später essen wir auf dem kleinen Balkon an einem runden Tisch zu Abend, der so winzig ist, dass die Ränder der Teller aneinanderstoßen. Die Salatschüssel haben wir auf den Boden gestellt, neben die Töpfe mit Basilikum und

Minze. Zum Salat gibt es mehrere köstliche Käsesorten und Roggenbrot, dazu trinken wir Rotwein und Wasser.

Der Sommer liegt uns sprichwörtlich zu Füßen. Unten auf der Straße gehen Leute in Shorts und Trägerhemdchen vorbei und gönnen sich nach dem Abendessen ein Eis, darunter auch viele Kinder, die bei der Hitze lange aufbleiben dürfen. Im Sommer gibt es einfach mehr Freude in der Welt, das Glück nimmt mehr Platz ein, weil es sich in den frühen Morgen und den späten Abend hinein ausbreiten kann und weil man insgesamt weniger schläft. Der Sommer ist für mich mit einem Gefühl der Fülle verbunden, die intensiver und langlebiger ist als sonst, genau wie uns ja auch die Sonne länger mit ihren Strahlen verwöhnt.

Nach dem Abendessen bringt Hannah den Tisch zurück in die Wohnung und kommt mit einem Joint wieder auf den Balkon. Wir positionieren die beiden Stühle so, dass wir die Aussicht über die Dächer genießen können. Sie stellt ihre Füße aufs Geländer, als würde sie in einer Hängematte liegen, während ich mich auf dem Stuhl zusammenkauere. Von oben gesehen würden unsere Körper einen Strichpunkt bilden. So schweben wir für einen Moment in diesem kurzen Intermezzo: eine leichte Brise, die uns um die Beine streicht, ein Licht im Haus gegenüber, das verlöscht, irgendwo im Hintergrund läuft ein Fernsehquiz. Ich schaue Hannah an, und sie schaut mich an. Ein Zug am Joint, dann noch einer, ein Lächeln, dann noch eins. Der Geist geht auf die Reise.

»Stell dir vor, es gäbe direkt unter uns einen Pool«, sage ich und strecke die Arme aus, als wäre ich ein Vogel im Flug. »Wäre das nicht wunderschön?«

»Ich hab eine Idee!«, ruft Hannah plötzlich aufgeregt.

»Was ist denn?«

Statt mich ausreden zu lassen, greift sie meine Hand und springt auf. Ich kann mir gerade noch die Flipflops überstreifen, da rennen wir auch schon die Treppe hinunter und aus dem Haus. Wir überqueren den kleinen Platz und gehen dabei so schnell, dass ich die Menschen um uns herum gar nicht richtig erkennen kann, sondern sie nur durch die Farbflecke ihrer Kleider wahrnehme. Rot, blau, grün, ein Bild aus bunten Punkten. Als wäre ich kurzsichtig und hätte meine Brille vergessen. Vielleicht ist es auch nur der Joint, der diese Wirkung auf mich ausübt. Jedenfalls kann ich mich auf nichts anderes konzentrieren als auf Hannahs Hand, die die meine gedrückt hält und mich mit sich fortzerrt, als wären wir zwei Glieder an derselben Kette.

»Los doch, *come on*«, fordert sie mich immer wieder auf, während sie vorauseilt und mich am Arm hinter sich herschleift.

So fädeln wir uns durch die engen, labyrinthischen Gassen von San Gimignano, und mir kommt es vor, als bewegten wir uns durch ein Bühnenbild aus zerknitterten Kartonburgen, wie streunende Hunde auf der Suche nach einem Knochen. Wir rennen jetzt sogar, ich weiß nicht, wie lange schon, vielleicht schon sehr lange, vielleicht nur ganz kurz. Irgendwann stehen wir vor dem Tor einer Villa, aus dem die knorrigen Äste eines Jasminstrauchs mit kleinen weißen Blüten ragen, die nach sauber geputztem Haus duften. Die Terrakottatöpfe am Eingang wirken in dieser Nacht wie zwei Wachposten, auch wenn sie keine Angst einflößen.

»Schau mal«, sagt Hannah, fasst mich um die Taille und zieht mich zum Tor, als wäre ich eine Figur auf einem Schachbrett. »Da drin«, insistiert sie.

Also stecke ich das Gesicht zwischen den Stangen hindurch und spähe zu der Villa hinüber, wie eine Gefängnisinsassin, die auf der falschen Seite steht. Das Haus liegt dunkel und schweigend da, es schlummert wohl, aber der Garten ist voller Leben. Grillen zirpen, Glühwürmchen funkeln, eine Trauerweide scheint zu tanzen, und ein Rasensprenger spuckt sich überkreuzende Wasserstrahlen in die Luft. All das wird in den Schatten gestellt von dem hell erleuchteten Pool mitten im Garten, einem rechteckigen Becken aus glitzerndem Nass, das in den Erdboden eingelassen ist. Es funkelt unter den runden Leuchtstrahlern in hellstem Himmelblau, liegt da wie eine Diva, die sich lasziv auf dem Boden räkelt.

»Los, klettern wir rüber«, flüstert mir Hannah ins Ohr.

»Bist du sicher, dass uns keiner erwischt?«

»Ganz sicher. Die Besitzer sind nie da.«

Mehr will ich nicht wissen. Meine Augen sind schon

dabei, die mindestens zwei Meter hohe Umfassungsmauer nach einer Stelle abzusuchen, die geeignet zum Hochklettern wäre. Es dauert nicht lange, bis ich sie entdecke.

Ich mache mich als Erste an den Aufstieg, indem ich mich zunächst auf den Sitz eines Mopeds stelle, das direkt darunter geparkt ist. Ich bin sicher nicht so sportlich wie Tommaso, denke ich beim Klettern, aber an Entschlossenheit und Kreativität mangelt es mir nicht. Dann umfasse ich die Mauerkante und stoße mich mit den Füßen aus einer Einbuchtung ab, um mich mit für meine Verhältnisse unglaublicher Kraft nach oben zu ziehen, und wenig später sitze ich rittlings auf der Mauer. Von dort oben reiche ich Hannah, die mir gefolgt ist, die Hand.

Beim Blick nach unten kommt uns der Boden allerdings vor wie in endlose Ferne gerückt. Zu springen erfordert einigen Mut, aber einen Rückzieher können wir jetzt auch nicht mehr machen. Also streifen wir unsere Flipflops ab und werfen sie auf die andere Seite. Danach sind wir dran. Wir zählen bis drei und stürzen uns dann gemeinsam in die Tiefe.

Mit einem dumpfen Aufschlag landen wir auf der vom Rasensprenger durchnässten Erde und stehen sofort wieder auf, um zu kontrollieren, ob wir unverletzt sind. Wir heben die Flipflops vom Boden auf und schleichen uns weiter in Richtung Pool. Das Glitzern des Wassers zieht uns an wie zwei diebische Elstern.

In einer einzigen flüssigen Bewegung zieht Hannah

ihr T-Shirt aus und wirft es auf den Boden, gefolgt von ihrem Rock. Auch ich winde mich aus meiner Jeans und reiße mir das Top vom Leib. Der Weg von der Mauer bis zum Pool ist mit unseren Kleidungsstücken gesäumt, sie bilden einen Pfad aus buntem Stoff. Inzwischen tragen wir nur noch Unterwäsche. Hannah hat einen schwarzen Body an, der fast wie ein Badeanzug aussieht. Ihr Körper ist sehr anmutig, der Oberkörper aufrecht, die Brüste sind voll, während die Hüften sich erst runden und zu den Beinen hin wieder schmaler werden.

Ich trage nur noch einen Slip, mein Busen ist so klein, dass er nicht eingesperrt werden muss. Er rundet sich kaum über den Rippen, dann wird die Haut wieder glatt, bis zu den Schlüsselbeinen, die deutlich hervorstehen. Ich werfe mich als Erste ins Wasser, mache ein paar Schwimmzüge unter der Oberfläche wie ein Frosch, und als ich wieder nach oben komme, liegt Hannah auf dem Rücken und spritzt Wasser aus dem Mund. Auch ich lege mich auf den Rücken und schaue in den Himmel, verbinde die Sterne dort oben miteinander, als wären sie Pünktchen in diesem Spiel, das man in Rätselzeitschriften findet. Eine seltsam gezackte Wolke kommt dabei heraus. Hannah bespritzt mich mit Wasser. Ich schließe die Augen und denke, dass ich jetzt nirgendwo sonst in der Welt sein möchte.

Es ist heller Morgen, und ich stehe am Waschbecken und wasche mir das Gesicht. Dabei fällt mir wieder ein, wie wir uns am Abend zuvor im Pool nass gespritzt haben. Nach unserem nächtlichen Streifzug im Park war ich zufrieden und glücklich, mein Körper war in einem Zustand tiefster Entspannung. Als wir zu Hause ankamen, waren wir beide immer noch patschnass. Hemmungslos warf ich mich auf das Bett von Hannahs Mitbewohnerin und schaffte es nicht einmal mehr, mich auszuziehen. Nur die Flipflops landeten mit einem dumpfen Geräusch auf dem Boden, dann war ich auch schon eingeschlafen, bei weit geöffnetem Fenster, draußen die Nacht.

Nach dem Aufwachen sagte Hannah zu mir, dass ich bleiben könne, so lange ich wolle. Sie freue sich über Gesellschaft. Seitdem sind vier Tage vergangen, und es kommt mir vor, als seien sie davongeflogen. Ich bin wirklich gerne mit Hannah zusammen, wir Frauen mögen zwar rätselhaft und kompliziert sein, aber wenn wir uns verstehen, dann verstehen wir uns ganz.

Während ich so dastehe und in den Spiegel blicke, fällt mir ein, wie ich vor einem anderen Waschbecken stand, in einem anderen Bad, das ebenfalls nicht meines war, in Claudios Hotelzimmer. Der Gedanke an ihn schaut ab und zu bei mir vorbei, ohne Vorankündigung und ohne besonderen Grund, und inzwischen überrascht es mich schon gar nicht mehr, sondern kommt mir vor wie ein leicht aufdringlicher, lästiger Nachbar.

»Frühstück ist fertig!« Hannahs Stimme holt mich zurück in die Gegenwart.

Heute hat sie ihren freien Tag, und wir haben beschlossen, ins Museum zu gehen. Das hat sie sich zur Gewohnheit gemacht, seit sie in Italien ist. Da sie die ganze Woche bei drückender Hitze den Ansprüchen der Gäste genügen muss, flüchtet sie sich in ihrer Freizeit gern an diese stillen, anonymen Orte. Sie genießt es, zwischen leblosen Statuen herumzuschlendern, die Bilder und die Rahmen zu bewundern und sich in aller Ruhe Informationen über Künstlerbiografien und die verwendeten Techniken zu Gemüte zu führen.

Diesmal jedoch schlägt sie mir vor, das Ornithologische Museum zu besuchen. Sie war dort noch nie und ich natürlich auch nicht. Man kann wirklich nicht behaupten, dass ich eine besondere Leidenschaft für Federvieh hege – ganz im Gegenteil –, trotzdem willige ich ein, weil sie mich neugierig gemacht hat. Von selbst würde ich niemals auf den Gedanken kommen, mitten im Juni ein Tiermuseum zu besuchen. Genau aus diesem Grund gehe ich mit.

Wir nehmen uns zwei Stücke von dem Kuchen mit, den sie gebacken hat, und essen sie auf dem Weg zum Museum, das sich im Oratorium einer Kirche aus dem sechzehnten Jahrhundert befindet. Über zweihundert Exemplare unserer gefiederten Freunde sind hier ausgestellt, von den verschiedensten Nachtraubvögeln bis hin zu Wasservögeln mit langen Schnäbeln und buntem Gefieder. Ursprünglich handelte es sich wohl um die Privatsammlung einer *marchesa*, die Ende des neunzehnten Jahrhunderts gelebt hat. Aufgrund einer Krankheit konnte sie die Beine nicht mehr bewegen, und da sie immer eine große Liebe zur Natur gehegt hatte und nun keine langen Waldspaziergänge mehr unternehmen konnte, beauftragte sie einen Tierpräparator, die Welt da draußen in einem Raum ihres Schlosses neu zu erschaffen. Sie fühlte sich weniger einsam, wenn sie dort saß und ihre Ritterromane las.

Ich bin völlig fasziniert von einem Buntspecht, der längst gestorben ist. Er hat die Flügel gespreizt, weshalb man sein feuerrotes Gefieder in seiner ganzen Schönheit bewundern kann. Hannah macht ein paar Fotos. Ich sehe zu, wie sie verschiedene Einstellungen und Brennweiten ausprobiert und die Bilder auf dem Display noch einmal kontrolliert. Sie tut es auf eine fast schon obsessive Weise immer und immer wieder, ohne je mit dem Ergebnis zufrieden zu sein.

Als wir das Museum verlassen, schlagen die Glocken Mittag, und mir knurrt prompt der Magen. Wir beschließen, eine Rosticceria aufzusuchen, auf die ein altes Ladenschild hinweist. Die wenigen Gerichte in der Theke sehen durchweg phantastisch aus. Die Eigentümerin Signora Lucia erklärt uns denn auch, dass sie alle hausgemacht sind, und zwar von ihrer Mutter, einer noch sehr rüstigen achtzigjährigen Dame. Während ich mich für Lasagne entscheide, nimmt Hannah Hühnchen mit Gemüse, und wir lassen uns beide das Essen einpacken, um es mit zu einem Park ganz in der Nähe zu nehmen.

Wir sind die Einzigen, die hier im Gras hocken und

ihr Mittagessen verspeisen, denn die Italiener sitzen beim Essen lieber am Tisch, mit Servietten und ordentlichem Geschirr. Die Mittagspause ist für sie ein Ritus, dem sie sich mit Hingabe widmen und den sie nur ungern vernachlässigen.

Seit wir aus dem Museum gekommen sind, ist Hannah in Gedanken versunken.

»Stimmt etwas nicht?«, frage ich sie schließlich vorsichtig.

Mit einem tiefen Seufzer lässt sie sich ins Gras fallen und streckt sich auf dem Rücken aus. Dann schiebt sie ihre auf dem Kopf sitzende Sonnenbrille herunter und verbirgt wie zum Schutz ihre Augen dahinter. »Hattest du je das Gefühl, ein … ein *nothing* zu sein?«

»Was willst du denn damit sagen?«, frage ich und lege mich neben sie auf die Seite, um sie anschauen zu können. Ich kann ihre Augen hinter den dunklen Brillengläsern erkennen, sie sind auf einen fernen Punkt am Himmel gerichtet.

»Ich bekomme schon seit längerem nichts Vernünftiges mehr hin. Die Fotos, die ich mache, gefallen mir nicht, und mit der Malerei ist es noch schlimmer. Ich habe einfach keine Ideen mehr, und alles, was ich bisher gemacht habe, kommt mir dumm vor, so sinnlos.«

»Mir gefallen deine Arbeiten jedenfalls sehr, wenn ich dich damit trösten kann.«

Ihr Gesichtsausdruck ähnelt jetzt dem eines kleinen Mädchens, die Mundwinkel ihrer vollen Lippen sind leicht nach unten gezogen. Mürrisch wirkt sie sogar noch schöner, aber mir ist klar, dass schlichte Durchhalteparolen ihr nicht weiterhelfen.

»Um auf deine Frage zu antworten: Ja, dieses Gefühl kenne ich sogar sehr gut.«

Sie schaut mich aufmerksam an, also erzähle ich ihr meine Geschichte, von meiner Liebe zur Musik, meiner Geige und dem Schock, als ich entdeckte, dass sie ein Geschenk meines Vaters war.

»Glaubst du, dass du je wieder spielen wirst?«, fragt sie mich am Ende.

»Ich weiß es nicht. Für den Moment geht es jedenfalls nicht, ich will nicht mal daran denken.«

»Und die Geige, die du dabeihast?«

»Sie gehört mir nicht, das war ein Geschenk. Am Samstag treffe ich den Mann, der sie mir überlassen hat, in Florenz, um sie ihm wiederzugeben.«

Hannah sagt darauf nichts, sie scheint über meine Worte nachzudenken.

Ein Weilchen bleiben wir noch ausgestreckt im Gras liegen, Schulter an Schulter, unser Atem im Gleichklang. Meine Haare streifen die ihren und scheinen unsere Gedanken miteinander zu verbinden. Die Malerei ist für sie, genau wie die Musik für mich, eine Art Zeichensprache. Unsere Kunst erlaubt es uns auszudrücken, was wir in uns tragen. Wenn die Stimme der Kunst jedoch unterbrochen wird, wenn in unserem Inneren alles schweigt, dann fühlen wir uns verloren.

Später machen wir uns auf den Nachhauseweg, mit

dem Vorsatz, uns ein bisschen Ruhe zu gönnen, weil uns nach dem Essen die typische Müdigkeit gepackt hat.

Plötzlich bleibe ich wie angewurzelt stehen, weil ich, fast wie in einer Vision, den Brunnen vom Foto meiner Mutter wiedererkenne. Ich packe Hannah am Arm und halte sie zurück.

»Warte einen Moment.«

Ich öffne meinen Rucksack und ziehe das Album heraus, um den Brunnen vor meinen Augen mit dem auf dem Foto zu vergleichen. Es ist derselbe, kein Zweifel! Die Fassade dahinter, die damals mit Efeu bewachsen war, ist zwar inzwischen nackt, aber die Bogenfenster sind unverwechselbar. Aufgeregt erkläre ich Hannah, dass mich dieses Foto erst nach San Gimignano geführt hat.

Ich lasse sie mit dem Album in der Hand stehen und gehe auf den Brunnen zu. Meine Füße scheinen kaum den Boden berühren, im Geiste streiche ich über das Gesicht meiner Mutter, suche mit den Fingern nach einem Zeichen ihrer Anwesenheit, nach ein paar braunen Haaren, dem Duft von Kölnischwasser, aber die Zeit hat alle Spuren ausgelöscht. Ich kann nur die Augen schließen und mir vorstellen, dass sie hier gewesen ist. Ich drehe mich um zu Hannah, die genau an derselben Stelle steht wie der Mensch, der damals das Foto gemacht hat, und frage mich unwillkürlich, wem das Lächeln meiner Mutter wohl gegolten hat. Wem hat sie das Glück jenes Moments zum Geschenk gemacht?

Diesen besonderen Moment aus ihrer Jugend? Warum war sie überhaupt hier?

»Bleib so«, sagt Hannah unvermittelt zu mir. Sie hat ihre Kamera in der Hand und drückt auf den Auslöser. »Wahnsinn, wie sehr ihr euch ähnelt!«, sagt sie zufrieden und zeigt mir das Bild auf dem Display.

Es stimmt. Wären da nicht die Kleidung und der Haarschnitt, könnten Marta und Lavinia ein und dieselbe Person sein. Nach über dreißig Jahren erwacht ihr Körper in meinem wieder zum Leben, und ich stehe hier mit der Hoffnung, dass in meinen Genen nicht dasselbe Schicksal geschrieben steht wie in ihren.

Als wir zu Hause ankommen, überspielt Hannah die Fotos gleich auf den Computer, um dann zu entscheiden, welche sie ausdrucken will. Ich schalte das Radio ein und strecke mich auf dem Futon aus, aber diesmal schaue ich nur durch die Fenster nach draußen. Es ist zu heiß, um sie zu öffnen. Ich lasse die Rollläden herunter und kuschele mich ins nachmittägliche Halbdunkel. Dabei denke ich an die Situation vorhin im Park, an das, was Hannah und ich uns erzählt haben, und an unser Schweigen. Es ist das erste Mal, dass ich jemandem die wahren Gründe für meine Auszeit von der Musik anvertraut habe, und ich spüre, dass sie mich versteht, weil sie diese Unruhe teilt.

Dann kommt mir wieder Claudio in den Sinn, der mir so viel Unbehagen bereitet hat, indem er mir diese Geige aufgedrängt hat, ohne mich zu fragen, ob ich sie haben will. Ich versuche mir sein Gesicht vorzustellen und in meinem Inneren ein Bild von ihm zu zeichnen, dann male ich mir aus, wie es sein wird, ihn am Samstag wiederzusehen. Wer weiß, ob er einen Frack tragen wird oder einen dunkelblauen Anzug, Krawatte oder Stehkragenhemd, Schnürschuhe und dazu passende Socken, eine Hose mit schmalem Bein … Aber was geht mich verdammt noch mal Claudios Kleidung an? Ich weiß wirklich nicht, warum ich meine Zeit damit vergeude, mir Gedanken über so einen Unsinn zu machen. Alles, was ich will, ist, ihm seine – wunderbare – Vuillaume zurückzugeben.

Das Geräusch eines Stuhls, der über den Boden kratzt, lässt mich hochfahren.

»Entschuldige, ich wollte dich nicht wecken. Ganz im Gegenteil … du bist wunderschön so.«

Hannah sitzt am Tisch, auf dem sie Farben, Pinsel und ein Foto angeordnet hat.

»Bitte leg dich wieder hin. Deine offenen Haare sind wie Meeresschaum, wenn die See stürmisch ist.«

Ich fahre mir mit der Hand durch die Haare, bei denen ich wirklich noch nie an Meeresschaum denken musste, und auch sonst hat noch keiner so etwas über sie gesagt. Wie ein braves Hündchen mache ich Platz und lege mich wieder hin, wenn auch zögerlich und ein wenig verlegen.

Hannah bleibt auf dem Stuhl sitzen und nimmt mich mit ihrer Kamera ins Visier. Wie lange ich wohl geschlafen habe? Durch den Rollladen dringt gelbliches Licht, Staubpartikel schweben in der Luft.

Nur das Klicken des Fotoapparats durchschneidet ab und zu den Moment, der sich in einem seltsamen Schwebezustand zu befinden scheint, an diesem Nachmittag, der nach sommerlicher Siesta schmeckt, nach Töpfen, die eigentlich gespült werden müssten, nach Fliegen, die wie von Sinnen in der Luft kreisen, nach tiefer Ruhe und weichen Kissen.

Ich drehe mich auf den Bauch, verschränke die Arme unterm Kinn und schaue Hannah an.

»Würdest du für mich posieren?«

Meine Lippen öffnen sich zu einem langsamen Lächeln, offensichtlich sage ich Ja zu ihrer Bitte. Ich lasse den Kopf sinken, eine Wange auf dem Handrücken, die Fingerknöchel drücken mir in die Haut. So bleibe ich liegen und lasse mich fotografieren, mich ansehen, und ein wenig genieße ich den Gedanken an meinen Körper, der eingehend studiert wird. Ich fühle mich wie ein Raubtier im Käfig, könnte wie eine Löwin durchs Wohnzimmer schleichen, mich zur Schau stellen. Aber ich ziehe es vor, dass Hannah mich entdeckt. Dann drehe ich mich um, und die Haare fallen mir ins Gesicht. Ich puste sie weg, und sie heben sich kurz in die Luft, um dann ganz leicht wieder herabzuschweben, wie feine Luftschlangen.

Stumm und geschmeidig kreist Hannah um mich herum, hinter ihrer Kamera verborgen und darauf bedacht, etwas zu erhaschen, das nur sie sehen kann.

Ich versuche mich mit ihrem Blick zu sehen: zwei schmächtige, sonnengebräunte Arme und Beine, zwei Knöchel und zwei Ellbogen, schmal wie Bambusrohre, eine hohe Stirn und ein langer Hals wie der einer chinesischen Vase. Ich beobachte, wie sich meine Zehen und Finger bewegen, wie sie Zeit und Raum mit Beschlag belegen.

Hannah senkt den Fotoapparat, lässt ihn vor dem Bauch hängen, genau auf der Höhe ihres Nabels, den ihr T-Shirt freigibt. Dann nimmt sie meine Hände in die ihren und lädt mich ohne ein Wort ein, mich vor das geschlossene Fenster zu stellen, mitten in den dünnen Lichtstrahl, der den Raum erleuchtet. Sie zieht mich aus, enthüllt meine Brust und etwas an der Art, wie sie es tut und wie ich hier stehe, nackt, ihrem Blick ausgeliefert, erregt mich.

Ich spüre Hannahs Atem auf meiner Haut, sie sieht mich an, als wäre ich ein Schatz, den sie gerade entdeckt hat. Sie schiebt mir die Haare zur Seite und lässt die Hände über meine Schultern gleiten, meine Brustwarzen drücken gegen den Stoff ihres T-Shirts. Ein Stich durchzuckt meinen Bauch, ein unbekanntes, unerwartetes Begehren. Aber Hannah tritt ein paar Schritte zurück, verbirgt sich wieder hinter der Kamera und dem Akt des Fotografierens.

Sie wirkt viel selbstbewusster als heute Mittag, als wäre der Fotoapparat ein Speer und mein Körper ein waffenloser Feind. Sie weiß jetzt wieder, wie sie zielen muss, um zu treffen, und auch was sie ins Visier nehmen muss, um mich unsterblich zu machen, um mich dem Tod und dem Alter zu entreißen. Exakt diesen Moment einfrieren, exakt diese Haltung, mit dem Rücken zur Wand, die Beine über Kreuz und die Haare offen, wie ein exotisches, seltenes Geschöpf. Man könnte mich glatt neben den Buntspecht im Museum stellen, mit einem Schildchen davor: »Lavinia, Exemplar der Gattung Mensch des einundzwanzigsten Jahrhunderts.«

Nach der Fotosession bedankt sich Hannah bei mir und gibt mir einen Kuss auf die Wange. Während sie sich noch einmal an den Computer setzt, um die aufgenommenen Bilder zu betrachten, ziehe ich mich ein wenig verwirrt wieder an. Für sie Modell zu stehen war das Sinnlichste, was ich je für eine Frau gemacht habe. Ich sehe sie an, während sie am Schreibtisch sitzt und mir den Rücken zuwendet. Ich verweile auf dem zarten Nacken mit den Härchen, die von Schweiß benetzt sind, wandere weiter zu den runden Schultern und endlich zu ihren Händen mit den lackierten Fingernägeln. Plötzlich wird mir klar, dass ich mir wünsche, sie mögen mich noch einmal berühren.

Ich beschließe auszugehen, um Hannah in Ruhe arbeiten zu lassen und die seltsame Spannung abzuschütteln, die mich befallen hat. Als ich zurückkomme, ist sie in bester Stimmung und hat schon das Abendessen zubereitet. Nach dem Essen schlägt sie vor, einen italienischen Film anzusehen, und ich suche *Non ci resta che piangere* aus. Ich wähle ihn, weil ich Lust zu lachen habe, und auch, um sie zum Lachen zu bringen. Ich habe den Streifen als Studentin auf einem Festival gesehen und heiß geliebt, nicht nur weil er so komisch, sondern auch sehr poetisch ist. Sicherlich wird er ihr gefallen.

Wir sehen ihn uns auf dem Computer an, knabbern gesalzene Grissini und trinken eine Flasche Rotwein dazu, während draußen der Tag zu Ende geht. Der letzte Schluck Wein und der letzte Sonnenstrahl. Das Wenige scheint uns zu genügen, und irgendwann schlafen wir auf dem blauen Sofa ein, die Köpfe zusammengesteckt, die Körper dicht aneinandergeschmiegt.

Hannah muss heute arbeiten, daher nutze ich die Gelegenheit, um noch einmal durch die Stadt zu schlendern. Morgen reise ich ab, und ich möchte zum Abschied ein besonders leckeres Abendessen zubereiten. Da ich alle meine Sachen gewaschen habe, klaue ich eines ihrer Kleider von der Wäscheleine, das blaue mit den roten Punkten, und trete in den noch warmen Nachmittag hinaus. Unter den Bogengängen der Piazza delle Erbe ist Markt, die Stände sind klein, aber gut sortiert. Es gibt sogar einen Blumenhändler und einen Bauern, der nur Eier verkauft. Ich erstehe frische Radieschen, Karotten, Sellerie und Fenchel für einen schönen Salat, dann erst mache ich mir Gedanken über den Hauptgang.

Ich bin keine gute Köchin, wage mich aber oft an

komplizierte Rezepte, die meine Fähigkeiten weit übersteigen – mit nicht immer essbarem Ergebnis. Diesmal will ich jedoch nichts riskieren und bleibe schön in der Heimat: Reis, in Petersilie und Knoblauch geschwenkt – das öffnet die Poren und fördert den Blutkreislauf –, und eine Tortilla aus Kartoffeln und Zwiebeln – die ist gut fürs Herz. Mein Uropa hat immer gesagt, Zwiebeln und Knoblauch seien des Menschen beste Freunde, und immerhin ist er über hundert Jahre alt geworden. Sollte Hannah beides nicht mögen, kann ich die Zutaten immer noch als Elixier für ein langes Leben anpreisen.

Ich kaufe sechs Eier für die Tortilla und schließlich noch einen Strauß bunter Feldblumen. Es ist schön, mich unter die Leute zu mischen, ihnen beim Reden zuzuhören. Ich mag andere Menschen, am liebsten würde ich sie alle kennenlernen und fragen, was und in welcher Gesellschaft sie heute essen werden.

Danach betrete ich eine Bar, um einen Kaffee zu trinken, in Wirklichkeit ist es jedoch nur eine Ausrede, um Teil der Menge zu sein, die sie bevölkert. In aller Ruhe trinke ich ihn an der Theke, mit den Tüten vom Markt zu den Füßen. Mir gefallen das orientalische Kleid der Dame, die neben mir steht, die Krawatte des jungen Mannes, der mit dem Handy telefoniert, das bunte Haarband des Mädchens, das in ein Hörnchen beißt. Ich fühle mich gut, frei wie dieser Sommer, der ohne festen Plan auskommt. Ich schaue in den Spiegel hinter der Stahltheke, klimpere zum Spaß mit den

Augen, und prompt fällt der orientalischen Dame ein Taschentuch aus der Hand. Absurderweise bitte ich sie um Entschuldigung, als wäre ich mit meinem Wimpernschlag dafür verantwortlich.

Auf dem Heimweg gehe ich noch in der Vinothek vorbei und kaufe zwei Flaschen Wein, einen Brunello di Montalcino und einen Vernaccia di San Gimignano.

In der Wohnung angekommen, ziehe ich als Erstes die Schuhe aus, um die Füße auf dem kalten Boden abzukühlen, und bringe die Einkaufstüten in die Küche. Umgehend mache ich mich an die Arbeit, schalte das Radio ein und schenke mir einen Schluck Weißwein ein, um den Motor schon mal in Gang zu bringen. Während die Kartoffeln in der Pfanne brutzeln, decke ich draußen den Tisch. Ich lege eine blau-weiß karierte Tischdecke auf und stelle den bunten Feldblumenstrauß darauf, dem eine abgeschnittene Plastikflasche als Vase dient. Dazu ein Minzezweig, um dem Ganzen eine besondere Duftnote zu verleihen. Schließlich schneide ich das Brot und lege die Scheiben in einen Korb, den ich neben die Weinflasche stelle. Alles ist bereit, als Hannah nach Hause kommt.

»*Oh dear*, das ist ja eine Überraschung …«

»Freust du dich? Ich hab uns was Schönes gekocht, es ist ja unser letzter Abend.«

»Ach, das ist wirklich eine tolle Idee. Ich stelle mich nur schnell unter die Dusche und bin gleich wieder da. Heute musste ich den ganzen Tag rennen, es waren nur Idioten in der Bar.«

Sie ist schon dabei, sich die Bluse aufzuknöpfen, wirft aber noch einen Blick in die Küche. »Mein Kleid steht dir übrigens ganz ausgezeichnet.«

Während Hannah im Bad ist, verkürze ich mir die Wartezeit mit einem weiteren Glas Wein. Dabei sehe ich, dass die Tür zu ihrem Zimmer nur angelehnt ist, und bekomme spontan Lust, einen Blick hineinzuwerfen. Bisher habe ich nie gewagt, den Raum zu betreten. Vielleicht hat mir der Gedanke an die bevorstehende Abreise oder der Wein die Scheu genommen. Jedenfalls werde ich plötzlich von unbändiger Neugier überfallen und taste mich an der Wand entlang auf die Tür zu, um dann durch den Spalt zu lugen. Leider kann ich von hier aus nur ein Stück der gegenüberliegenden Wand sehen. Kurz entschlossen drücke ich die Tür auf und trete ein.

In dem Raum steht ein Doppelbett mit weißen Laken, ein paar Fotografien hängen an der Wand, außerdem ein mit Kleidern bepackter Stuhl und ein Schreibtisch, auf dem jede Menge Pinsel liegen. Keine Nachtkästchen, nur eine Leselampe. Auch wenn es schon Abend ist, schalte ich sie nicht an, das orangefarbene Licht aus dem Wohnzimmer erhellt die Wände ausreichend. Gleich neben dem Schrank befindet sich ein Spiegel, und daneben hängen mehrere lange Ketten an einem Nagel. Sie sind fast alle schwarz. Ich nehme eine davon herunter und lege sie mir auf die Brust.

»Probier sie doch mal an.«

Ich fahre herum. Das Wasser im Bad rauscht noch, ich habe sie nicht kommen hören.

An den Türrahmen gelehnt, steht Hannah mit überkreuzten Knöcheln da wie ein Cowboy in der Saloontür, nur dass sie weder Stiefel noch Hemd, noch Hut trägt. Sie ist splitterfasernackt, ihre Haare sind nass und zerzaust. Ich sage kein Wort, bleibe mit der Kette in den Händen unbeweglich stehen, wie festgenagelt am Boden, festgezurrt an ihrem Anblick.

Hannah kommt auf mich zu. Dann legt sie mir die Kette um. »Sie passt zu dir.«

Ich senke den Blick und schaue in den Spiegel, wie um mich zu vergewissern, ob sie mir steht. In Wirklichkeit ist es nur ein Versuch, Hannah nicht anzustarren, aber ihr Körper zieht meine Augen an wie ein Magnet. Die Wassertropfen, die ihr über die Haut laufen, lassen mich seltsam durstig werden.

Mit einer Hand hebt Hannah mein Kinn an und drückt ihre Lippen sanft auf meine. Ich weiß nicht, was passiert, ich weiß nur, dass ihr Mund klein und süß ist und ich mehr davon will. Sie nimmt meine Hand und drückt sie wie an dem Abend in dem Garten mit dem Pool, sie führt mich, und ich folge ihr.

Wir gehen ins Bad, das Wasser strömt aus der Dusche, der Dampf durchtränkt die Luft und bleicht die Umrisse der Gegenstände aus, auch die von uns beiden, als stünden wir mitten im britischen Dezembernebel. Sie zieht die Träger meines Kleids herunter, legt meine Hand auf ihre Brust und bewegt sie im Kreis, als würde ich eine Tonfigur modellieren. Das Kleid gleitet weich zu Boden, wie eine Rosenblüte, die geräuschlos herabfällt. Hannah lädt mich ein, mit ihr in die Dusche zu steigen, das Wasser rinnt uns auf die Köpfe, macht unsere Körper nass und wäscht die Außenwelt von uns ab.

Jetzt sind wir ganz unter uns. Ich merke, dass es genau das ist, was ich wollte, und halte die Nase ganz dicht an ihre Wange, um ihren Brotkrumenduft zu riechen. Dann lege ich meine Wange an ihre, während das Wasser mir wie Regen aufs Gesicht prasselt. Ich gleite über ihre Haut, bis ich ihre Lippen finde, und dann verschmelzen wir wie zwei Saugnäpfe in einem langsamen, sinnlichen Kuss, ohne Luft zu holen. In diesem Kuss fühle ich mich sicher und geschützt, weil ich weiß, was ich tun muss, ich weiß, wie ich Mund und Zunge bewegen muss. Aber als wir uns voneinander lösen und einander wieder gegenüberstehen, bin ich so durcheinander wie am ersten Schultag. Ich habe keine Ahnung, wo ich hinsoll, kenne keine Menschenseele. Ich habe nicht den blassesten Schimmer, wie ich das erwachende Begehren in mir befriedigen soll.

Ich betrachte Hannah, und es ist, als sähe ich zum ersten Mal den nackten Körper einer Frau. Sie lächelt mich an, vielleicht bemerkt sie meine Unsicherheit, dann gibt sie Duschgel in ihre Hände und seift mich ein, um danach dasselbe bei sich selbst zu tun. Mit der Rüstung aus Schaum am Körper wage ich mich langsam aus der Reserve. Ich lege die Hände auf ihre Schultern und lasse sie nach unten wandern, seitlich an ihrem Körper entlang. Dabei entferne ich den

Seifenschaum und enthülle ihre weiße Haut. Sie dagegen malt mit der Hand einen Kreis um meinen Nabel, dann zwei weitere um meine Brüste und schließlich zwei kleinere, engere Kreise, mit denen sie die Brustwarzen einzirkelt. Es gefällt mir, was sie da tut. Dann beugt sich Hannah hinunter und legt ihren Mund auf meine Brust, um sanft den verbliebenen Schaum abzuschlürfen, als wäre es der letzte Rest Milchschaum. Ich schließe die Augen und spüre, wie das Wasser über meinen Körper fließt und die Brustwarzen hart werden. Es ist, als hätte Hannah zwei Schalter umgelegt, und nun funktioniert alles.

Wir küssen uns wieder, drängender und voll Begierde, etwas Neues zu entdecken, dann beginnen unsere Hände den Körper der anderen zu erforschen. Während Hannah mir über die Haare streicht, tauche ich in ihren Schaum ein und enthülle ihre Haut. Ich lege die Hände auf ihre Brüste, die größer und voller sind als meine, wie zwei Hefenudeln mit einer kleinen Kirsche obendrauf, um dann weiter zu ihren Hüften zu gleiten, die rund und glatt sind, und schließlich fest ihre Pobacken zu umklammern, während ich sie weiter küsse. Wir bilden ein gleichschenkliges Dreieck mit Brüsten und Pobacken. Eine das Spiegelbild der anderen.

Hannah legt einen Finger in meinen Nacken und fährt damit Wirbel für Wirbel den Rücken herunter, bis an die Stelle, wo sich die Pobacken öffnen. Furchtlos erforschen ihre Hände den Spalt, indem sie ihn der Länge nach ertasten, einmal und dann ein weiteres

Mal. Gemeinsam gleiten wir zu Boden, sie legt sich meine Beine um den Hals wie eine Kette, um dann ihre Sommersprossen in mein Dreieck zu graben und mit ihrer feuchten Zunge meine kleine Wasserpfütze zu erkunden, während das Wasser aus der Dusche eine weitere Pfütze auf meinem Bauch bildet. Ich vergrabe die Hände in ihren Haaren und drücke ihren Kopf fester an mich, und während das Abendessen kalt wird, werden unsere Körper immer heißer, bis ich mich aufrichte und das kalte Wasser aufdrehe.

Als der eisige Wasserstrahl auf Hannahs Rücken trifft, bäumt sie sich auf, wobei sie den Po in die Höhe reckt und nun rund und triumphierend vor mir aufragt wie das Segel eines Piratenschiffs. Unser lustvolles Stöhnen mischt sich mit dem Rauschen des Wassers, während ich meine wie zwei Flaggen aufgerichteten Brustwarzen knete.

Wie zwei Aale kriechen wir in ihr Zimmer aufs Bett, wo unsere nassen Körper feuchte Flecken auf dem Laken hinterlassen. Sie wirken wie Markierungen zum Beweis, dass wir hier waren und uns geliebt haben. Ich liege auf dem Bauch und Hannah auf mir drauf, wie zwei Blätterteigplatten, zwischen denen kein Millimeter Platz mehr ist. Ich vergrabe das Gesicht ins Kissen und Hannah ihres in meine Halsgrube. Dann schiebt sie meine Hand zu meinem Bauch, ohne mir zu sagen, was ich tun soll. Ich spüre, dass sie ihre Hand zwischen meinem Rücken und ihrem Bauch hinuntergleiten lässt, weit hinunter. Kurz darauf stöhnt sie mir ins

Ohr, während sie sich leicht auf mir wiegt, die Brüste an meinen Schultern reibt und meine Taille mit den Beinen umfängt.

Sie befriedigt sich selbst.

Ich tue es ihr nach und führe erst einen Finger, dann zwei, drei, vier, fünf und schließlich die ganze Hand in mich hinein, bis ich sie fast verschlinge. Jetzt wird unsere Lust eine gemeinsame, die ihre zu meiner, die meine zu ihrer. Zwei Geschlechter, zwei Orgasmen, zwei Höhepunkte im selben Moment.

Dann trennen sich unsere Körper wieder, sie macht es sich auf meiner Hüfte bequem, ich bleibe auf dem Bauch liegen. So bilden wir, sie und ich, zwei Seiten einer Frau. Hannah küsst die Spitze meines Schulterblatts und deckt uns beide zu. Während ich erschöpft und befriedigt einschlafe, geht mir durch den Kopf, dass Hannah ein sehr großzügiger Mensch ist. Erst hat sie mich in ihre Wohnung aufgenommen, dann in ihren Körper.

Mitten in der Nacht wache ich auf und betrachte Hannah, die ins Laken gekuschelt daliegt und schläft. Im Schlaf sieht sie aus wie ein wunderschönes, einbalsamiertes Tier, und mich überkommt der Gedanke, dass ich sie in den Koffer packen und mit mir herumtragen könnte wie eine Jagdtrophäe. Auch wenn sie in Wirklichkeit mich erobert hat.

Am Tag danach wache ich in ihrem Bett auf, allein. Hannah ist bereits zur Arbeit gegangen.

In aller Ruhe packe ich meine Sachen und nehme die Kleider, die noch in der Sonne hängen, von der Leine. Als es Zeit ist, mache ich mich auf den Weg zum Bus und gehe unterwegs noch am Caffè del Trecento vorbei, um mich von ihr zu verabschieden. Während ich an meinem Lieblingstisch Platz nehme, höre ich hinter mir einen Motor brummen, der mir bekannt vorkommt. Gleich darauf wird kratzend ein Gang eingelegt, und als ich mich umdrehe, fährt tatsächlich Silvias Fiat 500 vorbei. Sie selbst sitzt auf dem Beifahrersitz, während hinterm Lenkrad ein junges Mädchen zu sehen ist. Das muss ihre Tochter sein, sie sieht ihr ähnlich. Ich hebe die Hände, um ihr zu winken, aber sie bemerkt mich nicht, ist zu sehr damit beschäftigt, Carolina die Gangschaltung zu erklären. Gleichzeitig hat sie das Telefon am Ohr, wie immer schafft sie es nicht, eine Sache nach der anderen zu machen. Ich muss unwillkürlich grinsen, als der Fiat 500 in dieser Pappmaschee-Landschaft davonrauscht, mit Silvias Arm, der aus dem Fenster hängt.

Hannah ist mit einer Bloody Mary schon auf dem Weg zu mir, ich habe sie nicht einmal bestellen müssen.

Sie stellt ihn auf den Tisch und hält mir dann einen Umschlag hin. *»Dear, this is for you.«*

Ich mache ihn auf und finde zwei Fotos darin. Das eine zeigt mich auf dem kleinen Platz, auf dem sich einst meine Mutter in genau derselben Haltung fotografieren ließ, auf dem anderen liege ich auf dem Sofa.

Sie hat mich mit einer Geige übermalt, meine Hüften bilden das Gehäuse, mein Hals den Geigenhals. Ich sehe sie mit leuchtenden Augen an und will ihr gerade danken, aber Hannah kommt mir zuvor.

»Es war schön, dir zu begegnen. Ist lange her, dass mich jemand so sehr inspiriert hat wie du.«

Wir verabschieden uns mit einer Umarmung, die uns schier den Atem raubt, dann ruft jemand nach ihr. Sie drückt mir einen Kuss auf die Wange und rennt weg, ich nehme meine Sachen wieder auf, suche Hannah zum letzten Mal mit Blicken und entdecke sie in der Bar. Sie lehnt an der Theke und wartet, dass der Barkeeper ihr Tablett bestückt, während sie mit dem Kopf längst woanders ist. Irgendwo in den Wolken, wie alle Künstler.

San Gimignano, außen, Tag. Ein Städtchen, zwei Frauen. Ein zerwühltes Bett, zwei Fotos zum Aufbewahren.

11

Das Konzert

Sie sind unendlich sanft, diese Hügel, und das intensive Licht, in das sie getaucht sind, verzaubert mich. Ich nehme jede Nuance von Gelb und Grün vor dem Fenster wahr, schüttele mir den Schlaf aus den Augen und werde mir bewusst, dass es mir gut geht. Die Tage in San Gimignano wirken in mir weiter, genau wie jeder andere Moment, den ich auf dieser Reise durchlebe.

Beim Sex mit Hannah habe ich eine ganz neue Seite von mir kennengelernt, fast als hätte ich mit mir selbst Liebe gemacht. Ich wollte für einen Moment die Orientierung verlieren, das Ruder herumreißen und Schiffbruch erleiden in einem Körper, der dem meinen sehr ähnlich und der dennoch ganz anders ist als all die anderen Körper, die ich bisher geliebt habe. Ich fühlte mich zu ihr hingezogen, weil ich sie erforschen wollte, und habe mich aus purer Abenteuerlust in eine unbekannte Situation begeben. Während meine Hände über ihren Körper glitten, hatte ich das Gefühl, dass wir ganz tief miteinander verbunden sind, als würde die Tatsache, dass wir beide Frauen sind, unsere Lust in eine gemeinsame Richtung lenken, zu einer tieferen Kenntnis unseres Körpers, wodurch uns erst richtig bewusst wird, wer wir sind. Mit ihr habe ich einen Einklang gespürt, eine Befreiung, die bisher nur unbewusst vorhanden war.

Mit dem Ergebnis, dass ich mich heute noch sicherer, noch freier fühle.

Es ist inzwischen fast einen Monat her, seit ich aus Barcelona aufgebrochen bin, und diese Reise, die ursprünglich eine Flucht war, ist zunehmend zu etwas anderem geworden. Auf jeder Etappe entdecke ich ein Stück von mir, das ich verloren oder verdrängt, das ich vorher nie erforscht und hinterfragt hatte. Es ist, als wäre ich in einem früheren Leben schon mal in Italien gewesen und jetzt zurückgekommen, um die Bruchstücke, die ich damals zurückgelassen habe, aufzustöbern und wieder zusammenzusetzen. Sie zu einem Puzzle zusammenzufügen, das es mir erlaubt, mit einem klareren Bild von mir selbst nach Hause zu fahren. Ich will mich verlieren, um mich wiederzufinden, ich will mich wappnen, um gerüstet zu sein, wenn ich später meinem Schicksal gegenübertrete. Der Herbst wird kommen, und dann werde ich diesen Umschlag öffnen und wissen, was mich erwartet.

Die jüngsten Begegnungen waren nicht nur kurze Episoden und flüchtige Affären, sondern jede von ihnen hat eine meiner Wunden geheilt. Jede von ihnen hat dafür gesorgt, dass sich die Lavinia, die ich einmal war, ein wenig besser kennengelernt hat, indem sie zusammen mit den neuen Erfahrungen auch mit unerwarteten Gedanken konfrontiert wurde.

Mit Claudio ist es anders. Zwischen uns ist noch eine Rechnung offen, und meine Irritation über ihn wächst stetig. Er hat dafür gesorgt, dass ich mit einem Wodka-Tonic in der Hand in seinem Hotelzimmer eingeschlafen bin, und dann hat er mir auch noch im buchstäblichen Sinn des Wortes die Weiterreise erschwert. Das ist der Grund, warum ich jetzt hier bin, und ich bin gespannt, was er mir zu sagen hat, wenn wir uns wiedersehen und ich ihm die Geige zurückgebe. Ich werde ihm mit aller Härte begegnen, etwas anderes hat er nicht verdient, denn Arroganz bei einem Mann konnte ich noch nie ausstehen. Wenn er sich für einen Wohltäter hält oder, schlimmer noch, allen Ernstes denkt, er könne mich mit einer Geige kaufen, dann hat er wirklich gar nichts kapiert.

Allein beim Gedanken an ihn werde ich wütend, ich kann nichts dagegen tun. Daher bin ich froh, als wir endlich in Florenz ankommen und ich den dunkelblauen Samtsessel im Bus verlassen kann.

Ich suche mein Gepäck zusammen, und als ich nach der Violine greife, denke ich unwillkürlich, dass dies der letzte Tag ist, an dem ich dieses Gewicht mit mir herumschleppe.

Da das Konzert des Maestros in der Oper stattfindet, gehe ich am Bahnhof erst mal ins Internet und sehe auf der Karte, dass sie in der Nähe ist und ich ganz gemütlich hinlaufen kann. Ich habe noch ein paar Stunden Zeit, und während ich mich auf den Weg in die Stadt mache, schaue ich mich nach einem Ort um, an den ich vor der Junihitze flüchten könnte. Die Schwüle des frühen Nachmittags ist am schlimmsten.

Die Bars an der asphaltierten Straße sind menschenleer und mit Fernsehern ausgestattet, in denen überwiegend Musikvideos laufen. Ich meide sie instinktiv, aus Angst, davor hängen zu bleiben wie eine Idiotin. Die Tische und Stühle am Straßenrand sind alle aus Plastik. Allein der Gedanke, sie an den Schenkeln kleben zu haben und dabei in Auspuffgasen zu ersticken, bringt mich dazu, der Hitze zu trotzen und nach einem anderen Zufluchtsort zu suchen.

Eine Atempause brauche ich trotzdem, also stelle ich das Gepäck auf dem Gehsteig ab und setze mich neben einem Schaufenster auf ein Mäuerchen, um mich für einen Moment auszuruhen und mir den Schweiß zu trocknen. Bevor ich weitergehe, ziehe ich das Handy heraus und prüfe, ob ich hier ins Internet komme, man weiß ja nie. Bingo! Auf Anhieb zeigt es mir das Netz der nebenan liegenden Bar an, und wunderbarerweise ist es auch noch ein offenes. Wie eine Blutsaugerin logge ich mich ein und stelle fest, dass Laia mir ein paar Fotos geschickt hat. Sie ist gerade am Strand von Barcelona, zusammen mit Xavi. Beide tragen Badesachen, ihre Haare sind vom Salzwasser zerzaust, und sie sind knackebraun. Sie lächeln fröhlich in die Kamera und scheinen viel Spaß miteinander zu haben. Wenn ich nicht wüsste, dass die beiden nur gute Freunde sind und Laia seit Jahren mit einem Architekten aus San Sebastián verlobt ist, würde ich sagen, dass sie wirklich ein schönes Paar abgeben.

»Hey! Bist du noch da?«, schreibe ich ihr.

»Wie du siehst, kommen wir hier um vor lauter Arbeit«, antwortet sie mir unverzüglich. »Und wie geht's dir in Italien?«

»Gut. Ich bin gerade in Florenz.«

»Hast du jemanden kennengelernt?«

»Viele besondere Menschen.«

»Jemanden Spezielles?«

Ich warte ein wenig, bevor ich antworte. Ich möchte ihr von Claudio erzählen, aber ich weiß nicht so recht, wie ich das alles in einer WhatsApp-Nachricht unterbringen soll. Um ehrlich zu sein, wäre auch ein umfangreicher Essay nicht genug, um ihr alles zu erzählen, was ich auf dem Herzen habe. Daher versuche ich es so: »Vielleicht. Weiß nicht, ob er speziell ist, eigenartig jedenfalls! Ein Musiker, den ich noch von der Prüfung an der Hochschule kenne. Aber für den Moment springt für mich nur eine Geige dabei heraus. Alles sehr ärgerlich.«

»???«

»Es ist zu kompliziert, um es zu erklären.«

Als ich weitertippen will, fällt ein Schatten auf das Display. Ich hebe den Blick. Es ist der Barbesitzer, der sich mit verschränkten Armen vor mir aufgebaut hat.

Er hat mich wohl vom Schaufenster aus beobachtet und kapiert, dass ich sein Netz benutze.

»Ähm, guten Tag«, sage ich und zaubere ein Lächeln auf mein Gesicht, das ihn für mich armes, kleines nettes Ding einnehmen soll.

»Guten Tag«, sagt er, die Augenbrauen bedrohlich zusammengezogen.

»Ich muss aufhören, sorry«, schreibe ich schnell an Laia, um dann in Windeseile meine Sachen aufzusammeln und mich aus dem Staub zu machen, ohne mich noch einmal umzudrehen.

Wenig später komme ich an den Gärten des Palazzo Corsini an – so steht es jedenfalls auf dem Schild am Eingang. Ich lasse mein Gepäck im Kassenbereich, wo eine miesepetrige Dame mich darauf hinweist, dass das eigentlich nicht erlaubt sei und auch nirgendwo geschrieben stehe. Wenn sie es bei einem zulasse, dann müsse sie es bei allen anderen auch machen …

Ich beschließe, sie zu ignorieren und meine Sachen trotzdem stehen zu lassen.

Nachdem ich die Villa durchquert habe und auf der anderen Seite wieder ins Freie trete, stehe ich am Anfang einer langen Allee, die in den Park führt. Ich mag das Geräusch, das meine Schritte auf dem gelblichen Kies machen, als ich die Allee hinuntergehe. Sie ist flankiert von Statuen, die auf Sockel von abnehmender Größe angeordnet sind, um eine Perspektive zu schaffen, die tatsächlich etwas Packendes an sich hat.

Der Garten ist im klassischen italienischen Stil gestaltet, so steht es jedenfalls in dem Prospekt, das ich zusammen mit meiner Eintrittskarte bekommen habe. Im sechzehnten Jahrhundert hat sich eine reiche Familie die Villa als Sommerresidenz gebaut. Auch ich bin heute auf der Suche nach ein wenig Erfrischung hergekommen und überlege jetzt, ob ich mich auf die grüne Holzbank unter der Weide setzen oder auf den weichen Rasen im Schatten der Linde legen soll. Am Ende folge ich meiner Neugier und gehe immer weiter ins Grüne.

Ich treffe auf mehrere Schildkrötenfamilien, die im hohen Gras vor sich hin dösen, und gelange am Ende des Parks zu einem kleinen Labyrinth. Die Lorbeerhecke ist mit akkurater Perfektion in bizarre geometrische Formen geschnitten. Ich folge ihrem Verlauf und verliere mich darin, ohne zu wissen, wohin sie mich führen wird, fast ein wenig wie bei der Reise, auf der ich mich befinde. Am Ende kehre ich zu der Bank unter der Weide zurück und lasse mich darauf nieder, um prompt ein wenig einzudösen.

Ich befinde mich in einem Saal voller Spiegel, um mich herum sind Töne von vergessenen Geigen zu hören. Ich bin elegant gekleidet, trage ein grünes Kleid mit einer langen Schleppe, kann jedoch meine Geige nicht finden. Ich weiß, dass ich die Misstöne zum Schweigen bringen könnte, dass ich sie mit einem Stück, das ich auswendig kann, überstimmen könnte, aber offensichtlich hat jemand die Geige versteckt.

Mein Herz schlägt rasend schnell, und ich habe das Gefühl, ohnmächtig zu werden …

Als ich die Augen wieder öffne, merke ich, dass es Zeit ist, zum Konzert zu gehen, überdies wird sicher der Park bald geschlossen. Ich eile auf den Ausgang zu, in Gedanken damit beschäftigt, dass ich mich noch umziehen muss. Ich kann mich ja wohl kaum in einem Spaghettiträgertop und Shorts auf dem Konzert präsentieren. Also kehre ich zum Kassengebäude zurück und schnappe mir unter den strafenden Blicken der miesepetrigen Dame meine Sachen, um mich damit auf die Toilette zu verziehen.

Da ich dort ganz alleine bin, wasche ich mich notdürftig und hole eine lange schwarze Hose und ein ebenfalls schwarzes, eng anliegendes T-Shirt mit V-Ausschnitt aus dem Koffer. Nachdem ich die Sachen angezogen habe, drehe ich mich mehrmals vor dem Spiegel. Mein Aufzug entspricht ganz und gar nicht meinen Traumvorstellungen, viel zu viel Schwarz, aber es ist mir echt egal, ob ich elegant daherkomme. Zum Teufel mit Claudio und seinem Konzert! Entnervt ziehe ich Hose und T-Shirt wieder aus, als unverhofft die Dame von der Kasse hereinkommt und mich völlig entgeistert anstarrt. Ihre Augen funkeln förmlich vor Entsetzen.

»Keine Sorge, ich bin gleich weg«, komme ich ihr zuvor, bevor sie auch nur ein Wort herausbringen kann. »Bin sowieso schon zu spät.«

Gott sei Dank macht sie auf dem Absatz kehrt und lässt mich noch ein paar Minuten allein. Ich beschließe, die Jeans mit hohem Bund anzuziehen und ein T-Shirt, das ich hineinstecke. Allerdings wähle ich dazu ein paar High Heels mit wirklich schwindelerregenden Absätzen. Eine gute Zwischenlösung, schließlich muss ich das Konzert nicht selbst bestreiten. Ich krame im Rucksack nach Schminke, trage Wimperntusche und Lippenstift auf, kämme mir die Haare und sause endlich los Richtung Oper.

Das Gebäude ist neu und sehr modern. Wenn es erst kürzlich gebaut wurde, hat es sicher eine gute Akustik, denke ich, während ich die Betontreppen hochsteige. Ich bin ziemlich aufgeregt, vielleicht weil es schon über ein Jahr her ist, dass ich ein klassisches Konzert besucht habe. Mein Herz schlägt schneller. Der Gedanke an das Saallicht, das gleich verlöschen wird, an den Vorhang, der sich heben, an den Künstler, der Platz nehmen wird, droht mir die Brust zu zersprengen. Mir wird schmerzlich bewusst, dass ich im Begriff stehe, den Deckel zu etwas zu heben, das ich für vorbei und begraben hielt, zu einer Liebe, die mir sehr vertraut ist, zu einer Leidenschaft, die zu verdrängen mir nicht gelungen ist, wie ich jetzt merke.

In der Halle hängt ein großes Porträt von Claudio Giarda in Nahaufnahme. Ich streife ihn mit dem Blick, drehe mich aber sofort weg. Es hat eine nicht zu verleugnende Wirkung auf mich, ihn so überlebensgroß zu sehen. Es ist fast ein Schock, etwas, das ich nicht erklären kann und das wohl damit zu tun hat, dass ich ihn gleichzeitig bewundere und verabscheue.

Hektisch gehe ich auf den Zuschauerraum zu. Ich wäre gerne früher gekommen, weil ich die Momente vor dem Konzert ganz besonders mag, wenn die Leute noch mit einem Glas in der Hand an der Bar stehen, die Damen in ihren eleganten langen Kleidern und parfümierten Markenfoulards, die Männer mit gegelten Haaren. In der Luft schwingt eine kaum merkliche Erregung mit, typisch für die Atmosphäre, die der Überraschung vorausgeht, dem sehnlich erwarteten Moment. Man unterhält sich über den Künstler, der gleich die Bühne betreten wird, über das letzte Konzert und das Programm der kommenden Saison, um dann in großer Vorfreude die Plätze einzunehmen.

Da ich viel zu spät dran bin, ist kaum noch jemand da, bis auf die üblichen Verdächtigen, die ihr Glas immer erst im letzten Moment austrinken und dann abgehetzt im Konzertsaal ankommen.

Ein Platzanweiser teilt uns mit, dass das Konzert gleich beginnen wird. Ich werfe einen Blick auf meine Eintrittskarte, Reihe R, Platz 19, und schlüpfe hastig hinein.

Mein Platz ist ziemlich weit hinten, ein ganzes Stück von der Bühne entfernt, aber die Sicht ist trotzdem gut, weil der Zuschauerraum die Form eines Kegels hat, dessen Spitze auf die Bühne zuläuft. Die hinteren Reihen liegen höher als die vorderen, sodass die Plätze auf die Mitte der Bühne ausgerichtet sind. Bevor das Licht verlöscht, werfe ich noch einen Blick in die Runde und stelle fest, dass der Saal voll ist. All diese Menschen sind seinetwegen hier.

Dann hebt Beifall an, und die Orchestermitglieder stehen auf, um dem Solokünstler ihre Reverenz zu erweisen. Claudio hat soeben die Bühne betreten. Er sieht wirklich gut aus, wie er jetzt auf die Mitte der Bühne zugeht. Er trägt einen schwarzen Smoking, und auch die Geige in seiner Hand ist schwarz. Er dreht sich nicht zum Publikum, bedankt sich nicht, es ist, als wäre niemand da. Er ist voll konzentriert, in seinem Kopf ist jetzt nur noch Raum für die Musik, die er gleich interpretieren wird – ganz im Gegensatz zu mir am Tag jener schrecklichen Prüfung.

Er legt die Geige an, der Blick des Dirigenten ist auf ihn gerichtet. Es folgen einige Sekunden Pause, wie wenn man Luft holt und wieder ausatmet, dann setzt die Musik ein. Der Klang breitet sich aus und durchflutet den Raum. Die Symphonie Nummer 1 von Mendelssohn Bartholdy.

Claudios Finger fliegen förmlich über den Geigenhals, sein Arm schwingt mit, als er mit dem Bogen in der Hand über die Saiten gleitet, zunächst mit Verve, dann mit verhaltener Anmut. Er streichelt sie fast, die Füße fest in den Boden gestemmt und leicht zu seinem Instrument hin gebeugt – bereit, es aufzunehmen und zu verinnerlichen wie ein fünftes Glied. In den bewegteren Passagen kippt sein Rücken vornüber, die Locken wippen, als wären sie Noten.

Sein Bart ist deutlich länger geworden, er hat ihn wachsen lassen, seit ich ihn das letzte Mal gesehen habe. Ich versuche seinen Gesichtsausdruck im Blick zu behalten, der sich mit der Melodie ständig verändert. Erst ist er träumerisch, dann kämpferisch, dann traurig, schließlich entspannt. Gemütsbewegungen im schnellen Wechsel: Die Musik lässt einen in kurzer Zeit die unterschiedlichsten Gefühle durchleben, Schmerz und Glück, Staunen und Ernüchterung in ein und derselben Bewegung. Der Künstler hat die Aufgabe, mit der Musik mitzugehen, die Noten auf der Partitur durch völlige Hingabe zu interpretieren, selbst zum Instrument zu werden und das eigene Ego sowie sämtliche Emotionen hintanzustellen. Das Herz anzuhalten, wie schon gesagt.

Während Claudio sich ganz der Musik hingibt, schließe ich die Augen und genieße die wunderbare Melodie. Die Stimme seiner Violine erhebt sich über alle anderen Instrumente, süß und gebieterisch, sie dringt mir durch Leib und Seele, fließt in mich hinein, ergreift mich ganz.

Irgendwann erklingt die letzte Note, und es folgen Sekunden der Stille. Wieder hält der Saal den Atem an, lässt ihn dann doch wieder fließen, und genau in diesem Moment setzt rauschender Beifall ein. Die Zuschauer erheben sich von ihren Sitzen und rufen: »Bravo, bravo, bravo!« Immer und immer wieder.

Claudio nimmt die Geige herunter, diesmal schaut er ins Publikum und verbeugt sich. Ich möchte sterben vor Glück, und gleichzeitig hasse ich ihn. Ich hasse ihn, weil ich ihn um sein Charisma und sein Talent beneide, weil ich es ihm entreißen und für mich beanspruchen möchte. Noch stärker ist jedoch mein Wunsch, ihn mit Haut und Haar zu besitzen, ganz für mich allein, wie an jenem Abend im Hotelzimmer.

Der Applaus hält an, Claudio bedankt sich, indem er die Hände zur Brust führt und sich erneut verbeugt. Anschließend macht er Anstalten zu gehen, bleibt dann aber vor dem Dirigenten stehen. Sie wechseln ein paar Worte, ehe er in die Mitte der Bühne zurückkehrt. Das Publikum klatscht weiter frenetisch Beifall, um seiner Begeisterung über diese Geste Ausdruck zu verleihen.

Wieder erlischt das Licht, und mitten in die Stille schlägt Claudio Töne an, die mir sofort vertraut in den Ohren klingen. *La Vida Breve!* Mein Herz, das vorher wild gepocht hat, erstarrt in meiner Brust.

Weiß er etwa, dass ich hier bin? Will er mir zeigen, wie man das Stück richtig spielt? Unmöglich. Oder spielt er es, weil es ihn an mich erinnert? Noch unwahrscheinlicher. Aber vielleicht habe ich ihn ja doch dazu inspiriert, damals bei der Prüfung. Am liebsten würde ich aufspringen und es allen Anwesenden kundtun. Stattdessen versinke ich förmlich in meinem Sessel, in der Melodie, die ich so gut kenne und die mir jetzt, von Claudio gespielt, geradezu göttlich erscheint.

Als das Stück zu Ende geht, tobt das Publikum so sehr, dass der Applaus das Theater zum Erzittern bringt. Ich bleibe noch sitzen, bin viel zu durcheinander, um aufzustehen. Claudio hat die Arme ausgebreitet und dankt Publikum und Orchester ein letztes

Mal, um schließlich zwischen den roten Vorhängen zu verschwinden.

Nach und nach erheben sich die Zuschauer und zerstreuen sich in Richtung Ausgang, wie elegant gekleidete Sardinen, die sich wie durch einen Trichter in denselben Strom einreihen. Ich bin Teil des Ganzen und kann es nicht vermeiden, die Kommentare des Publikums mit anzuhören.

»Einfach großartig!«

»Ein Naturwunder!«

»Erst sechsunddreißig und schon auf dem Zenit angekommen!«

»Ich habe immer noch Gänsehaut!«

So viele Komplimente, so viele Pfeile, die sich quälend in meinen Leib bohren, denn sie rühren an Wahrheiten, denen ich keinen Raum geben möchte. Es gibt eigentlich nur einen einzigen Kommentar, den ich wirklich hören möchte: »Was für ein Arschloch!«

Ich gehe an die frische Luft, will nichts mehr hören von Claudio Giarda. Draußen setze ich mich rittlings auf einen der Betonpfeiler, die die Oper säumen, und sehe zu, wie die Menschen mit erfüllten und zufriedenen Gesichtern nach dem genossenen Konzert davonströmen.

In einem Anflug von Arroganz durchzuckt mich der Gedanke, dass ich es durchaus mit Claudio Giarda hätte aufnehmen können, wenn ich nur meine Gefühle im Griff gehabt und den Gedanken an meinen Vater verdrängt hätte. Wenn es mir gelungen wäre, ihn im Sand zu vergraben und mit den Füßen auf ihm herumzutrampeln, um ganz sicher zu sein, dass er wirklich da unten bleibt.

Vielleicht habe ich vorschnell aufgegeben, vielleicht hätte ich nach der Prüfung weiter studieren, wieder aufstehen und es noch einmal versuchen sollen, mit dem Kopf durch die Wand, ohne Rücksicht auf Verluste. Im Grunde weiß ich, dass jedem Gewinn ein Verlust vorausgeht. Aber ich habe einen Zusammenhang zwischen meinen persönlichen Niederlagen und der Geige hergestellt und sie so zum Hassobjekt gemacht. Ich habe sie aus meinem Leben verbannt, um auch andere Dinge loszuwerden, ich musste sie zerstören und zusehen, wie sie in tausend Stücke zerbrach, nur um nicht selbst kaputtzugehen. Jetzt ist es zu spät, um umzukehren. Die Splitter lassen sich nicht mehr zusammenkleben.

Während die Zuschauer aus dem Operngebäude strömen, empfinde ich in meinem Herzen das Scheitern, weil ich niemals auf einer Bühne stehen werde. Heute, da ich Claudio die Geige zurückgeben werde, erkläre ich meine Musikerkarriere offiziell für beendet. Ich sage allem Adieu, den Partituren, dem Notenliniensystem, dem Violin- und dem Bassschlüssel. Außerdem den Schwielen an den Fingern, den Achtel- und Sechzehntelnoten, der ganzen Welt aus Kodizes, die Musiker zu einer Art Sektenmitglieder machen, einer Gattung von Auserwählten, die eine geheime Sprache sprechen. Ich sage auch Claudio Adieu, der weiterhin

Teil dieser Sekte sein wird, während ich selbst mich daraus zurückziehe, ebenso der Möglichkeit, dass wir uns angleichen und Teil desselben Schicksals werden, dass wir uns eines Tages lieben oder hassen, vielleicht aber auch nur irgendjemand für den anderen sein könnten.

Ich blicke auf den grauen Boden und denke, dass es womöglich gar keine Zukunft geben wird, dass mein Körper niemals so robust sein wird wie dieser Beton, der allem standhält, Regen und Schnee, Sonne und Wind. Ich denke, dass die Arme, die ich nun um meinen Leib schlinge, vielleicht schon bald abbröckeln und herunterfallen werden, und dass ich dann wie die Venus von Milos auf einer Terrasse in Barcelona stehen und in die Sonne blinzeln werde, bis nach und nach auch die anderen Stücke zu Boden fallen.

Ich wische mir mit den Händen die Tränen weg, schultere den Rucksack und drücke das Album meiner Mutter an die Brust. Ich weiß, dass sie immer bei mir ist, ich weiß, sie möchte nicht, dass ich weine, vielmehr würde sie mich auffordern, Hoffnung zu haben und nicht an das Schlimmste zu denken, bis ich das Schlimmste vor Augen hätte.

Erneut schlage ich das Tagebuch auf. »Nutze deine Wunden als Waffen.« Der Satz passt so gut zu ihr! Genauso hat sie es immer gemacht, jeden Schmerz hat sie in Energie verwandelt.

Ich klopfe mir kräftig auf die Schenkel und erhebe mich. Die Menschen, die vorhin den Eingang bevölkerten, sind inzwischen gegangen, es ist nur noch ein

Grüppchen da, wahrscheinlich Mitarbeiter der Oper. Im Grunde fehlt nur Claudio Giarda.

Ich gehe auf den Eingang zu, harre seiner vor der Tür wie ein Wachhund, bereit, ihm die Geige auszuhändigen. Jedes Mal wenn jemand aus der Tür tritt, macht mein Herz einen Satz, um gleich darauf an seinen Platz zurückzukehren. Ich bin schrecklich nervös.

Dann scheint endlich der Moment gekommen. Drinnen verabschiedet sich jemand vom Dirigenten, er drückt ihm die Hand, tätschelt ihm die Schulter, dankt ihm für alles. Dann tritt der Mann ins Licht, aber er ist es nicht. Vielleicht ein Musiker aus dem Orchester. Die Türen werden jetzt geschlossen. Ich kann es nicht glauben.

»Warten Sie! Ich habe eine Frage«, rufe ich schnell und gehe auf den Wachmann zu. »Ich muss Claudio Giarda diese Geige hier zurückgeben, ich bin extra deswegen hergekommen.«

»Einen Moment. Ich will mal sehen, ob man Sie in die Garderobe lässt.«

»Ich möchte Ihre Zeit nicht in Anspruch nehmen, eigentlich will ich ihm doch nur das Ding hier zurückgeben«, insistiere ich und zeige auf die Geige, aber der Mann macht keinerlei Anstalten, sie an sich zu nehmen.

»Einen Moment nur, wenn ich bitten darf.«

Ich hasse falsche Höflichkeit.

Er schließt die Türen, öffnet sie nach ein paar Minuten wieder.

»Bedaure, Claudio Giarda ist schon gegangen.«

»Wie bitte?«

»Tut mir leid.«

Er schlägt mir die Tür vor der Nase zu.

Ich hasse echte Unhöflichkeit.

Da stehe ich nun: eine kleine Gestalt vor der Oper, diesem imposanten Gebäude. Ein Raumschiff, das in Florenz gelandet ist und mich außerirdischen Winzling ausgesetzt hat. Alle sind an Bord, außer mir.

Ich stampfe mit dem Fuß auf, hämmere mit den Fäusten auf den verdammten Geigenkasten ein. Was habe ich getan? Womit habe ich das verdient? Warum muss ich mir das bieten lassen? Mir fällt ein, was ich für die Eintrittskarte bezahlt habe. Das Geld hätte für eine ganze Woche gereicht, und ich habe es ausgegeben, um hier reinzukommen. Am Ende hat es mir nichts genutzt. Ich stehe kurz vor einem Nervenzusammenbruch.

Ich schultere mein Gepäck und stürme davon wie von Sinnen, wobei ich im Geiste die wildesten Flüche ausstoße. Irgendwann – keine Ahnung, wie ich hingekommen bin – stehe ich in einem kleinen Park und lasse mich erschöpft auf die nächstbeste Bank fallen. Es ist schon fast Abend. Ich bin müde, ich habe Hunger, und mir ist heiß. Außerdem will ich duschen, mir tut der Rücken weh, die Füße auch, und die Jeans ist zu eng. Ohne viel Federlesens verschanze ich mich hinter einem Baum, um sie gegen Shorts zu tauschen. Aber das genügt nicht, um mir Linderung zu verschaffen.

Mir ist gerade alles zu viel. Auch der Typ, der vom Display seines iPhones aufschaut und zu mir herüberlugt. Wenn er mich noch einmal ansieht, reiße ich ihm das Ding aus der Hand und verpasse ihm eine Kopfnuss. Jeder Idiot muss sich ständig nach dieser Geige umdrehen, denn ganz sicher interessiert sich auch dieser Kerl für sie. Meine Güte, wie mir dieses Pack auf die Nerven geht!

Ich beschließe, ein Etikett auf den Kasten zu kleben, mit der Aufschrift: DAS IST NICHT MEINE GEIGE.

Plötzlich kommt mir ein Gedanke. Das Instrument gehört mir ja nicht, also bin ich auch nicht verpflichtet, es mit mir herumzuschleppen und mich mit dieser sinnlosen Bürde abzuplagen. Meine musikalische Vergangenheit ist daran schuld, dass ich bisher einen beinahe religiösen Respekt vor ihr hatte, aber jetzt ist es genug, ich kann nicht mehr. Nichts wäre leichter, als sie einfach an Ort und Stelle liegen zu lassen. Der Typ ist auch gerade gegangen, demnach sieht mich keiner. Irgendjemand wird sie schon finden und sich um sie kümmern wie um einen entlaufenen Welpen. Sie wird ein glückliches Leben haben.

Wie eine Diebin greife ich zu Rucksack und Trolley und schicke mich an, den Park zu verlassen. Auf der Straße angekommen, gehe ich zu einer Haltestelle und warte auf den Bus, der mich zum Bahnhof bringen wird. Ich habe keine Lust zurückzulaufen.

»He, du hast etwas vergessen.« Wie aus dem Nichts taucht der Mann von der Bank hinter mir auf und hält die Geige in der Hand, die ich gerade ausgesetzt habe.

Als ich ihn mit weit aufgerissenen Augen anstarre, macht er ein erschrockenes Gesicht, als wolle er sagen: »Habe ich etwa was Schlimmes getan?«

Tatsächlich sagt er einen Moment später wirklich: »Habe ich etwa was Schlimmes getan?« Er hat offenbar das Bedürfnis, sich zu rechtfertigen. »Ich hatte meine Brieftasche auf der Bank vergessen und bin noch mal zurückgegangen. Zufällig habe ich gesehen, dass du nicht mehr da warst, die Geige aber schon. Da ich vorhin den Eindruck hatte, dass du leicht verstört bist, dachte ich, du hast sie vergessen.«

»Verstört? Ich komme dir verstört vor?«, frage ich und baue mich vor ihm auf wie eine verhinderte Rugbyspielerin. »Übrigens habe ich sie gar nicht vergessen. Ich habe sie absichtlich stehen lassen«, stelle ich klar.

»Wieso das denn? Wie kannst du so etwas Schönes nur zurücklassen? Was hat sie dir denn getan?«

»Behalt sie doch, wenn sie dir so gut gefällt.«

Die Sache wird mir wirklich zu bunt. Ich kann das alles nicht mehr ertragen, weder die Situation noch den Ort. Der Mann dagegen lächelt mich strahlend an. Mein Verhalten scheint ihn zu amüsieren. Ich unterziehe ihn einer eingehenderen Betrachtung: ungefähr Mitte dreißig, markante Nase, sonnengebräunt, grüne Augen mit kleinen Fältchen darum herum. Er trägt einen Hut mit schmaler Krempe, aus der ein brauner Haarschopf hervorlugt, und ein langärmliges Leinenhemd, das einen breiten Brustkorb und ein Genießerbäuchlein erahnen lässt. Seine Miene ist sorglos und heiter, wie man es von einem waschechten Italiener erwartet. Wenn ich nicht so wütend wäre, könnte er mir durchaus sympathisch sein.

»Na gut«, sagt er. »Wenn dir wirklich nichts daran liegt, dann werfe ich sie eben weg.« Damit geht er auf den Mülleimer zu, nicht ohne aus den Augenwinkeln meine Reaktion zu verfolgen. »Ah, schade«, fährt er fort, als würde er Selbstgespräche führen, »bei der Mülltrennung sind Musikinstrumente nicht vorgesehen. Ich werde wohl beim Stadtrat protestieren müssen.«

Sein Witz ist wirklich dumm und kindisch, aber er schafft es tatsächlich, mich zum Lachen zu bringen. Erst kämpfe ich noch gegen das Grinsen an, das sich auf meine Lippen stehlen will, doch am Ende gebe ich klein bei und kichere belustigt. Er wirft mir einen triumphierenden Blick zu: Geht doch.

»Na gut, gib sie mir. Ist schon okay«, sage ich und strecke schicksalsergeben die Hand aus. Die Geige kehrt in meine Arme zurück wie ein treuer Hund, der sein Frauchen wiedergefunden hat.

Der Mann macht Anstalten wegzugehen, *mission accomplished*, aber dann kommt er plötzlich zurück, als hätte er was vergessen. »Du weißt schon, dass die Busse heute streiken?«

»Aber ich bin doch mit dem Bus aus San Gimignano hergekommen.«

»Es geht um das städtische Verkehrsunternehmen. Generalstreik. Seit Jahren streiten die Direktion und die Gewerkschaften schon miteinander. Wenn es Streit gibt, dann freuen wir Florentiner uns immer, vor allem wenn es darum geht, mit anderen Florentinern zu streiten.«

»Okay, okay«, unterbreche ich ihn, bevor er seinen Laienvortrag über die Stadtgeschichte fortsetzen kann. »Was soll ich denn machen?«

»Wo musst du denn hin?«

»Ich weiß es nicht.« Erst in diesem Moment wird mir klar, dass ich tatsächlich keine Ahnung habe.

Er nickt wissend, als hätte er es mit einer Verrückten zu tun. »Gut, du hast ja bis morgen Zeit, darüber nachzudenken. Dann ist der Streik nämlich zu Ende. Wenn du Lust hast, kannst du aber auch mit mir mitkommen.«

»Wohin denn?«

»Nach Vinci. Kennst du das? Ist ganz in der Nähe von Florenz.«

»Nein, kenne ich nicht.«

»Na, dann hast du jetzt Gelegenheit, es kennenzulernen.« Er streckt mir die Hand hin. »Ich heiße Luca.«

»Lavinia.«

Ich lege mein Gesicht in Sorgenfalten, soll ich annehmen oder nicht? Keine Ahnung, ob es klug ist, mich diesem Unbekannten anzuvertrauen, auch wenn ich es nur zu gern tun würde.

»Warte mal, wenn du allerdings eine Serienmörderin

oder Terroristin bist oder psychische Probleme hast, würde ich dich bitten, es mir vorher zu sagen. Ich wäre dann gezwungen, die Einladung zurückzunehmen.«

Okay, damit hat er mein letztes bisschen Widerstand geknackt. Mir bleibt nichts anderes übrig, als zu akzeptieren.

»Ich habe noch nie darüber nachgedacht. Gut möglich, dass ich all das auf einmal bin.«

Schon schultere ich den Rucksack. Luca nimmt mir unterdessen den Trolley ab.

»Bevor wir losfahren, musst du noch die beste Pizza am Stück in ganz Florenz probieren.«

Dann fängt er an zu reden, viel zu reden, ganz wie ein waschechter Italiener.

12

Autostopp

Luca ist zwar deutlich älter als ich, dennoch kommt er mir vor wie ein großer Junge. Ich kann mir gar nicht vorstellen, wie er zum Beispiel morgens den Wecker stellt, um rechtzeitig in der Arbeit zu erscheinen, oder wie er sich mit alltäglichen Problemen herumschlägt, etwa dem Schlangestehen bei der Post, um eine Rechnung zu bezahlen. Es hat den Anschein, als wäre er nicht älter als zwanzig geworden, als lebe er in einem nicht enden wollenden Traum, ohne die Last jedweder Verantwortung. Sein schwungvoller Gang sagt viel über ihn aus, und wenn er um die Ecke biegt, macht er jedes Mal einen kleinen Satz, so als würde er zum Sprung ansetzen.

Als ich ihn genauer beobachte, fallen mir seine lebhaften grünen Augen auf und die gewisse Lässigkeit, die typisch ist für Menschen, die andere leicht für sich gewinnen. Er hat immerzu ein Lachen auf den Lippen und einen Scherz auf Lager, und auf dem Weg zur Pizzeria trifft er Leute jeden Alters, die ihn offensichtlich alle wegen seiner Fröhlichkeit ins Herz geschlossen haben. Einigen von ihnen stellt er mich sogar vor: »Lavinia, eine alte Freundin.« Sie wirken nicht weiter überrascht, anscheinend ist es ganz normal, dass Luca ständig neue Menschen im Schlepptau hat. Er ist ja auch ein überaus angenehmer Begleiter, es macht einfach gute Laune, mit ihm unterwegs zu sein. Sogar der Missmut wegen der Sache mit Claudio ist mir vergangen, Luca hat meinen Optimismus hervorgelockt.

Wir haben uns jeder ein Stück Pizza gekauft und verzehren es an ein Mäuerchen gelehnt im Stehen. Luca erzählt mir, wie verliebt er immer noch in seine Stadt ist, ihre vielfältigen Orte ebenso wie in die Bewohner.

»Ciao, Carlo! Klar bin ich dabei am Samstag beim Spiel, wir brauchen das ganze Team!«, ruft er zwischendurch einem Mann zu, der auf dem Fahrrad vorbeifährt. Dann konzentriert er sich wieder auf mich. »Wie lange bist du eigentlich schon unterwegs?«

»Einen Monat. Ich will ganz Italien erkunden.«

»Du erinnerst mich an mich selbst, wie ich früher mal war. Ich war auch viel auf Reisen, mit allen möglichen Verkehrsmitteln unterwegs, immer auf Abenteuer aus. Vor allem Amerika hatte es mir angetan … Allerdings bin ich schon seit einer ganzen Weile nicht mehr aus Florenz herausgekommen, aber das ist nicht weiter schlimm. Es geht mir sehr gut hier, ich habe meine Freunde, meine Gewohnheiten.«

Luca hat offensichtlich gefunden, was ich nicht habe: eine gesunde Balance. Er hat sich ein Netz aus

Leuten und Aktivitäten geschaffen, und jetzt hat er alles, was er braucht, wann immer er will. Wahrscheinlich ist er so viel herumgekommen, dass es für ihn Zeit geworden ist, das Leben in seiner Einfachheit zu genießen, ohne große Ansprüche, aber mit immer neuen Wendungen, damit es nicht zu langweilig wird.

»Dann wohnst du also hier in Florenz? Nicht in Vinci?«

»Ja, und zwar in dem Haus da drüben«, sagt er und zeigt auf einen großen Balkon mit offener Tür, der auf den Platz hinausgeht.

Es handelt sich um eine ziemlich noble Villa, allein das Tor ist so riesig, dass man sich vorkommt wie ein Zwerg, wenn man davorsteht. Ich schließe daraus, dass er ziemlich wohlhabend ist.

»In Vinci habe ich ein Landhaus mit einem Weingut, das einen sehr guten Wein hervorbringt. Ich kümmere mich dort um alles, seit ein paar Jahren schon. Meine Eltern sind inzwischen zu alt.«

»Ist das auch der Grund, warum du weniger reist?«

»Ich bin erwachsen, ich muss Verantwortung übernehmen, jedenfalls bekomme ich das immer zu hören«, meint er, während er das letzte Stück Pizza in den Mund schiebt und die öligen Hände an den Jeans abreibt. »Auch wenn ich selbst nicht so recht dran glauben will …« Er lächelt selbstzufrieden und streckt sich ein wenig, um unvermittelt die Nase zu kräuseln.

»Ich habe richtig Lust auf ein gutes Glas Wein. Riechst du denn nichts?«

»Was soll ich denn riechen?«

»Na, die Sommerluft, die leicht klebrige Schwüle. Sie macht mir Lust, mich irgendwo mit einem Glas Wein in der Hand ins Freie zu setzen, am besten einem guten aus meinem eigenen Weingut.«

Ich tue ihm den Gefallen und schnuppere ebenfalls ein bisschen.

»Also mir macht das eher Lust auf eine Bloody Mary. Und noch auf was anderes.« Ich hole das Album meiner Mutter heraus. Luca flößt mir Vertrauen ein, und irgendwie brauche ich jetzt ein weiteres Motto, eine Anbindung an die Vergangenheit, die mir wiederum einen Impuls in Richtung Zukunft gibt. »Da stehen Sätze drin, die meine Mutter vor Jahren aufgeschrieben hat, ich lese dir einfach mal einen vor.«

»Ja klar!«

»Gut, also: ›Es gibt Abenteuer, in die muss man sich hineinstürzen, noch bevor man sich ein Bild von ihnen gemacht hat. Meistens sind es die besten.‹« Wer weiß, was sich dahinter wieder verbirgt, welches Kapitel ihres Lebens, von dem ich keine Ahnung habe und von dem sie mir auch nicht mehr erzählen kann. Der Satz bringt mich ganz durcheinander.

Als ich den Blick hebe, hat Luca ein rätselhaftes Lächeln auf den Lippen. Er streichelt mir kurz über die Wange, tätschelt mir dann die Schulter, und wie zwei alte Freunde schlendern wir gemeinsam die Straße entlang.

»Die Pizza war übrigens superlecker«, sage ich, um die Situation etwas aufzulockern.

»Das liegt am Teig«, antwortet er, offensichtlich froh darüber, dass es mir geschmeckt hat und die Stimmung zwischen uns wieder unbeschwerter ist. »Sie machen ihn mit Naturhefe.«

Ich habe den Eindruck, dass Essen seine zweite große Leidenschaft ist, nach dem Wein.

Ich mag Luca wirklich, auch weil er mir bisher nicht viele Fragen über mich gestellt hat, nicht aus Desinteresse, glaube ich, sondern eher weil er mir lieber seine Welt und sein Leben zeigen will.

»Weißt du was?«, fragt er, bleibt unvermittelt stehen und packt mich am Arm. Er ist ein Mensch, der seine Zuneigung ganz spontan zeigt, ohne allzu viele Höflichkeitsfloskeln. Kurz entschlossen nimmt er mich an der Hand, als würden wir uns schon seit Ewigkeiten kennen. »Wir schauen jetzt bei Alfredo vorbei.«

»Wer ist denn Alfredo?«, will ich wissen, während wir schon weitereilen.

»Mein bester Freund, du musst ihn unbedingt kennenlernen. Ein Schluck Wein wird ihm guttun, er ist in letzter Zeit echt gestresst von seinen Hochzeitsvorbereitungen. Er heiratet in einem knappen Monat. Ausgerechnet Giulia!«, fügt er hinzu, wobei er sich in einer theatralischen Geste den Hut vom Kopf reißt und den Mund verzieht, wie um zu sagen: Du lieber Himmel! »Nur damit du mich richtig verstehst. Sie ist ein hübsches Mädchen und eine gute Partie dazu«, es scheint ihm wichtig zu sein, das zu präzisieren, »aber leider auch eine unglaubliche Nervensäge. Nicht so wie meine Giulia …«

Wir sind soeben an einer Garage angekommen, in der ein flammend rotes Cabrio steht. Ein alter Alfa Romeo Giulia.

»Der hat mal meinem Onkel gehört«, erklärt er mir. »Du kannst dir gar nicht vorstellen, wie verrückt er nach Autos war. Als ich klein war, ist er jeden Sonntagmorgen mit mir hierhergekommen. In Florenz war er bekannt wie ein bunter Hund.«

Während er den Motor anlässt und dem Röhren lauscht, hat er ein Leuchten in den Augen, wie Kinder, wenn sie mit ihrem Lieblingsspielzeug beschäftigt sind. »Hör nur, hör genau hin, die alte Dame hat noch Luft.«

Sein männliches Aussehen kann nicht darüber hinwegtäuschen, dass Luca eigentlich eine gute Seele ist und alles spielerisch angeht. Er erinnert mich an meinen Freund Xavi, der ist genauso.

Als ich auf seine Aufforderung hin einsteige, betätigt er verschiedene Hebel und kontrolliert die Gangschaltung, und als er dann auch noch die Scheinwerfer anmacht, kommt er mir vor wie jemand, der die Lichter an einem Weihnachtsbaum anzündet. Es ist unglaublich, wie viel Freude er an seinem Spielzeug hat.

»Na los, meine Schöne! Luca fährt dich ein bisschen spazieren«, sagt er, bevor er das Gaspedal durchdrückt und wir aus der Garage schießen. Das Gepäck haben wir auf dem Rücksitz verstaut. Meines jedenfalls, er selbst scheint nichts dabeizuhaben. Hätte er die Pizza nicht bezahlt, würde ich sogar bezweifeln, dass er eine

Brieftasche mithat. Wer weiß, ob überhaupt ein Führerschein darin ist. Es lebe das Abenteuer!

»Tut mir leid, meine Kleine, aber Radio gibt es hier keins. Deshalb werde ich für dich singen.«

Damit stimmt er das Lied *»Mrs. Robinson«* von Simon & Garfunkel an. Ich muss zugeben, dass er eine sehr schöne Stimme hat.

»Weißt du, Dustin Hoffman hat in *Die Reifeprüfung* auch einen Alfa gefahren«, lässt er mich wissen und redet weiter wie ein Wasserfall, eine Hand am Steuer, den anderen Arm auf dem Fensterrahmen abgelegt.

»Auf Wiedersehen, Florenz, *ciao, ciao, bambina*.«

Ich muss nun wirklich lachen. Luca kommt mir gerade vor wie ein Schauspieler, der geradewegs einem alten Film entstiegen ist. Es ist, als würde alle Welt uns hinterhersehen, und ich bin geradezu euphorisch, als würde ich zu einer langen und wunderbaren Reise aufbrechen. So muss es ihm mit seinem Onkel ergangen sein, als er noch ein kleiner Junge war.

Vor einer Apotheke am Ufer des Arno hält er an und zieht die Handbremse. Im Ladeninneren brennt noch Licht, sie ist anscheinend noch geöffnet.

»Wir müssen Alfredo dazu überreden, dass er mitkommt. Bist du dabei?«, fragt er und hebt die Hand, damit ich ihn abklatsche, wie um einen Pakt zu besiegeln.

Wir gehen auf das Schaufenster zu und drücken die Gesichter an die Scheibe. Die Apotheke ist menschenleer, bis auf einen jungen Mann, der uns den

Rücken zugewandt hat und damit beschäftigt ist, die Medikamente in den Regalen zu ordnen. Eine Frau, ebenfalls im weißen Kittel, nähert sich ihm und verabschiedet sich mit einem flüchtigen Kuss. Anschließend hängt sie sich eine Tasche über den Arm und geht auf den Ausgang zu.

»Komm schnell, sie soll uns nicht sehen«, zischt Luca mir zu und zieht mich hinter eine Säule.

»Ist das etwa Giulia?«, frage ich im Flüsterton und fühle im selben Moment eine Aversion in mir aufsteigen. Es ist, als hätte ich mich durch unseren Pakt nicht nur bereiterklärt, ihn dabei zu unterstützen, dass Alfredo mit uns nach Vinci kommt, sondern gleich auch noch Lucas Antipathie gegen die Verlobte übernommen.

»Ja, das ist sie, die kleine Hexe.«

In Wirklichkeit ist Giulia ausgesprochen hübsch, sie hat wunderschöne Haare, große goldene Locken, als käme sie frisch vom Friseur, und ein niedliches Gesicht, das an eine Porzellanpuppe erinnert.

»Lass dich nicht von ihrem engelhaften Aussehen täuschen«, ermahnt mich Luca, als könnte er meine Gedanken lesen. »Sie ist ein Snob und ein durchtriebenes Weib. Immer wenn Alfredo und ich uns sehen wollen, fällt ihr irgendein Vorwand ein, um unser Treffen zu boykottieren.«

Ich kann mir gut vorstellen, dass Luca zu den Junggesellen gehört, die allein bei dem Wort »Ehe« eine Gänsehaut bekommen. Jedenfalls kann ich ihn mir beim besten Willen nicht als braven Ehemann vorstellen. Im Grunde verstehe ich nur zu gut, dass eine Frau kein allzu angenehmes Gefühl dabei hat, ihren Verlobten in Gesellschaft eines eingefleischten Hedonisten wie Luca zu wissen. Aber darum geht es jetzt nicht, denn ich habe meine Wahl getroffen, auf welcher Seite ich stehe. Sobald Giulia hüftschwenkend davongestöckelt ist, gehen wir zur Attacke über.

Wie zwei Kinder vor einem Süßigkeitenladen beziehen wir vor dem Apothekenfenster Position. Dann legt Luca wie ein Pantomime die Hände auf die Scheibe und trommelt dagegen.

Alfredo fährt erschrocken herum, um dann genauer nachzusehen, wer den Lärm verursacht hat. Als er Luca erkennt, atmet er erleichtert auf und verdreht die Augen, doch als er mich erblickt, hält er verdutzt inne. Auch er ist kräftig und hat eine gute Figur, doch abgesehen davon sieht er seinem Freund überhaupt nicht ähnlich. Seine Haare sind schwarz und leicht zerzaust, die Augen von einem intensiven Blau. Er ist größer und schlanker als Luca und hat weniger Falten im Gesicht, außerdem trägt er einen schönen, dunklen Schnurrbart mit rötlichen Strähnen. Jetzt öffnet er uns die Tür, die er hinter Giulia bereits abgesperrt hatte.

»Was hast du denn hier zu suchen?«, fragt er Luca in einem Ton, der an ein Verhör erinnert.

»Na, das ist vielleicht mal eine unhöfliche Begrüßung! Was soll die hier anwesende spanische Delegierte nur von uns Italienern halten?«, erwidert Luca, indem er auf mich zeigt. »Alfredo, ich möchte dir Lavinia vorstellen, eine junge Frau auf einer Irrfahrt. Lavinia, das ist Alfredo, Apotheker auf Freigang.«

»Ich habe dir doch schon gesagt, dass ich nicht mitkomme. Du bist echt ein Sturkopf. Außerdem bist du doch schon in guter Gesellschaft«, sagt Alfredo mit einem Seitenblick auf mich.

»Ehrlich gesagt, wäre es mir lieber, wenn du mitkommst«, interveniere ich zu Lucas Gunsten.

»Na also, siehst du. Man sollte einer Signora niemals widersprechen.« Luca hüstelt in gespielter Verlegenheit und zieht die Augenbrauen zusammen. »Einer Signorina, wollte ich natürlich sagen, verzeihen Sie bitte.« Mit einer leichten Verbeugung ergreift er meine Hand, als wäre ich ein Burgfräulein.

»Signor Alfredo, wir bitten Sie untertänigst, uns die außerordentliche Ehre Ihrer Begleitung angedeihen zu lassen.«

»Sie werden mich doch nicht mit diesem Schurken allein lassen wollen«, gehe ich auf Lucas Ritterspiel ein.

Alfredo stößt einen Seufzer aus und lässt die Arme herabfallen, wie um zu zeigen, dass er sich widerstrebend in sein Schicksal fügt. In Wirklichkeit scheint ihn das ganze Theater sehr zu amüsieren.

»Ich mache den Laden dicht und komme«, sagt er und setzt ein Gesicht auf, als würde er uns einen Riesengefallen tun.

Berauscht von unserem Sieg, setzen Luca und ich uns wieder ins Auto und warten, bis Alfredo die Rollläden heruntergelassen hat. Luca sitzt auf dem Fahrersitz, ich daneben, und wir können es kaum erwarten endlich loszufahren. Ich lausche dem Rauschen des Flusses, der langsam neben uns dahinfließt und eine ganz andere Ausstrahlung hat als die quirligen Straßen der Stadt.

Der Arno fließt durch ganz Florenz, er kriecht zwischen den Häusern dahin wie eine Schlange, die sanft vor sich hin zu dösen scheint, gleichgültig, was um sie herum vor sich geht. Das Geräusch von fließendem Wasser schenkt mir immer ein Gefühl von Frieden und Regeneration, es lässt meinen Geist zur Ruhe kommen.

Ich schließe die Augen und ziehe mich ein paar Sekunden aus der Realität zurück, um meinen Gedanken nachzuhängen. Wörter wie »Geige«, »Claudio«, »Vater« und »Zukunft« kommen hoch, sie sind wie Post-its, die ich noch nicht mit einem »erledigt« versehen kann. Dann öffnet Alfredo die Wagentür und lässt die kleinen gelben Zettel davonfliegen, wenigstens für den Moment.

»Wie ich sehe, haben wir ein äußerst vertrauenswürdiges Verkehrsmittel gewählt«, sagt er mit ironischem Unterton zu seinem Freund. »Da hätten wir auch gleich mit der Kutsche fahren können.«

Ich steige aus und will auf dem Rücksitz Platz nehmen, da ich angesichts von Alfredos Größe davon ausgehe, dass es hinten für ihn äußerst unbequem wäre. Aber er hält mich zurück.

»Kein Problem, ich setze mich nach hinten.«

Ehe ich widersprechen kann, kriecht er nach hinten und macht es sich leidlich bequem, indem er sich seitlich setzt, damit die Beine auch hineinpassen.

»Morgen zum Mittagessen muss ich wieder hier sein«, sagt er und schlägt Luca auf die Schulter.

»Immer musst du allem gleich einen Dämpfer versetzen«, brummelt Luca, während er den Gang einlegt.

»Na klar. Bei dir weiß man ja sonst nie, wo man noch landet … Sehr erfreut übrigens, Alfredo«, sagt er dann zu mir und streckt mir die Hand hin. Er hat einen festen, charaktervollen Händedruck. Aber meiner ist auch nicht schlecht. »Lavinia, macht es dir was aus, wenn ich rauche?«, fragt er dann und packt eine Schachtel Zigaretten aus.

»Nein, gar nicht, im Gegenteil.«

»Willst du auch eine? Bitte, nimm.«

Ich ziehe die angebotene Zigarette heraus, es ist eine der Gelegenheiten, bei denen ich gern eine rauche.

Ich ducke mich, um sie anzuzünden, aber es ist so windig, dass dauernd die Flamme ausgeht. Da tippt Alfredo mir auf die Schulter, ich drehe mich um und nehme seine schon brennende Zigarette in Empfang. Na also, so geht es wirklich viel schneller. Während ich den Rauch noch inhaliere, ist der Wagen schon um die nächste Kurve gebogen und hat die Stadt hinter sich gelassen.

Wir fahren auf der Landstraße dahin, und Luca erhöht die Geschwindigkeit. Meine Haare flattern im Wind, sie stehen mir wirr vom Kopf ab, und mein T-Shirt schmiegt sich im Fahrtwind eng an meinen Körper, während sich meine nackten Beine über die erfrischende Landluft freuen.

»Woher kommst du eigentlich? Aus Barcelona?«

»Erraten.«

»Ach, eine herrliche Stadt … Wir haben in Barcelona unser Herz verloren. Weißt du noch, Luca?«

»Unser Herz und unser Geld.« Sie wechseln einen komplizenhaften Blick im Rückspiegel.

»Was ist das denn für eine Story? Das müsst ihr mir erzählen.« Ich bin unglaublich neugierig, wenn es um interessante Geschichten geht.

»Es ist mindestens acht Jahre her, stimmt's, Luca?«

Der Alfredo, der mit uns im Auto sitzt, scheint den Alfredo aus der Apotheke zusammen mit dem weißen Kittel an den Garderobenhaken gehängt zu haben. Stimme und Gestik sind in freier Wildbahn viel munterer, als könnte er selbst nicht mehr so richtig nachvollziehen, warum er zunächst Bedenken hatte. Als ich mich umdrehe, um ihn besser verstehen zu können, hat er sich lang auf dem Sitz ausgestreckt und einen Arm hinter den Kopf geschoben, wobei er seelenruhig seine Zigarette raucht. Die Füße ragen fast aus dem Fahrzeug, und sein T-Shirt entblößt seinen flachen Bauch, wenn er sich bewegt.

»Ja, vielleicht auch zehn, Al«, sagt Luca und nimmt

wortlos die Zigarette in Empfang, die Alfredo ihm weiterreicht.

Mir gefällt das spontane Einvernehmen zwischen den beiden, und jetzt verstehe ich auch, warum es Luca so wichtig war, dass sein Freund mitkommt.

»Wir wollten damals mit dem Auto von Barcelona aus durch Andalusien fahren«, erzählt Alfredo weiter. »Wir sind in Barcelona gelandet, zwei Jungs, die zwar auf Abenteuer aus waren, aber auch ziemlich große Angst vor der Fremde hatten. Tatsächlich haben wir schon am zweiten Abend in einem Lokal unsere Brieftasche samt Geld und Kreditkarten verloren. Die Ausweise hatten wir glücklicherweise im Hotel gelassen … Wenigstens daran hatten wir gedacht.«

»Ich bin ja immer noch der Überzeugung, dass jemand sie uns gestohlen hat«, schaltet sich Luca dazwischen.

»Hey! Man soll doch nicht immer gleich vom Schlimmsten ausgehen«, wende ich ein und setze ein strafendes Gesicht auf.

Alfredo streckt den Kopf zu uns nach vorne und flüstert mir ins Ohr: »Das sagt er nur, weil er ein schlechtes Gewissen hat. In Wirklichkeit hat er sie auf dem Tresen liegen lassen. So was kommt bei ihm öfter vor.«

»Egal, ob verloren oder gestohlen, jedenfalls waren wir schon am zweiten Tag pleite«, meldet Luca sich wieder zu Wort und drängt Alfredo, auf den Punkt zu kommen.

»Die nächsten zwei Tage haben wir es irgendwie geschafft, ohne einen Cent in der Stadt auszukommen. Wir ließen uns von Zufallsbekanntschaften einladen, und einmal haben wir sogar in einem Restaurant gegessen, um dann im letzten Moment abzuhauen. Wir wollten nicht gleich wieder nach Hause fahren …«

»Das Abendessen im Rey de la Gamba war absolut phantastisch«, fügt Luca lachend hinzu. »Alfredo hat an einem Tisch mit älteren Amerikanerinnen eine Charmeoffensive gestartet, sie waren alle sturzbetrunken. Am Ende haben sie uns dann zu *gamberi, chipirones* und Sangria eingeladen, während wir ihnen die wildesten Geschichten aus unserem Leben auftischten.«

»Ach ja, das Restaurant kenne ich, aber ich war noch nie dort. Da gehen nur Touristen hin.«

»Genau deswegen waren wir ja dort«, stellt Luca klar. »Wo hätten wir sonst einen Haufen Amerikanerinnen finden sollen, die wir um den kleinen Finger hätten wickeln können?«

»Eine hatte sich ernsthaft in Luca verliebt«, macht sich Alfredo über seinen Freund lustig. »Sie hieß Eveline. Weißt du noch, was sie dir für schmachtende Blicke zugeworfen hat?«

»Ich war wirklich ein Idiot, dass ich mich nicht mit ihr eingelassen habe. Sie hätte mich bestimmt nach Amerika mitgenommen, dann wäre ich heute ein gemachter Mann«, erwidert Luca und haut aufs Lenkrad.

»Wie auch immer, das war's jedenfalls mit unserem

Urlaub, wir mussten leider zurück nach Hause. Nach Andalusien sind wir nicht mehr gekommen«, schließt Alfredo bedauernd.

»Wir könnten nächstes Jahr zusammen hinfahren. Sevilla ist wunderbar, wir könnten dort in ein *tablao* gehen, wo man Flamenco tanzt«, sage ich im Überschwang und noch ganz begeistert von ihren Geschichten. Ich bin davon überzeugt, dass es ein großes Vergnügen wäre, mit den beiden Urlaub zu machen. Nicht für einen Moment frage ich mich, ob es für mich überhaupt weitere Sommer und weitere Ferien geben wird.

Das Klingeln eines Telefons lässt die Seifenblase, in der wir gerade durch die Lüfte schweben, zerplatzen und holt uns wieder auf den harten Boden der Realität. Alfredo fährt ruckartig hoch und setzt sich aufrecht hin, wobei er in seinen Hosentaschen nach dem Handy sucht, das weiterhin hartnäckig klingelt.

»Verdammt! Ich habe völlig vergessen, Giulia Bescheid zu sagen«, stößt er hervor, als er den Namen seiner Verlobten auf dem Bildschirm sieht, und nimmt dann ab.

»Ciao, mein Schatz …«

Luca beugt sich zu mir herüber und flüstert mir ins Ohr: »Nichts zu machen, wenn die Frau ruft, steht der Kerl sofort Gewehr bei Fuß!«

Alfredo, der den Spruch gehört hat, versetzt Luca einen Schlag auf den Arm. Der wirft mit Unschuldsmiene die Hände in die Luft, wie um zu sagen: »Okay,

okay, hab's schon kapiert.« Er muss dafür jedoch das Lenkrad loslassen, weshalb der Wagen für einen kurzen Augenblick schlingert. Instinktiv greife ich nach dem Steuer, um ihn in der Spur zu halten, wofür Luca mir seelenruhig dankt und dann weiterfährt, als wäre nichts passiert.

Inzwischen hat Alfredo hinter uns die fadenscheinigsten Begründungen zu seiner Rechtfertigung aus der Tasche gezogen.

»Ich musste mit Luca wegfahren … Ähm, na ja, bei ihm in Vinci wurde eingebrochen, und ich begleite ihn. Du weißt ja, wie er ist … Morgen bei deinen Eltern bin ich auf jeden Fall dabei, mach dir keine Sorgen, ich werde pünktlich zurück sein … Ja, gut, ich bringe die Bayrische Creme von Giacomo mit. Ja, klar, ja, ich gebe dir noch Bescheid … Ciao, Giulietta, ciao, *amore*«, sagt er schließlich und legt auf, um dann in einer Mischung aus Erschöpfung und Erleichterung in seinem Sitz zu versinken, als wäre er gerade einem Krieg entronnen.

»Bringst du mir bitte auch die Bayrische Creme von Giacomo mit, Schatz?«, flötet Luca und spitzt die Lippen.

Statt wütend zu werden, grinst Alfredo nur. Luca grinst zurück. Ihr Grinsen wird immer breiter und geht irgendwann in Gelächter über. Ich mag es sehr, wenn Männer richtig lachen können, vor allem wenn ihr Lachen laut und kraftvoll ist wie ein Donnerschlag.

So geht die Fahrt in sorgloser Heiterkeit weiter. Alfredo und Luca werfen sich weiter die Bälle zu und erzählen Geschichten, Witze und Frotzeleien. Ihr Repertoire an Anekdoten ist unerschöpflich, sie haben wirklich schon viel zusammen erlebt. Zum Beispiel die Story, als sie noch kleine Jungen waren und Alfredo in eine Schulfreundin verliebt war, die jedoch einen eifersüchtigen Freund hatte. Luca hat dann aus Solidarität mit seinem Kumpel einen Streit vom Zaun gebrochen. Bei der anschließenden Rauferei hat er zwar einen gebrochenen Arm davongetragen, aber am Ende hat Alfredo das Mädchen tatsächlich gekriegt.

Oder die Geschichte, als sie ganz aufgedreht nach Berlin fuhren, um dort ein Konzert von Lou Reed zu besuchen – und am Eingang zu ihrer Bestürzung feststellten, dass sie die Tickets nicht dabeihatten. Der vergessliche Luca hatte sie in Italien liegen lassen. Alle Versuche, trotzdem hineinzukommen, scheiterten kläglich. Untröstlich machten sie sich auf den Weg zum Flughafen, und als sie dort in einer Snackbar noch ein Sandwich verzehrten, stellten sie fest, dass am Nebentisch kein anderer als der große Lou Platz genommen hatte, höchstpersönlich und mutterseelenallein. In aller Seelenruhe war er dabei, seine Mahlzeit zu verzehren, als wäre er ein ganz normaler Sterblicher. Sie wagten es tatsächlich, ihn anzusprechen, und brachten die restliche Zeit bis zu ihrem Abflug im persönlichen Gespräch mit dem Meister zu, über Musik, Reisen und Essen.

Wer weiß, ob all die Geschichten sich wirklich so zugetragen haben. Aber was zählt das schon, ich genieße einfach die Leichtigkeit, die ich in Gesellschaft der beiden empfinde, und mache mir keine weiteren Gedanken.

Einen Augenblick lang tritt mir Claudios Bild vor Augen. Es wäre mir wirklich lieber gewesen, ich hätte ihn nach dem Konzert treffen und diese Geschichte ein und für alle Mal abschließen können. Es stört mich sehr, dass ich immer wieder an ihn denken muss.

Doch es ist nur ein kurzer, düsterer Moment, der gleich vorbeigeht. Luca und Alfredo sind inzwischen in völlig ausgelassener Stimmung, und ihr Gelächter schallt freudig durch die stille, schwarze italienische Nacht.

Die Dunkelheit wird nur ab und zu von den Scheinwerfern entgegenkommender Autos unterbrochen oder von den Lichtern, die aus den Häusern am Straßenrand dringen. Irgendwann macht der Motor wie aus dem Nichts spuckende und kratzende Geräusche, kurz darauf steigt ein beunruhigender bläulicher Qualm aus der Motorhaube auf. Der Wagen wird langsamer, obwohl Luca das Gaspedal weiterhin durchtritt, um schließlich mit einem leisen *Pluff* zum Stehen zu kommen.

»Was ist denn jetzt los?«, fragt Alfredo.

Luca dreht den Zündschlüssel, um den Motor wieder zu starten, aber es ist nichts zu machen. Der Alfa Romeo scheint auf dem Asphalt festzusitzen.

»Hast du den Wagen in letzter Zeit mal durchchecken lassen?«, hakt Alfredo nach.

Ich habe keine Ahnung, was vor sich geht, aber die Situation kommt mir auf einmal sehr angespannt vor.

»Nein, er ist doch immer problemlos gefahren«, rechtfertigt sich Luca.

Alfredo springt mit einem Satz aus dem Wagen. Er öffnet die Motohaube und schaut ins Innere, indem er mit der Taschenlampe seines Smartphones Licht macht. Auch Luca und ich steigen aus und stehen tatenlos daneben.

»Ich glaube, du hast den Zylinderkopf verbrannt«, stellt Alfredo fest.

»Ist das schlimm?«, frage ich.

Luca verzieht das Gesicht zu einer Grimasse. Tja, offensichtlich ist es ziemlich schlimm. Aber wie er nun mal so ist, scheint er trotzdem nicht den Mut zu verlieren. »Ganz ruhig, kein Problem, ich rufe die Pannenhilfe an.«

Er zieht sein Handy hervor und geht sein Adressbuch durch, und während wir wartend im Dunkel stehen, beleuchtet das Licht des Displays sein vertrauensvolles Gesicht. Als er endlich jemanden an die Strippe bekommt und erzählt, was passiert ist, ist seine Stimme anfangs noch ganz entspannt, fast flapsig. Aber nachdem er einer Weile seinem Gesprächspartner am anderen Ende der Leitung gelauscht hat, wird er immer kleinlauter und sagt nur noch: »Verstehe, verstehe«, und dann: »Ja, ja.«

Mit einem resignierten Nicken legt er auf und sieht uns an. »Kinder, wir müssen wohl zu Fuß weiter. Aber es ist nicht mehr weit, ein paar Kurven noch und wir sind da.«

Alfredo reißt die Augen auf. »Wie meinst du das, zu Fuß weiter? Es sind noch mindestens sechs Kilometer. Was hat man dir bei der Pannenhilfe denn gesagt?«

»Meine Police ist abgelaufen. Es besteht kein Versicherungsschutz …«

»Mein Gott, Luca, das ist wieder mal typisch. Du lernst wirklich nie dazu!«, stößt Alfredo deutlich genervt hervor.

»Wir müssen es nur irgendwie schaffen, heute Abend nach Hause zu kommen. Morgen früh rufe ich Peppino an, der schleppt das Auto ab und bringt es zum Haus.«

»Wir könnten trampen«, schalte ich mich ein. Es scheint mir die einzig mögliche Lösung zu sein.

Luca und Alfredo werfen einen deprimierten Blick auf die verlassene Straße. Es ist fast elf und stockdunkel, keine Menschenseele ist mehr unterwegs. Sie stoßen beide einen Seufzer aus.

Nur wenige Sekunden später tauchen am Horizont zwei Scheinwerfer auf. Wir sind gerettet! Ein Auto nähert sich mit hoher Geschwindigkeit, wir stellen uns an den Straßenrand und fuchteln wild mit den Armen, um den Fahrer zum Anhalten zu bewegen. Kurz darauf hat das Auto uns erreicht … und fährt vorbei, ohne auch nur abzubremsen.

»Du mieses Stück Scheiße!«, brüllt Alfredo ihm hinterher.

Es folgt ein Moment allgemeiner Entmutigung, dann kommt Luca auf mich zu, legt mir die Hände auf die Schultern und sagt tiefernst zu mir: »Lavinia, sollte hier jemals wieder ein Auto vorbeikommen, wird es nur anhalten, wenn du dich alleine hinstellst.«

»Bravo! Luca hat recht«, stimmt Alfredo sofort zu. »Wenn eine Frau am Steuer sitzt, wird sie sich sicherer fühlen, und wenn es ein Mann ist … Na ja, wer würde da nicht anhalten?«

Ich lasse mich nicht lange bitten, binde mir die Haare zu einem Pferdeschwanz zusammen und klappe den Saum meiner Shorts um, damit sie etwas kürzer werden. Die beiden schenken mir anerkennende Blicke.

»Du siehst toll aus, meine Schöne. Schade, dass ich dich schon mitgenommen habe, wenn nicht, würde ich es jetzt tun«, scherzt Luca.

Wir gehen in Warteposition und hängen ein wenig ab. Der eine setzt sich auf einen Felsblock, der andere steht mit den Händen in den Hosentaschen ans Auto gelehnt da, ich gehe auf und ab und beschäftige mich damit, Steinchen durch die Gegend zu kicken.

Dann hören wir in der Ferne ein Motorengeräusch, das so laut ist, dass es von einem Kleinlaster sein könnte.

»Na los, Lavinia. Du bist unsere letzte Chance!«

Luca und Alfredo verstecken sich hinter unserem Wagen und feuern mich aus dem Hinterhalt an.

Ich stelle mich an den Straßenrand, den Daumen ausgestreckt und ein Bein so hingedreht, dass es schön zu sehen ist. Während sich nun tatsächlich ein Laster nähert, schwenke ich den Arm hin und her und zwinkere dabei heimlich Luca und Alfredo zu. Ich setze noch eins drauf, indem ich einen Träger meines Tops herunterrutschen lasse, offensichtlich habe ich von meinen Gefährten die Lust am Theaterspielen übernommen.

Die Autoscheinwerfer sind jetzt direkt auf meine Brust gerichtet und tauchen mich in gleißendes Licht, ich komme mir vor wie eine Diva bei ihrem großen Auftritt. Als ich dem Fahrer nochmals ein Zeichen gebe, tritt er tatsächlich auf die Bremse und hält an. Er steigt sogar aus. Es handelt sich um einen Herrn mittleren Alters mit Hut und kariertem Hemd, sein Gesicht ist braungebrannt, seine Hände sind groß und schwielig, wie bei jemandem, der auf dem Feld arbeitet.

»Signorina, was ist denn mit Ihnen los?«, fragt er sehr resolut.

»Ich habe eine Wagenpanne und muss nach Vinci.«

»Na, das kriegen wir hin. Wo wohnen Sie denn genau?«

»Bei mir zu Hause!« Luca schießt wie ein Pilz aus dem Boden, und hinter ihm baut sich Alfredo auf. Die beiden haben sogar schon mein Gepäck dabei.

Der Bauer sieht uns verdutzt an. »Also, ihr seid mir vielleicht Gauner! Sind das jetzt alle oder hat sich noch jemand hinter dem Wagen oder irgendwo in der Pampa verschanzt?«

»Nein, keine Sorge, wir sind vollzählig. Passen wir denn alle in Ihren Laster?«

Er sieht uns amüsiert an. »Sie, Signorina, dürfen gerne vorne bei mir sitzen, euch beide packe ich hinten in den Laderaum. Da könnt ihr es euch im Heu bequem machen!«

Er öffnet mir die Tür, und ich steige ins Führerhaus. Als ich mich umdrehe, sehe ich durch die Fensterscheibe meine beiden Freunde zwischen den Heuballen sitzen. Von der Reise erhitzt und vom trockenen Heu umgeben, kommen sie mir vor wie zwei zahme Nutztiere. Am liebsten würde ich mich zusammen mit ihnen ins Heu stürzen und darin herumtollen.

Stattdessen hebe ich die Hand und grüße sie huldvoll wie eine Prinzessin, um ihnen dann eine flüchtige Kusshand zuzuwerfen. Ich drehe mich wieder um und mache es mir auf dem schwarzen Ledersitz gemütlich. Ich komme mir vor wie in einem Fellini-Film.

13

Das Landhaus

Das Landhaus liegt an einer von Zypressen gesäumten, ansteigenden Straße, kurz hinter dem Schild, auf dem WILLKOMMEN IN VINCI steht. Als roter Teppich dient eine schmale Allee, die von dem schmiedeeisernen, mit Schnörkeln verzierten Eingangstor bis zu dem Herrenhaus aus grauem Stein führt.

Vor dem Haus bringt der Fahrer den Kleinlaster zum Stehen, und nachdem wir mein Gepäck ausgeladen und uns von ihm verabschiedet haben, fährt er gleich wieder davon.

Der Kies unter unseren Füßen knirscht, als wir uns auf den Weg zur Haustür machen, Alfredo mit der Geige unterm Arm, Luca den Rollkoffer im Schlepptau und ich mit dem Rucksack auf dem Rücken. Für einen Moment stelle ich mir vor, ich wäre eine Adlige aus dem neunzehnten Jahrhundert mit einem weißen Schirmchen, das mich vor der Sonne schützt. Die beiden Männer sind meine Diener, und das Haus ist mein Sommersitz.

Eine Eule schreit in den Feldern und holt mich zurück in die Sommernacht. Luca zieht den Schlüsselbund heraus, sucht den richtigen Schlüssel und sperrt mit einem Quietschen das Schloss auf.

»Bitte schön, da wären wir!«

Er drückt die Haustür auf, und als ich eintrete, läuft es mir wegen des Unterschieds zwischen der warmen Abendluft und der Kälte, die uns entgegenschlägt, eisig den Rücken hinunter. Ein kleiner Schauer.

»Ich bringe dir gleich einen warmen Pullover. Komm, ich zeig dir erst mal dein Zimmer.«

Er schaltet das Licht im Hausflur an, und ich sehe mich um: ein altertümliches Ambiente, gemütlich und ziemlich rustikal. Erneut habe ich den Eindruck, in einen alten Schwarzweißfilm geraten zu sein, flankiert von zwei kühnen Kavalieren, die getreu an meiner Seite stehen.

Wir gehen in den oberen Stock hinauf, wo Luca mich im ersten Zimmer auf dem langen Korridor unterbringt, von dem auch die anderen Räume abgehen. Ich stelle das Gepäck neben das schmiedeeiserne Bett, öffne das Fenster, das auf die Weingärten hinausgeht, und atme die warme Luft von draußen ein. Der Klageruf der Eule dringt jetzt auch in das offensichtlich seit längerem unbewohnte Zimmer. Die Tagesdecke auf dem Bett ist salbeigrün, die Laken sind weiß mit Spitzenrändern. Wenn ich hier nicht zu Gast wäre, würde ich sofort schlafen gehen, so unwiderstehlich ist die Wirkung, die das Bett auf mich hat.

Ich schaue mich aber nur kurz um und gehe dann wieder hinunter ins Erdgeschoss. In der Küche brennt Licht, das der Leuchter an der Decke verströmt.

»Hier, nimm!«, sagt Luca und wirft mir einen dunkelgrünen Herrenpullover zu.

Dankbar ziehe ich ihn an und schiebe die zu langen Ärmel die Unterarme hinauf.

»Hast du Hunger?«

»Ich bin einer Ohnmacht nahe«, antwortet Alfredo. Er sitzt auf dem hölzernen Küchentisch und beißt in einen Apfel, den er aus dem Obstkorb genommen hat.

»Dich habe ich gar nicht gemeint, du Nimmersatt.«

»Ich habe auch Hunger«, antworte ich, während ich mich in der Küche umsehe. Sie ist groß und quadratisch, die im Arte-Povera-Stil gehaltenen Wandschränke sind weiß gestrichen, und auf der langen Marmortheke stehen Öl, Essig, Salz und diverse Gewürze. Ganz im Gegensatz zu meinem Schlafzimmer ist sie ein Ort, der lebt, und wahrscheinlich die Seele des Hauses.

»Der Kühlschrank hat außer Tomaten nicht viel zu bieten, aber die werden uns schon satt machen«, sagt Luca und streckt sich, um eine Packung Spaghetti aus dem oberen Schrankfach zu nehmen. »Ich gehe kurz nach draußen und hole Basilikum.«

Bevor er das Haus verlässt, stellt er einen Topf mit Wasser zum Kochen auf und trällert dabei gut gelaunt vor sich hin. Diese vier Wände sind ihm vertraut, es gefällt mir, wie er sich zwischen ihnen bewegt, es gefällt mir, dass er für uns kocht. Er hat den Hut abgenommen und sich ein Geschirrtuch über die Schulter geworfen, wohl ein Zeichen dafür, dass er sich zum Gebieter über die Kochtöpfe erklärt hat.

»Ich zeige dir das Haus, wenn du magst.« Alfredo führt mich ins Wohnzimmer, das mit einem großen, geblümten Sofa, einem runden Spieltisch und einem kleinen Teetischchen eingerichtet ist. In der Ecke steht außerdem ein Lehnsessel, flankiert von mehreren Zeitschriften- und Bücherstapeln, von denen noch weitere im ganzen Zimmer verteilt sind. Es gibt einen riesigen Kamin, der in die Mauer eingelassen ist, und der Teppich davor weist von der herumfliegenden Glut viele Brandlöcher auf. An der Wand hängt ein holzgerahmter Spiegel, der unsere müden Gestalten reflektiert. Ich wirke in dem viel zu großen Pullover ganz verloren, Alfredo hat die Hände in den Hosentaschen und eine Zigarette im Mund.

»Kommt ihr zum Anstoßen?«, ruft uns Luca aus der Küche zu.

Wir machen uns im Entenmarsch auf und folgen ihm wie zwei Schüler, die brav der Anweisung ihres Lehrers gehorchen.

Er hat schon Wein in die Gläser gefüllt, die wir nun erheben und uns dabei in die Augen schauen, ohne so recht zu wissen, auf wen oder was wir anstoßen sollen. Wir kennen einander nicht wirklich. Die beiden wissen nichts über mich.

»Auf den Sommer«, sagt Luca und trifft damit genau ins Schwarze.

Ja, auf den Sommer, auf diesen Moment, auf heute eher als auf gestern, auf jetzt mehr als auf morgen.

Mein Leben kommt mir zerbröckelt vor, in Auflösung begriffen, bei einer Explosion in tausend kleine Stücke zerrissen. Einzelne Partikel sind nun in freier Wildbahn unterwegs. Ich bin nicht mehr die Lavinia aus Barcelona, die mit der Wohnung im dritten Stock, mit den Freunden auf der Piazza, mit den regelmäßigen Bahnen im Schwimmbad von Montjuïc. Ich fühle mich irrlichternd und instabil, ein Meteorit, der mit wahnsinniger Geschwindigkeit auf ein unbekanntes Ziel zugeschleudert wird.

Die Gläser stoßen aneinander, und in diesem Moment spielt sich in meinem Körper eine lautlose Detonation ab. Es ist das Bewusstsein zu leben, jenseits der Spielregeln oder nach meinen eigenen, die weder Logik noch Kompromisse kennen. Diese Freiheit ist mir neu, sie gehört zu diesem Sommer und diesem Moment, zu diesen Gefährten, die mir zufällig über den Weg gelaufen sind, zu diesen Wänden, die schon lange da waren, bevor wir uns zusammen in dieser Küche eingefunden haben, und die noch stehen werden, wenn es uns schon lange nicht mehr gibt.

Die Reise ist ein neues Mal auf meinem Körper und hat mich schon jetzt verwandelt. Ich bin dabei mich zu häuten wie eine Schlange.

Der Wein fließt durch meine Speiseröhre, er brennt ein wenig, weil ich Hunger habe. Ich beiße in eine Tomate.

»He!« Luca gibt mir einen Klaps auf die Hand. »Das Essen ist fast fertig.«

Er gießt die Pasta ab, schwenkt sie dann gekonnt in der Pfanne.

»Jetzt nur noch ein Schuss Öl aus meinem eigenen Olivenhain und ein paar Blättchen frisches Basilikum.«

Luca führt beim Kochen mit konzentrierter Miene Selbstgespräche, er kommt mir vor wie ein kleines Mädchen, das mit seiner Puppe spielt. Sie zieht ihr erst das Kleidchen an, dann die Schühchen und erzählt ihr dabei, was sie tut. Er runzelt die Augenbrauen, während er bis in die winzigsten Details plant, wie er die Teller hinstellt.

Die Pasta, so schlicht sie ist, schmeckt vorzüglich. Wir essen jeder einen gehäuften Teller davon, mein Bauch füllt sich mit den Spaghetti, der Wein bekommt eine solide Basis, mein Kopf dreht sich weniger, und so trinke ich immer weiter. Wir leeren mehrere Flaschen, und auf einmal ist es zwei Uhr, ohne dass wir es gemerkt haben. Im Wohnzimmerspiegel sehe ich, dass meine Augen glänzen, wegen des Alkohols und vor Müdigkeit.

»Eine letzte Zigarette, dann gehen wir schlafen.«

Der Moment, als Alfredo seinen Stummel im Aschenbecher ausdrückt, besiegelt das Ende des Tages.

Wir steigen die Treppe hinauf, mit schleppenden Schritten, und nehmen dabei den Handlauf zu Hilfe. Wir klammern uns daran fest, als würden wir eine schwere Last tragen, doch in Wirklichkeit ist es nur die Last unserer müden Körper. Dann der lange Korridor mit den geschlossenen Türen. Jeder von uns steht wie vor einer Weggabelung, die uns in verschiedene Richtungen führen wird. Wir wechseln einen Blick und wünschen uns eine gute Nacht, dann betritt jeder sein Zimmer wie in einem Videospiel, in dem jede Figur sich ein Setting aussucht und darin verschwindet. *Game over.* Morgen ist ein neuer Tag, morgen spielen wir weiter.

Als ich am nächsten Morgen aufwache, wundere ich mich über die Stille. Vielleicht kommt sie daher, dass Sonntag ist, oder schlicht daher, dass wir auf dem Land sind.

Barfuß, mit zerzausten Haaren und noch ziemlich verschlafen gehe ich die Treppe hinunter. In der Küche ist niemand, die Haustür steht offen. Das Tageslicht blendet mich, ich führe eine Hand an die Stirn wie einen Mützenschirm und kneife die Augen zu Schlitzen zusammen. Jetzt kann ich den weißen Kies sehen, den in wilden Büschen wachsenden violetten Lavendel und den grünen Rosmarin, die den Garten begrenzen und von schwarzer, gedüngter Erde umgeben sind. Ein Stück entfernt sind die Reihen der Weinreben zu erkennen, die sich den Hügel hinauf erstrecken, so weit das Auge reicht.

Luca und Alfredo haben an einem Tisch im Schatten einer großen Linde Platz genommen und sind offensichtlich beim Frühstück. Sie sitzen einander gegenüber, lümmeln auf ihren Stühlen, und während sie miteinander sprechen, gestikulieren sie wild, die langen, nackten Beine vor sich ausgestreckt, sodass sich ihre Männerfüße fast berühren. Als sie mich entdecken, setzen sie sich sofort aufrecht hin und fuchteln mit den Armen in meine Richtung.

»Kaffee!«, brüllt Luca und schwenkt die Kanne.

Alfredo tut es ihm nach. »Kekse!«

Während ich auf die beiden zugehe, sehe ich mich suchend um. Wir sind von Grün umgeben, und abgesehen von uns gibt es keinen Hinweis auf die Gegenwart anderer Menschen.

»*Buenos días!*«

Luca hat mir schon Kaffee eingeschenkt.

»Zucker? Einen oder zwei?«

»Eineinhalb und ganz viel Milch«, gebe ich lächelnd zurück. »Danke. Wie spät ist es überhaupt?«, frage ich, da ich nicht die geringste Ahnung habe.

»Es wird wohl elf sein«, sagt Luca in unbekümmertem Ton.

»Elf?«, ruft Alfredo und springt auf. »Dann muss ich sofort los. Hast du Peppino schon angerufen?«

»Al, nur die Ruhe, ich funke ihn gleich an.« Luca greift nach seinem Handy. »Es ist noch nicht mal halb elf, also entspann dich, wir sind früh dran.«

Er steht auf und entfernt sich ein Stück vom Tisch, um zu telefonieren.

»Wohnt denn niemand in der Nähe?«, frage ich Alfredo. »Ich dachte, es gibt hier ein Dorf?«

»Ja, hinter dem Hügel. Man kann zu Fuß hingehen, es werden wohl zwei Kilometer sein. Warum fragst du? Schmeckt dir der Kaffee nicht?«

»Doch, doch ... Ehrlich gesagt, habe ich sowieso keine Ahnung von Kaffee.«

Luca kommt zurück und unterbricht uns. »Es scheint ein kleines Problem zu geben ... Peppino ist heute bei einer Hochzeit. Er hat gesagt, dass er uns den Wagen erst morgen bringen kann.«

»Ach, du meine Scheiße!«, platzt Alfredo heraus. »Ich wusste, dass am Ende alles schiefläuft.«

Luca versucht ihn zu beruhigen, mit dem Ergebnis, dass Alfredo nur noch wütender wird.

»Warum höre ich bloß immer wieder auf dich? Warum nur bin ich so ein Idiot?«, schimpft er und fuchtelt mit den Händen in der Luft herum, um erst Luca und anschließend sich selbst mit einem Fluch zu belegen, weil er seinem Freund in dieses Abenteuer gefolgt ist.

Ich hätte gerne eine Tarnkappe zur Hand, um mich unsichtbar zu machen und aus dieser peinlichen Situation zu verschwinden, aber ich kann nichts weiter tun, als mich hinter meiner Kaffeetasse zu verstecken.

Schließlich trottet Alfredo davon, um Giulia anzurufen, und bleibt mindestens eine halbe Stunde weg. Luca und ich frühstücken inzwischen zu Ende, räumen anschließend den Tisch ab und tragen alles ins Haus, um uns dann wieder unter die Linde zu setzen und zu warten.

Als Alfredo zurückkehrt, ist sein Gesichtsausdruck völlig verändert, die Stirn von tausend Falten durchfurcht, von denen eine jede von einem anderen Gefühl zusammengezogen scheint. Ich erkenne vor allem den Kummer darüber, einen geliebten Menschen enttäuscht zu haben. Er sagt zunächst kein Wort, zündet sich eine Zigarette an und fragt dann, ob wir einen Spaziergang durch den Weingarten machen wollen. Wir folgen ihm bereitwillig. Alle drei sind wir noch im Schlafanzug und haben nur Hausschuhe an den Füßen, unsere Haare sind ungekämmt, und unsere Haut ist noch leicht klebrig und verschwitzt von den Ausdünstungen der Nacht.

Im Weingarten sind die Schösslinge der Pflanzen gewunden und krumm, genau wie ich, die ich mir noch wie eingewickelt vorkomme, nicht wirklich ausgerollt und aufgerichtet. Tatsächlich fühle ich mich, als würde ich noch im Bett liegen. Die Blätter der Weinreben ranken sich an den gespannten Schnüren empor, und unwillkürlich geht mir durch den Kopf, dass ich mich auch gerne daran festklammern würde, um die Glieder durchzustrecken. Die Erde ist rötlich und kahl, nur hier und da wachsen ein paar Feldblumen und Grashalme.

Ohne Eile gehen wir die Furchen entlang, die alle gleich sind, geschaffen und angeordnet von Menschenhand. Keiner von uns sagt ein Wort, und ich habe das Gefühl, dass jeder für sich ist, weit entfernt von den beiden anderen. Ich führe die kleine Prozession an, und nach einer Weile bleibe ich stehen, um ein Blatt zu streicheln, das in der leichten Brise zittert, grün und an den Rändern gezackt. Luca ist mir gefolgt und an meine Seite getreten. Ich nehme seine Hand und lege sie auf das Blatt, sie passen perfekt zusammen.

»Wir haben gestern den Wein von dieser Traube getrunken. Sangiovese«, sagt Luca, um mir dann begeistert zu erklären, dass jede Rebe mit einem bestimmten Typ Erde und einem bestimmten Klima abgestimmt sein muss, um ihre Qualitäten in vollem Ausmaß zu entfalten.

»Ich habe zwar Wein in rauen Mengen getrunken, trotzdem weiß ich praktisch nichts darüber«, muss ich gestehen.

»Ich kann dir erzählen, wie ich ihn mache«, bietet sich Luca an. Er scheint sich zu freuen, das Thema vertiefen zu können, vielleicht auch um das Schweigen zu brechen, das bisher zwischen uns geherrscht hat.

»Also, zuallererst machen wir die Weinlese im September, von Hand, weil man dann jede Traube einzeln pflücken kann. Es ist ein großes Fest und viel Arbeit, aber man hat auch eine Menge Spaß dabei. Dann werden die Trauben gekeltert. Früher hat man das mit den Füßen gemacht, inzwischen benutzen wir Maschinen …«

Alfredo hat sich an einen Stamm gelehnt hingesetzt und hört konzentriert zu, was Luca zu erzählen hat.

»Danach wird die Ernte gewaschen und zum Fermentieren in große Bottiche gegeben …«

»Die Fermentation dauert zwischen einem Tag und einer Woche. Wie oft habe ich diese Geschichte wohl schon gehört?« Alfredos Ton ist leicht spöttisch, als er sich einschaltet.

Ich bin froh, seine Stimme zu hören, und es sieht auch fast so aus, als hätte sich seine Laune gebessert.

»Al, es ist das Einzige, was ich wirklich gut kann«, verteidigt sich Luca. »Außerdem kommt das Thema bei Frauen immer gut an«, fährt er mit einem Augenzwinkern in meine Richtung fort. »Wo war ich noch mal stehengeblieben? Während der Fermentation geschieht wie durch Zauberhand eine Verwandlung, der Zucker in dem Most wird nämlich zu Alkohol. Den gewaschenen Wein füllt man in Fässer und wartet anschließend auf die zweite Fermentation. Und jetzt, sofern die junge Dame einen schönen Weißwein bevorzugt …« Luca sieht seinen Freund auffordernd an.

»… kann man ihn in Flaschen füllen«, führt Alfredo den Satz weiter.

»Wenn sie jedoch einen kräftigen Roten haben möchte …«

»… beginnt die Alterung, die bis zu fünf Jahre dauern kann. In dem Fall setzt man sich am besten gemütlich hin und wartet«, leiert Alfredo weiter und springt plötzlich auf. »Allerdings ist jetzt nicht der richtige Moment, um zu warten. Es wird langsam ziemlich heiß.«

Wir folgen Alfredo und gehen zurück Richtung Haus. Er ist jetzt wieder in Gedanken versunken, man kann förmlich eine Grübelblase über seinem Kopf schweben sehen. Luca und ich wechseln einen Blick, dann wagt er einen Vorstoß.

»Hör mal, Al, es tut mir wirklich leid wegen Giulia.«

»Sprichst du von deinem Wagen oder von meiner Verlobten?« Alfredo ist offensichtlich schon wieder zu Scherzen aufgelegt.

Luca lacht laut auf und springt dann mit einem Satz auf Alfredos Rücken.

»Ah, du alter Gauner! Gib doch zu, dass du gar nicht so bedrückt bist, wie du tust.«

Alfredo schüttelt ihn geschickt ab und bemüht sich ernst zu bleiben. »Kann schon sein … Aber das war wirklich unnötig. Giulia war stinksauer und hat den Hörer aufgeknallt. Wenn sie mich bei unserer Trauung vor dem Altar abserviert, ist es deine Schuld.«

»Schuld? Du willst wohl sagen Verdienst?«

»Von mir aus, aber dann kannst du dir den Trauzeugen abschminken.«

»Perfekt! Dann bekommt sie in der Beziehung auch noch ihren Willen. Wir wissen sowieso, dass Giulia mich nicht als Trauzeugen haben will, am liebsten nicht mal als Gast.«

So schlendern wir noch ein Weilchen dahin, die beiden liefern sich ein Wortgefecht nach dem anderen, und ich muss dauernd in mich hineinglucksen, weil ich ihr Gezänk so amüsant finde.

Den Rest des Vormittags verbringen wir im Haus. Draußen ist es zu heiß, zwischen den Steinmauern hingegen angenehm kühl. Nach dem Mittagessen machen wir ein Nickerchen, und gegen vier finden wir uns wieder im Wohnzimmer ein, um den Rest des Tages zu planen. Ich schlage vor, ins Dorf zu gehen.

»Das ist gar keine schlechte Idee, dann können wir gleich ein paar Einkäufe erledigen«, unterstützt mich Luca.

»Jaaa!« Der Gedanke, in einem fremden Land in einen Supermarkt zu gehen, lässt mich aus dem Häuschen geraten. Es macht mir Riesenspaß zu sehen, was für ungewöhnliche Dinge es zu kaufen gibt, die unbekannten Markennamen auf den Produkten zu lesen, die Preise und die Anordnung in den Regalen mit denen zu Hause zu vergleichen. Ich könnte Stunden dort zubringen, fast mehr als in einem Museum.

»Du bist wirklich eine seltsame Frau. So viel Begeisterung für einen Supermarkt.«

»Ich gehe schnell duschen und komme dann runter.«

Tatsächlich brauche ich nur zehn Minuten, bis ich parat stehe.

»Fertig!«, rufe ich von oben und springe die letzten drei Stufen mit einem Satz hinunter.

»Willst du dir nicht die Haare trocknen?«

»Bei der Hitze? Kommt, wir machen uns auf die Socken.« Ich nehme die beiden kurz entschlossen an der Hand und zerre sie hinter mir her.

Die nassen Haare auf meinen nackten Schlüsselbeinen unter dem Top empfinde ich als willkommene

Erfrischung. Außerdem habe ich die Stoff-Sneakers angezogen, damit ich schneller gehen kann. Da die Straße bergab führt, gelangen wir in null Komma nichts ins Dorf.

Der kleine Weiler hat von oben betrachtet die Form eines Reiskorns und liegt malerisch zwischen zwei Hügeln. Häuser aus Naturstein, kleine Gassen und steile Treppchen, Frauen, die vor der Haustür auf Schemeln sitzen, Gasthäuser mit wunderbaren roten Geranien davor, ein Kirchturm, eine Burg und eine kleine Piazza.

»Weißt du, wer hier geboren ist? Wir geben dir auch einen Tipp.«

Luca und Alfredo stellen sich hintereinander und strecken Arme und Beine diagonal von sich, sodass sie die unverwechselbare Position des vitruvianischen Menschen einnehmen.

»Ein gewisser Leonardo vielleicht?«

Ich muss schallend loslachen, und als ich sie so anschaue, wie sie sich gegenseitig überlagern, passen sie gut zu dem Bild, das ich von ihnen gewonnen habe. Sie sind so aufeinander eingespielt und ergänzen sich so gut, dass es fast den Eindruck macht, als bildeten sie zusammen nur einen Körper und einen Geist.

Wir müssen das ganze Dorf durchqueren, weil die kleinen Lebensmittelläden heute geschlossen sind. Nur der Supermarkt ist offen, er befindet sich außerhalb der Stadtmauern, mit einem großen Parkplatz davor.

Wir schnappen uns einen Einkaufswagen, und bevor ich protestieren kann, heben Luca und Alfredo mich mit vereinten Kräften hoch und setzen mich hinein. Dann katapultieren sie ihn halb rennend durch die Gänge des Supermarkts.

»Los, Lavinia, wir sind die Fahrer, und du nimmst dir aus den Regalen, was du haben willst.«

Ich schaffe es gar nicht, eine Auswahl zu treffen, weil sie so dahinrasen, sodass ich aufs Geratewohl das packe, was meinem ausgestreckten Arm in den Weg kommt: Salat, Tomatensoße, frische Pasta, Käse, Joghurt. Irgendwann fährt Alfredo so knapp um eine Kurve, dass wir fast umkippen.

Ein uniformierter Verkäufer, der sich offensichtlich sehr wichtig nimmt, läuft auf uns zu und ermahnt uns streng. »Es ist verboten, mit den Einkaufswagen zu rennen.«

Ich kann nicht anders, als dämlich zu kichern, aber ich habe kapiert, dass es Zeit zum Aussteigen ist.

Luca schaut sich die Sachen an, die ich aus den Regalen genommen habe, und kommentiert spöttisch meinen schlechten Geschmack. Einzig das Stück toskanischer Pecorino kann seinem Urteil standhalten.

»Bringen wir lieber alles wieder an seinen Platz. Wir brauchen stattdessen eine schöne Bistecca alla Fiorentina vom Chianina.«

»Chianina? Was ist das denn?«

»Das ist eine spezielle Rindersorte aus der Gegend, die ein wunderbar zartes Fleisch hat, das man am besten noch blutig isst. Ich weiß auch schon, wo wir es bekommen.«

»Die hier kaufen wir aber«, sagt Alfredo und hält ein Glas saurer Gurken hoch. »Sie muntern mich auf, wenn ich traurig bin.«

Ich verziehe das Gesicht zu einer angeekelten Grimasse.

Das Fleisch vom berühmten Chianina-Rind kaufen wir bei Nino, dem Dorfmetzger. Zwar ist der Rollladen von seinem Laden heruntergelassen, denn es ist Sonntag und noch dazu sieben Uhr abends, aber ohne viel Federlesens klingelt Luca einfach an der Tür.

Als sie aufgeht, sehen wir uns einem kleinen, rotbackigen Mann in Jeans und Unterhemd gegenüber, der eine grün-weiß karierte Serviette in der Hand hält und offensichtlich gerade an seinem Abendessen kaut. Beim Anblick von drei wildfremden Menschen nimmt er zunächst eine abwehrende Haltung ein, aber als er einen Moment später Luca erkennt, breitet er die Arme aus, schluckt sein Essen hinunter und setzt ein strahlendes Lächeln auf.

»Ja, so eine Überraschung, ciao, *bello*!«

»Signor Nino, ich will Sie gar nicht lange stören, aber wenn Sie vielleicht drei schöne Chianina-Steaks für uns hätten … Ich möchte sie gerne unserer Lavinia servieren, sie ist heute bei mir zu Gast.«

»Aber selbstverständlich!«, erwidert Nino sofort und zwinkert Luca zu, als wäre ich eine Beute, die es unter allen Umständen zu erlegen gilt, und das Steak die einzige Möglichkeit, damit das Vorhaben auch gelingt.

Viel besser jedenfalls als ein langweiliger Blumenstrauß. Luca zuckt die Achseln und wirft mir einen entschuldigenden Blick zu.

»Kommt doch rein.«

Wir schlüpfen in den engen Hausflur, und Nino öffnet die erste Tür, die seine Wohnung anscheinend mit der Metzgerei verbindet.

»Ich komme gleich, Rosa!«, ruft er seiner Frau zu, die am Essenstisch auf ihn wartet und uns zuwinkt.

Die Serviette über der Schulter, durchquert Nino mit uns zusammen die Metzgerei und geht in dem dahinterliegenden Raum auf einen Kühlschrank zu. Schon einen Moment später kehrt er mit einem großen Päckchen zurück, das er Luca mit Verschwörermiene aushändigt.

»Das hier ist wirklich das beste Stück, Luca«, flüstert er ihm zu, fast als enthielte es illegale Drogen.

»Danke, Nino, du weißt nicht, wie verbunden ich dir bin«, gibt Luca in ebenso komplizenhaftem Ton zurück. »Was bin ich dir schuldig?«

Der Metzger schlägt ihm mit der Serviette gegen die Brust. »Jetzt sieh erst mal zu, dass du hier wegkommst, du hast jetzt an andere Dinge zu denken. Über Geld reden wir beim nächsten Mal.« Damit begleitet er uns zur Haustür und fügt hinzu, bevor wir das Haus verlassen: »Ich würde euch ja ein Glas Wein anbieten, aber wir haben ihn schon fast ausgetrunken, meine Rosa und ich. So ist das bei uns, am Sonntag wird gegessen und geschlafen. Und wenn wir Lust haben, dann wird auch noch was anderes gemacht.«

Dann fällt die Tür hinter uns ins Schloss, und wir stehen wieder in der sommerlichen Hitze.

»Puh, jetzt müssen wir auch noch den Berg hoch«, sagt Alfredo mit einem Blick auf den Rückweg, den wir vor uns haben.

Müde und hungrig kommen wir zu Hause an. Luca geht sofort in die Küche, bereitet den Grill vor und macht sich an die Arbeit.

»Soll ich dir helfen?«

»Ja, du könntest einen schönen Salat machen, während Alfredo uns einen guten Rotwein aus dem Keller holt.«

Mit einem Hackmesser schneide ich Karotten und Fenchel, sehr darauf bedacht, mir nicht einen Finger abzuhacken. Ich gebe sie zu dem Salat, um anschließend noch ein paar Blättchen Minze hinzuzufügen, die ich aus dem Garten hole. Danach decke ich draußen den Tisch und schmücke ihn festlich, wie es sich für einen Sonntag gehört.

Das Wetter ist traumhaft, die Tischdecke flattert im Wind wie ein weiter Rock, und die alte Glaslaterne über dem Tisch verströmt ein mildes Licht, das perfekt zu einem entspannten Abend auf dem Lande passt.

Luca und Alfredo kommen fröhlich plaudernd mit

dem Fleisch und dem Wein heraus, ihre Sätze plätschern durch die ländliche Stille. Zwei attraktive Italiener in lässiger Eleganz, mit hellblauen Hemden, die aus den sportlichen Hosen hängen, offenen Gesichtern und strahlendem Lächeln, das ihre weißen Zähne entblößt. Sie sind mehr oder weniger in Claudios Alter, trotzdem sind sie völlig anders als er. So herzlich, so heiter …

Wo Claudio wohl gerade steckt? Vielleicht ist er ja beim Üben? Sicher arbeitet er auch am Sonntag, für ihn gibt es keine Ausflüge aufs Land, keine improvisierten Abendessen. Claudio lebt in einer völlig anderen Dimension, er folgt einer anderen Flugbahn, die viel zu weit entfernt von der meinen ist. Aber wen kümmert das? Es geht mir doch ganz ausgezeichnet hier.

»Zu Tisch mit euch!«, ruft Luca, als er das Fleisch serviert.

Ich habe bereits Stellung bezogen. »Auf dieses Canina-Rind bin ich wirklich gespannt.«

»Chianina!«, korrigiert mich Alfredo mit einem liebevollen Klaps auf den Hinterkopf.

»Es muss jedenfalls ganz heiß vom Grill gegessen werden.«

Als ich endlich einen saftigen Happen von dem Fleisch in den Mund nehme, kommt es mir vor, als würden meine Geschmacksnerven explodieren.

»Lecker!« Mehr bringe ich nicht heraus, als mit großem Genuss weiterzukauen und immer wieder zu wiederholen: »Lecker!«

Sobald sich unsere Gläser leeren, füllt Alfredo sie nach. Das Fleisch muss schnell gegessen werden, es soll auf keinen Fall abkühlen, daher sind wir mit der köstlichen Mahlzeit bald fertig. Nach dem Essen plaudern wir noch lange weiter, bis wir die dritte Flasche Wein geleert haben. Wir sind alle beschwipst und benommen, kommen uns ganz verwandelt vor, als hätte man uns mit Seidenpapier umwickelt. Die beiden erzählen mir von ihrer Jugend, an die dieser Tag und dieses Abendessen sie erinnern und die ihnen im Rückblick unglaublich fröhlich und unbekümmert, unvorstellbar leicht und heiter erscheint.

Alfredo legt die Hände in den Nacken und schaut in den Himmel. Er bläst den Rauch seiner Zigarette hoch zu den Sternen, die von grauen Wolken verhangen sind, und fügt ihnen so eine kleine Quellwolke hinzu. Offensichtlich ist er auf der Suche nach etwas, das er nicht finden kann. Luca hingegen hat den Blick zu Boden gerichtet und schabt in einer schaukelnden Bewegung mit den Füßen über den Rasen, einfach so, um sich die Zeit zu vertreiben. Wieder einmal spielt er einfach mit dem, was er vorfindet, ohne sich weitere Gedanken zu machen.

Luca ist dem Prinzip Erde verhaftet. Obwohl ein ewiges Kind und ein Träumer, ist er doch im Hier und Jetzt verankert. Er stellt sich nicht viele Fragen und macht sich keine Probleme. Er handelt instinktiv, denkt nicht an später oder an anderswo, improvisiert sich durchs Leben und agiert in der Gegenwart. Alfredo hingegen hat einen geregelten Beruf, einen Rollladen zum Herunterziehen, feste Arbeitszeiten und bald auch eine Ehefrau, doch im Geist ist er ständig auf der Suche nach etwas anderem. Seine Gedanken sind hungrig und unstet, finden weder Frieden noch Schutz. Bei ihm spüre ich ganz deutlich den inneren Tumult, eine Unruhe, die nur schwer im Zaum zu halten ist.

Ich wiederum sitze zwischen den beiden Männern als Synthese ihrer Welten. Ich bin hier, weil ich meinem Instinkt gefolgt bin. Wie Luca lebe ich in der Gegenwart und folge dem, was mir begegnet, ich genieße jede einzelne Minute dieses Sommers, dieses *»vida breve«*, schwimme mit den Wellen, ohne Vorhersagen für die Zukunft zu treffen. Trotzdem weiß auch ich, dass es irgendwo noch eine andere Zeit und einen anderen Raum für mich gibt, wie Alfredo bin auch ich auf der Suche nach etwas, das ich noch nicht kenne. In diesem Sommer, der nur mir gehören soll, werde ich immer wieder darauf gestoßen, dass mein Herz voller Ungeduld ist und keinen Frieden findet.

»Ich weiß, der Morgen ist lange vorbei, aber …« Luca stellt sein Handy lauter und lässt *»Sunday Morning«* von Velvet Underground laufen. »Das Lied ist so schön, dass man es den ganzen Sonntag über hören könnte und am Montag und am Dienstag und überhaupt an allen Tagen.«

Wir lauschen in fast religiösem Schweigen, die Augen geschlossen, von der weichen Melodie vereint.

Als es vorbei ist, brabbeln Alfredo und ich etwas

vor uns hin, auch wenn unsere Zungen uns nicht recht folgen wollen.

»Okay, okay, hab schon verstanden. Hier ist noch eins.«

Es folgt *»Perfect Day«*, Lou Reeds unverwechselbare Stimme. Beim zweiten Satz, *»Drink sangria in the park«*, erhebe ich mein Glas, die beiden tun es mir nach, und wir trinken alle drei unsere Gläser aus. Dann stehen wir vom Tisch auf, bilden einen Kreis und wiegen uns im Rhythmus des Lieds. Es war in der Tat ein rundherum perfekter Tag. Plötzlich zieht mich Luca an sich, und wir tanzen miteinander, dann reicht er mich an Alfredo weiter, und ich tanze mit ihm. Unter uns das grüne Gras, über uns der Himmel und nichts und niemand, der das Idyll stören würde.

Als Nächstes kommt *»Sweet Jane«*.

»Das sind ja alles Lieder von unserer Reise«, sagt Alfredo.

Ich löse mich von ihnen und beginne allein zu tanzen, stampfe zuerst mit den Füßen auf, erklimme dann einen Stuhl und winde mich wie eine Schlange.

Es folgen weitere Lieder von Lou Reed, bis schließlich *»This Magic Moment«* erklingt, einer seiner Songs, die mich am meisten berühren. Ekstatisch werfe ich die Hände in die Luft, da fällt ein Tropfen auf meine Wange, kurz darauf ein weiterer auf meinen nackten Schenkel. Wir schütteln die Köpfe, um gegen den Sommerregen zu rebellieren, um dem Wasser Widerstand zu leisten, der Natur entgegenzutreten, aber da bricht das Gewitter auch schon los, und der Regen prasselt auf uns nieder. Es ist uns völlig egal, fast freuen wir uns über die unverhoffte Entladung, und alle zusammen brüllen wir, gemeinsam mit Lou Reed, *»Sweeter than wine, softer than a summer's night«* und reißen so den Himmel auseinander, um ganz weit oben eine Wolke zu erreichen. Ich befestige einen Haken an ihr, hänge mich daran. Ich schwebe, bin frei.

Ein Funken der Verrücktheit hat sich in mir entzündet, und der Regen kann ihn nicht löschen. Ich drücke erst Luca einen Kuss auf die Lippen, dann Alfredo, mit geschlossenen Augen. Ich will nicht wissen, was sie davon halten, ich tanze weiter zum Klang der Musik und entferne mich ein Stück von ihnen, völlig besessen von den Gitarrenriffs.

Ich tanze so lange, wie mein Körper mich trägt, ich verausgabe mich völlig. Meine Arme und Beine folgen ganz eigenen Bewegungen, die von der Musik diktiert werden, ich tanze ein wildes Gedicht, das ich nicht in Worte fassen könnte, denn jetzt bestimmt nur noch mein Körper die Regeln. Ich tanze, bis der letzte Regentropfen gefallen ist, dann lasse ich mich ins nasse, frische Gras sinken und strecke mich aus. Schnell kühlt mein Körper ab, kehrt zu seiner natürlichen Temperatur zurück, kauert sich zusammen.

»Ist dir kalt? Wenn ja, schließe ich die Fenster«, sagt Luca im Scherz. Ständig muss er alles und jeden auf den Arm nehmen, immerzu.

Ich antworte nicht, lächele nur und schließe die

Augen. Ich will mich weiter diesem Trancezustand hingeben, will nicht herunterkommen auf die Erde, sondern an der Wolke hängen bleiben.

Ich höre, wie die Körper von Luca und Alfredo neben mir niedersinken. Sie machen Geräusche, wie zwei Männer sie machen, wenn sie ins Gras plumpsen, zwei dumpfe, fast trockene Schläge, wie von Tieren mit großen, kräftigen Körpern, mit starken Knochen und lauten Atemzügen.

Dann herrscht die Ruhe nach dem Sturm.

Irgendwann fängt einer von beiden an, meine Haare zu streicheln. Ich schlage die Augen auf und liege Luca gegenüber, der mich betrachtet, als wäre ich eine soeben gepflückte Blume. Alfredo liegt auf der Seite und stützt sich auf einen Ellbogen. Mit den Füßen sucht er Kontakt zu meinen, als wären sie nicht so wichtig wie die anderen Glieder, zweitrangige Körperteile, die gut herhalten können als Rechtfertigung für einen nicht ernstzunehmenden Betrug. So als könnte er hinterher zu Giulia sagen: »Ich habe doch bloß ihre Füße berührt.« Luca und Alfredo, jeder an einem Ende meines Körpers, einer oben und einer unten, Kopf und Füße, ein Kuss auf die Stirn, ein weiterer auf den Knöchel, zwei Küsse, die mir ein Siegel aufdrücken und mich in einen neuerlichen Sturm versetzen, diesmal einen, der uns alle drei erfasst.

Rasen, ohne sich von der Stelle zu bewegen, an Inbrunst zulegen, zusammenprallen und in tausend Lustfetzen zerstieben. Sie wieder einsammeln, einen nach dem anderen, ihnen Gehör schenken und sie befriedigen. Luca liegt jetzt auf mir, ich spüre seine Hände, die mich streicheln, Knöpfe öffnen, Lücken im Stoff suchen und finden, die verlangen und zupacken. Alfredo gibt den Zuschauer, fast schüchtern verfolgt er jede Bewegung aufmerksam mit, meidet jedoch mein Gesicht und meinen Blick, um nicht in die Falle zu tappen und zum Jäger zu werden. Er konzentriert sich nur auf meine Haut, auf meine nackte Brust, auf die weißen Schenkel.

Luca, der meinen Leib mit Küssen bedeckt, ohne auch nur einen Zentimeter frei zu lassen. Ich zerzause ihm die Haare, lege mich spielerisch auf den Bauch und verstecke mich im Gras, indem ich ein wenig zur Seite rolle. Aber er folgt mir sofort, verliert keine Zeit, sein Atem klingt wie der eines Stiers. Er spielt jetzt nicht mehr, sondern packt mich an den Schultern und zieht mich hoch, bis ich auf allen vieren kauere und gezwungen bin, Alfredo anzusehen. Er kniet vor mir, eine Zigarette zwischen den Lippen, um sich beschäftigt zu halten, vielleicht auch, um das gespannte Warten zu überbrücken.

Ich durchbreche es, indem ich seinen Gürtel öffne, die vom Regen nasse Hose aufknöpfe, sein hartes Geschlecht aus der feuchten Unterhose hole und mit der Zunge den Geruch der Nacht vertreibe, die sich über uns gelegt hat, ohne dass wir es gemerkt haben.

Während Luca mich von hinten nimmt, beschäftige ich mich mit Alfredo. Ich bedecke seinen Bauch mit

Küssen und fasse ihn um die Taille, um ihn zu mir herzuziehen, um ihn in Lucas und meinen Genuss einzubinden, ihn vom Zuschauer zum Protagonisten dieser Sommernacht zu machen.

Er beteiligt sich an unserem Spiel, ohne jede Unsicherheit, ohne Zurückhaltung. Die Zigarette rutscht ihm von den Lippen und weicht einem wohligen Brummen. Ich hangele mich hoch zu Alfredos Mund, indem auch ich mich hinknie und Luca wortlos bitte, mir zu folgen, sich meinem Körper anzupassen, der jetzt genau zwischen den beiden ist. Während unsere Arme sich verschränken, fällt mir Leonardos vitruvianischer Mensch wieder ein, und ich füge ihm in Gedanken noch zwei Frauenarme hinzu. So werde ich zum symbolischen Band zwischen den beiden Männerleibern, zwischen Kreis und Quadrat.

Langsam lassen wir uns hinabsinken, wie die Zeiger einer Uhr, bis wir auf der Erde liegen und in sie eintauchen, pulsierend vor Lust. Die Sterne am Himmel schauen uns zu, während erst ich zwischen Luca und Alfredo komme und dann sie, einer nach dem anderen, den Blick auf meinen jungen, frischen Körper gerichtet, während sich der Beweis ihrer Leidenschaft ins Gras ergießt.

Wir verlöschen, als die Glühwürmchen ihr Licht entzünden.

Mitten in der Nacht, oder wann auch immer, wachen wir auf und schleppen uns halb schlummernd in mein Zimmer.

Anders als gestern schlafen wir diesmal zu dritt im selben Bett und lassen die anderen leer stehen. Wir benetzen das weiße Laken mit unseren Gerüchen, unserem Beben und unseren Herzen.

Während wir uns vom Landhaus entfernen, sehe ich im Rückspiegel zu, wie es immer kleiner wird. Bald wirkt es nur noch so groß wie die Schachtel, in der ich die Erlebnisse der letzten Tage verwahre, jedes für sich von großem Wert. Das italienische Essen und der Wein, die toskanische Landschaft, das Dorf in der Form eines Reiskorns, die Musik und der Sex zu dritt. Erlebnisse, die durch den roten Faden der Improvisation verbunden sind, Erfahrung für Erfahrung, die ich in die Schachtel einschließe und mitnehme, mit dem Unterschied, dass sie im Gegensatz zu dem Geigenkasten zu meinen Füßen nicht platzraubend sind.

Es waren heitere, unbekümmerte Tage, ein Urlaub im Urlaub, im Beisein von Luca und Alfredo habe ich an nichts anderes gedacht, als den Moment zu genießen.

Wir sind auf der Heimfahrt, diesmal sitze ich hinterm Steuer. Luca hat darauf bestanden, dass ich seine Giulia teste, und ich habe mich darauf eingelassen, neugierig wie immer. Peppino hat ganze Arbeit geleistet, vor allem aber hat er sein Versprechen gehalten. Heute Vormittag gegen elf stand der Wagen fertig vor der Tür, schnittig und poliert wie frisch aus der Fabrik.

Ich werfe einen Blick auf Luca neben mir, dann auf

Alfredo auf der Rückbank und weiß ganz sicher, dass es uns hier gegeben hat, aber auch dass es uns nirgendwo anders auf der Welt geben könnte. Die Zeit und der Raum, die uns zustehen, sind in diese kurze Begegnung gefasst. Je weiter wir uns vom Haus entfernen, desto sicherer bin ich mir.

Wir haben ein Spiel gespielt, ein sehr angenehmes sogar, aber wenn ich ihnen von meiner Mutter erzählen würde, von ihrer Krankheit, die vielleicht auch in mir ist, wenn ich ihnen den wahren Grund für meine Irrfahrt verriete, dann würde ich in einem einzigen Moment alles Magische zerstören, das uns bisher verbunden hat. Wie hätte ich den beiden diese Seelenreise in die Vergangenheit erklären sollen, die zugleich in die Zukunft gerichtet ist? Nicht, dass ich sie angelogen hätte, ich habe lediglich die äußere Hülle der Leichtigkeit zur Schau getragen, ohne sie zu durchstoßen. Ich habe nicht die richtigen Worte gefunden, es schien mir nie der richtige Moment, um ihnen die andere Lavinia zu präsentieren und zu gestehen, dass ich auf den Spuren der Frau wandele, die mir vorausgegangen ist. Vor allem aber habe ich so gehandelt, um mich der Illusion hinzugeben, dass ich selbst eine andere Geschichte schreiben werde, mit einem andere Finale.

Es genügen die Dinge, die wir uns gesagt haben, die Auswahl, die wir aus unserem Leben getroffen haben. Kleine, leicht zu erzählende Anekdoten, die das verbergen, was in den Tiefen eines jeden Herzens ruht.

Heute Morgen sind wir im selben Bett aufgewacht

und dann noch immer leicht benommen nach unten gegangen, um zu frühstücken. Keiner von uns hatte ein Drehbuch, dem er hätte folgen, keiner hatte vorgefertigte Sätze, die er hätte auftischen können. Für einen Moment hatte ich Angst, den beiden irgendwelche Erklärungen abgeben, mich gar rechtfertigen zu müssen, stattdessen hat auf ganz natürliche Weise eins das andere ergeben. Wir haben gemeinsam das Frühstück vorbereitet, effizient und koordiniert wie eine Truppe im Feld, und am Ende haben wir uns unter die Linde gesetzt, genau wie am Tag zuvor. Die Espressokanne mitten auf dem Tisch war unser Heiliger Gral, der Fetisch aus dem Geheimkult, dessen einzige Anhänger wir sind. Doch es waren gar keine esoterischen Formeln nötig, es reichten unsere Blicke, banale Worte, die ganz konkrete Dinge bezeichnen – Stuhl, Tasse, Zucker –, unser Lächeln und sogar unser Schweigen, um auszudrücken, dass alles in bester Ordnung war. Für jeden von uns.

Nach dem Frühstück schaltete Alfredo sein Handy wieder ein, um Giulia zu erklären, dass er noch nicht bereit zur Ehe sei. Auch das sagte er mit großer Schlichtheit, wie eine Wahrheit, die immer schon da war und die auszusprechen er endlich den Mut gefunden hat. Luca und ich sahen ihm nach, wie er sich ein Stück entfernte, ihre Nummer wählte und dann anfing ohne Punkt und Komma zu reden.

Plötzlich wurde Luca ernst. Auch wenn er die Beziehung der beiden nie gutgeheißen hatte und auch wenn Alfredo sich ganz entspannt gegeben hatte, als er es uns eröffnete, weiß er sehr gut, wie viel Bitterkeit seinem Freund daraus erwachsen wird.

»Vielleicht ist sie einfach nicht die passende Frau für ihn«, gab ich zu bedenken. Ich werde wohl nie erfahren, ob die vergangene Nacht eine besondere Rolle bei Alfredos Entscheidung gespielt, ob sie ein prekäres Gleichgewicht gestört und eine verborgene Schwäche ans Tageslicht gebracht hat. »Er wird andere Frauen treffen und vielleicht eines Tages die richtige.«

Luca sah mich zärtlich an und fragte mich dann, ob ich glaubte, dass es für jeden Menschen einen Seelenverwandten gibt. Er jedenfalls war der Überzeugung, dass ein Mensch wechselnde Beziehungen braucht, weil es die ewige Liebe nicht gibt, weil jeder Moment nun mal anders ist und das Heute anders als das Morgen. Wie kann ein Gefühl den unweigerlichen Veränderungen widerstehen, den Stürmen und Gezeiten des Lebens? Ist es nicht vielleicht ehrlicher zuzugeben, dass es womöglich viele Lieben gibt und jede anders ist als die zuvor und die danach, da jede einzigartig ist, wie jeder einzelne der vielen Momente, die ein Leben ausmachen. Er verglich es mit einer Wirtschaftsgrafik, bei der die Kurve periodisch steigt und fällt.

Ich gab ihm keine Antwort, aber ich glaube, dass Gefühle und Wirtschaft nichts miteinander zu tun haben und die Liebe dazu da ist zu widerstehen und alle Grafiken und Vorhersagen durcheinanderzubringen.

Als Alfredo zurückkam, lag ein verletzter und betrübter Ausdruck auf seinem Gesicht, dennoch hatte ich den Eindruck, dass er erleichtert war. Er setzte sich wieder auf seinen Platz und zündete sich eine Zigarette an. Wir schwiegen, bis irgendwann Peppino anrief, um durchzugeben, dass der Wagen fertig sei.

»Wo fährst du denn jetzt hin? Nach Norden oder in den Süden?«, fragt mich Luca, als wir fast in Florenz angekommen sind.

»Ich weiß es noch nicht. Das werde ich im letzten Moment entscheiden.«

Am Bahnhof angekommen, stelle ich den Alfa am Straßenrand ab und steige aus. Die beiden sind mir beim Ausladen meines Gepäcks behilflich, dann stehen wir voreinander und wissen nicht, was wir sagen, wie wir diesen Abschied würdig begehen sollen. Alfredo wird gleich zu Giulia fahren, um das vertrackte Knäuel aus Gefühlen, Gewohnheiten und gebrochenen Versprechen zu entwirren, was beiden einiges abverlangen wird. Luca hingegen wird nach Vinci zurückkehren und den restlichen Sommer damit zubringen, sich um den Wein zu kümmern, in Vorfreude auf den September und die bevorstehende Weinlese.

Wir umarmen uns erst einzeln, dann alle gemeinsam, so macht man das wohl. Es gibt keine andere Möglichkeit, sich zu verabschieden, als die kurze Begegnung der Körper, den flüchtigen Verweis auf das, was geschehen ist.

»Habt ihr nicht irgendwas, das ihr mir zur Erinnerung mitgeben könnt? Irgendeinen Gegenstand, den ich mit euch verbinde?«, frage ich, unfähig zu gehen.

Ich besitze inzwischen eine richtige Sammlung, ein Souvenirstück für jede Begegnung, die ich auf meiner Reise gemacht habe.

Die beiden sehen mich ratlos an, ich erwische sie unvorbereitet, aber dann lässt Luca sich etwas einfallen. Er zieht den Autoschlüssel hervor, nimmt den Anhänger ab und gibt ihn mir. Es ist eine kleine rote Plakette mit dem Logo von Alfa Romeo.

»Es ist das Original«, weiht er mich ein. »Sie existiert, seit es die Giulia gibt, aber es ist mir eine Ehre, sie dir zu schenken.«

Ich drücke die Plakette fest in der Hand. »Danke.«

Dann steigen Luca und Alfredo wieder ein und fahren davon, nicht ohne mir noch jede Menge Luftküsse zuzuwerfen. Ich stehe auf dem Gehsteig und sehe ihnen nach, das Gepäck zu meinen Füßen, wie eine Adelsdame aus dem neunzehnten Jahrhundert, die beschlossen hat, sich zu emanzipieren.

Als die Giulia aus meinem Blickfeld verschwindet, entweicht mir ein tiefer Seufzer. Ich will gerade den Reißverschluss des Rucksacks öffnen, um das Album herauszunehmen, da hält mich etwas zurück. Ich lasse den Blick schweifen und merke, dass Florenz mir zuzwinkert. Hier bin ich, sagt es zu mir, mit meinen Herrenhäusern, in denen einst berühmte Menschen wohnten, mit meinen wunderbaren Kunstwerken, den von Menschen wimmelnden Straßen und dem Arno, der unter meinen Brücken hindurchfließt und mich an den Füßen kitzelt. Wo willst du denn bloß hin?

Kurz entschlossen hebe ich den Rucksack hoch und schultere ihn. Dann greife ich nach dem Trolley und dem Geigenkasten und gehe statt zum Bahnhof in die entgegengesetzte Richtung. Ich werde mir ein Hostel suchen und noch ein paar Tage hier verbringen.

Ist ja schon gut, Florenz, du hast mich überredet.

14

Der Schlüssel

Ich nippe gerade an meinem letzten Cappuccino in der Stadt. In den letzten vier Tagen habe ich mindestens acht getrunken, das hier ist der neunte. Anfangs dachte ich, achtundvierzig Stunden würden reichen, um mir eine Vorstellung von Florenz zu vermitteln, aber je mehr Entdeckungen ich machte, desto mehr schienen noch auf mich zu warten, wie bei diesem unendlichen Spiel mit den chinesischen Schachteln. Nicht nur wegen der Museen, der Palazzi und der Kirchen, also all der klassischen Ziele der Touristen aus aller Welt, sondern auch wegen der engen, nirgendwohin führenden Gassen, in denen man sich völlig verlieren kann, wegen der kleinen, wunderbar stillen Hinterhöfe, der versteckten Vinotheken mit ihren köstlichen Weinen, der Schaufenster der Kunsthandwerksgeschäfte oder der umliegenden Campagna mit ihren unzähligen Düften.

Auf meinen Lippen haftet Milchschaum, aber in Gedanken sehe ich den Schaum des Meeres vor mir, das sich an Sardiniens Felsen bricht. Dorthin bin ich nämlich unterwegs. Ich will den Zug bis Livorno nehmen, dann die Fähre nach Porto Torres im Norden Sardiniens und dann eine weitere bis zu der kleinen Insel San Pietro im Südwesten.

Ich bin auf der Suche nach einem Dorf namens Carloforte. Ein Name, der mich nachts nicht schlafen lässt. Eine Reise, bei der mir ganz schwindelig wird.

»Du suchst die Liebe immer an den falschen Orten. Kehre dorthin zurück, wo die Besessenheit entstanden ist.«

Wieder sind es die Worte meiner Mutter, ich habe sie vorgestern Abend gelesen, als ich allmählich wieder Lust verspürte, die Reise fortzusetzen. Ich saß auf dem Hostelbett, aß ein *panino* und schlug das Album auf, nach einem langen Tag in den Gassen von Florenz und einer erfrischenden Dusche. Plötzlich stand da dieser Satz, mitten auf einem weißen Blatt. Ich blätterte die Seite um und las auf der nächsten Seite nur ein Wort: »Carloforte.« Daneben ein Pfeil.

Anders als die Male zuvor war der Ortsname nicht nur die Bildunterschrift unter einer Postkarte oder einem Foto, sondern erstreckte sich in Großbuchstaben über die ganze Seite. Als ich mit der Hand über das leicht zerknitterte Papier fuhr, merkte ich, dass es sich in Wirklichkeit um zwei zusammengeklebte Seiten handelte, die eine Tasche bildeten.

Ich löste sie vorsichtig voneinander und schob zwei Finger in die Tasche, in der Erwartung, eine Karte oder ein Foto darin vorzufinden.

Ich täuschte mich jedoch. Stattdessen ertastete ich einen harten, flachen, an den Rändern gezackten Metallgegenstand und zog ihn heraus. Es war ein Schlüssel. Ich drehte ihn zwischen den Fingern und betrachtete ihn, zählte die Zähnchen, es waren vier, las den aufgeprägten Markennamen, der mir unbekannt war, hielt ihn ins Licht der Lampe und sah, dass er eine gräuliche Färbung hatte, die zu Braun tendierte, außerdem ein paar Flecken vom Verschleiß.

Erneut nahm ich das Album zur Hand und suchte nach einer Erklärung oder wenigstens einem Indiz. Vielleicht war der Pfeil eine Aufforderung, die Seite umzublättern? Ich tat es und erblickte ein gezeichnetes Haus, eine sehr gute Zeichnung von der unverwechselbaren Hand meiner Mutter. Es war ein Gebäude aus Naturstein mit symmetrisch angeordneten Fenstern und einer Haustür.

Ich näherte den Schlüssel der Zeichnung, als hätte ich die Absicht, die Tür zu öffnen und zu sehen, was sich dahinter verbarg. Aber das Papier wurde nicht lebendig, sondern blieb Papier, es gab keine Möglichkeit, hinter die Mauern zu schauen.

Der Weg nach Sardinien ist weit, das weiß ich, aber das Gefühl ist zu stark, um mich damit abzufinden, dass es bei der Zeichnung bleibt. Ich will wissen, ob das Haus noch steht und ob der Schlüssel die Haustür noch öffnet.

Was hat er meiner Mutter bedeutet? Warum hat sie ihn aufgehoben? »Die Dinge werden dir von mir erzählen.« Der Satz hallt in meinem Gedächtnis nach. Was will sie mir damit sagen? Was ist mit der Besessenheit gemeint, die sie im Album erwähnt?

Ich wische mir den Mund ab, zahle und gehe hinaus. Dann mache ich mich schnell auf den Weg zum Bahnhof. Dort angekommen, wimmelt es von Menschen auf dem Weg in die Sommerferien. Paare und organisierte Gruppen, Familien mit Kindern – alle sind sie entschlossen, vor der Hitze der Stadt ans Meer zu flüchten.

Ich werfe einen Blick auf die Anzeigetafel. Der nächste Zug nach Livorno fährt in gut zwei Stunden. Umso besser, dann kann ich mir in Ruhe noch eine Fahrkarte kaufen. Ich stelle mich am Schalter in die Schlange, die sich jedoch nur sehr langsam vorwärtsbewegt. Ich zähle die Wartenden vor mir, betrachte dann die Menschenmenge hinter mir, die stetig wächst, und fühle mich privilegiert, weil ich schon bei der Hälfte bin. Die Leute strömen durch die Wartehalle, umarmen die Ankömmlinge und Abfahrenden und kaufen am Kiosk Zeitungen und Zeitschriften, auch der Wartesaal ist voll. Ich gähne, starre auf einen Punkt in der Ferne und erkenne plötzlich ein Gesicht in der Menge. Ich kann es nicht glauben. Mir zittern die Knie vor Verblüffung.

Er geht langsam, trägt Hose und Jackett, einen haselnussbraunen Anzug, ein weißes Hemd, der erste Knopf an dem breiten Kragen, der bis zu seinem Gesicht mit den schwarzen, dichten Bartstoppeln reicht, ist offen. Er bleibt stehen, um etwas in den Müll zu werfen, und jetzt, da ich ihn gut sehen kann, bin ich wirklich sicher, dass er es ist. Claudio geht den Bahnsteig von Gleis sechs entlang.

Der Zug steht bereit, aber er steigt nicht ein, sondern vertritt sich noch ein bisschen die Beine. Vielleicht wartet er auf jemanden? Offensichtlich nicht, denn er hat einen Koffer dabei und scheint niemanden zu suchen. Die Schlange am Ticketschalter ist immer noch lang, wenn ich sie verlasse, muss ich mich nachher neu anstellen, aber mir bleibt ja noch Zeit bis zur Abfahrt. Ich trete also aus der Schlange, zur Freude des Herrn hinter mir.

Ich nehme mein Gepäck wieder auf und schultere die Geige. Sie kommt mir auf einmal leichter vor, vielleicht weil ich im Begriff bin, sie Claudio und damit ihrem rechtmäßigen Besitzer zurückzugeben. Ich richte den Blick auf den Bahnsteig, wo ich ihn kurz zuvor gesehen hatte, doch er ist nicht mehr da. Rasch suche ich alles ab, schiebe in Gedanken Touristen und Mitreisende zur Seite und gehe Schaffnern und Fahrkartenautomaten aus dem Weg. Da entdecke ich ihn im Zug, er kommt mir im Korridor des zweiten Waggons entgegen. Ohne einen weiteren Gedanken zu verschwenden, renne ich zur Zugtür und erklimme die Plattform, wobei ich meine Siebensachen beherzt hinter mir herzerre.

Ich durchquere den gesamten Waggon: erste Klasse, alles Abteile. Es ist nicht leicht, Claudio hier aufzuspüren. Ich öffne die Tür zu einem Abteil und stehe vor einer lärmenden Familie, bitte sie hastig um Verzeihung, schiebe die Tür wieder zu. Schon beim zweiten Versuch finde ich ihn. Claudio ist gerade dabei, seine Koffer zu verstauen. Nun dreht er sich um und sieht nach, wer eingetreten ist. Vielleicht hat er den Schaffner erwartet. Als er mich sieht, bleibt er wie angewurzelt stehen. Genau wie ich.

Beide halten wir eine Geige in der Hand, nur dass meine mir nicht gehört. Spontan strecke ich die Arme aus.

»Ich bin ja so froh, dich gefunden zu haben. Endlich kann ich dir das hier wiedergeben.«

Die Überraschung auf seinem Gesicht währt nur einen Moment, dann ist er genauso selbstsicher wie immer. Seine Antwort kommt in aller Seelenruhe. »Auch ich freue mich, dich wiederzusehen, aber es war nicht nötig, mich wiederzufinden. Die Geige war ein Geschenk, und Geschenke gibt man nicht zurück.«

»Danke vielmals, aber das Geschenk ist unerwünscht. Wie du weißt, habe ich mit der Musik abgeschlossen.« Es ist mir ernst, mir kommt der Abend in Ravello wieder in den Sinn, als ich dieselben Worte benutzt habe, obwohl er sie offensichtlich nicht verstanden hat.

Auch diesmal wirkt Claudio nicht weiter beeindruckt. Gelassen zieht er sein Jackett aus und hängt es an den Haken, es ist alles ganz easy für ihn, alles in bester Ordnung. Mich bei einer Prüfung durchfallen zu lassen, in einem Hotelzimmer mit mir zu flirten, mir eine Geige aufzudrängen und mir jetzt hier gegenüberzustehen, in einem abfahrenden Zug.

Er spricht weiter, während er gemütlich sein Handy aus der Tasche zieht, es auf den kleinen Tisch legt und mit der Hand kontrolliert, ob die Klimaanlage funktioniert.

»Die Vuillaume war meine erste Geige, mit ihr habe ich viele Konzerte gespielt und davor ein paar Prüfungen absolviert, von denen einige schlecht ausgegangen sind. Du darfst nicht aufgeben, Lavinia.«

Es versetzt mir einen Stich, als er meinen Namen nennt, weil er ihn von oben herab ausspricht, als würde er ihm kein Gewicht verleihen, als wäre ich eine aufmüpfige Schülerin, die er jeden Tag sieht, die nicht zählt, eine wie viele andere. Er sitzt vor mir wie ein Monarch, sieht mich an mit diesen Augen, die alles wahrzunehmen scheinen. Ich spüre, wie sich meine Eingeweide verkrampfen vor Wut.

»Was weißt du denn schon davon? Du sprichst von der Bühne herab, ohne dir bewusst zu sein, was unten im Publikum vor sich geht. Es hat nichts mit der nicht bestandenen Prüfung zu tun. Ich habe nicht aufgegeben, sondern beschlossen, mit der Musik aufzuhören, weil es Dinge gibt, an die ich nicht rühren will. Das ist alles.«

Sein Blick wird hart.

»Das ist für mich aufgeben. Du bist dabei, dein Talent wegzuwerfen.«

Ich antworte nicht, ich wüsste nicht, was ich sagen soll. Es scheint mir absurd, dass ich mich rechtfertigen muss, und noch absurder, dass er versucht sich in meine Entscheidungen zu mischen.

Dann erzählt er mir eine Geschichte, die nichts mit mir zu tun hat, als wäre ich hier, um ein wenig mit ihm zu plaudern.

»Kennst du die alte Tradition unter Geigern, dass man eine Violine von Generation zu Generation weitergibt? Als wir uns an dem Abend in Ravello getroffen haben, empfand ich das als einen Wink des Schicksals. Ich hatte das Gefühl, für mich sei der Moment gekommen, den Stab weiterzureichen.«

Was zum Teufel redet er da? Er hat wirklich gar nichts kapiert, es ist, als hätte ich kein Wort gesagt. Am liebsten würde ich ihm das Hemd vom Leib reißen, den Kaugummi aus dem Mund nehmen und ihn Claudio in die Haare kleben.

Bevor ich etwas erwidere, atme ich noch einmal tief durch und schlucke mit Mühe die Worte hinunter, die mir auf der Zunge liegen. Ich halte an mich und wiederhole ganz ruhig: »Ich bin aber nicht die Richtige. Behalte deine Geige. Danke und auf Wiedersehen.«

Außer mir stelle ich das Instrument auf den Boden, ich merke, dass ich innerlich koche vor Wut. Auf einmal nehme ich auch den heftigen Kopfschmerz wahr, der langsam in mir aufsteigt. Ich weiß nicht, ob ich deshalb plötzlich den Eindruck habe, dass der Bahnhof sich bewegt. Dann wird mir klar, dass der Bahnhof steht wie ein Fels und in Wirklichkeit wir uns bewegen. Der Zug rollt los, er wird Florenz bald hinter sich lassen, er rumpelt und zischt schon. Hastig verlasse ich das Abteil und drücke auf alle Tasten, die ich finde, um dann mit den Fäusten gegen die Waggontür zu hämmern, aber sie geht natürlich nicht auf. Ich schreie, dass der Zug sofort anhalten müsse, rufe den Schaffner und sage ihm, dass ich unbedingt aussteigen müsse, ich wolle nämlich nach Carloforte, deshalb müsse ich raus hier, und zwar auf der Stelle. Ich bin schon dunkelrot angelaufen. Der Schaffner teilt mir mit, das sei ein Ding der Unmöglichkeit.

»Ja, ganz richtig, ein Ding der Unmöglichkeit. Ich will aus-stei-gen!«, kreische ich noch einmal zur Bekräftigung.

Da tritt Claudio zwischen mich und den Schaffner. Schon wieder mischt er sich ein und weiß alles besser, der große Maestro ist voll und ganz in seinem Element.

»Der Zug kann nicht anhalten. Es ist ein ICE, Lavinia.«

Ich hasse ihn. Ich hasse ihn einfach.

Hilflos muss ich mit ansehen, wie er den Mann bittet, mir eine Fahrkarte auszustellen, die er mir dann kommentarlos entgegenstreckt.

Ich habe die Augen vor Fassungslosigkeit weit aufgerissen. Der Zug ist tatsächlich abgefahren. In meinem Kopf herrscht das reinste Chaos, ich habe das Gefühl, verrückt zu werden. Ich sitze in der Falle, werde hier gegen meinen Willen festgehalten.

Der Zug hat den Bahnhof inzwischen verlassen. Müde ergebe ich mich meinem Schicksal. Es ist nichts mehr zu machen. Ich setze mich hin, sage kein Wort. Mir gegenüber Claudio. Auch er schweigt.

Ich halte den Blick gesenkt, betrachte den schwarzen Teppich unter mir, denn ich habe keine Lust, Claudio anzusehen. Dennoch nehme ich wahr, dass er mich mustert. Ich senke den Kopf noch ein bisschen mehr und lege eine Hand gegen die Stirn, um mich gegen seinen Blick abzuschirmen, der heftiger auf der Haut brennt als die Sonne.

»Du bleibst bei mir, bis wir in Mailand sind.«

In dem geschlossenen Abteil, isoliert und abgeschottet wie in einer Höhle, sitzen wir einander gegenüber, zwei Knie, die sich streifen, das meine nackt, das seine von der Hose bedeckt, ein leichtes Aneinanderreiben von Fleisch und Stoff, ein minimaler Kontakt. Dann die innere Detonation.

Eine Flamme entzündet sich in meinem Bauch, tief unten in der Nabelgegend, züngelt dann rot und orange, mächtig und glühend durch meinen Körper. Claudios Knie hat das Feuer gelegt, und im Nu brenne ich lichterloh. Man wird eine neue Maßeinheit erfinden müssen, um die rasende Hitze zu beschreiben, die unter meiner Haut wütet, die alles verzehrt und kein Halten mehr kennt.

Ich kann der Intensität nicht länger widerstehen, ich habe Angst, ihm in die Augen zu schauen, weil ich weiß, dass ich ihm nicht standhalten werde, dass ich nicht lügen kann. Claudio trifft mich ganz tief in meinen Eingeweiden, er berührt einen Punkt in mir, der mir gleichzeitig schadet und guttut.

Als er es merkt, nimmt er meine Hand, die ich immer noch an die Stirn halte. Er löst sie, ich sehe ihn an, er sieht mich an, dann streicht er mir mit den Fingern über die Handfläche, schließlich über jeden einzelnen Finger, als wolle er sie zählen. Ich spüre die Schwielen von den Geigensaiten. Jede Berührung ist eine Note im Crescendo. Bei jedem Kontakt lasse ich mich ein kleines bisschen mehr gehen.

Mit den Fingern fährt er über meinen ausgestreckten Arm, meinen Arm, der stocksteif ist, wie gelähmt, dann wandern sie weiter zur Schulter und zum Hals, den er mit seiner großen, warmen Handfläche sanft umschließt, seiner brennenden Handfläche. Sie ist so heiß, dass ich wie Wachs zerschmelze und mich über den Samtsitz ergieße. Immer tiefer sinke ich ein, bis ich mich völlig verflüssigt habe. Ich bin sicher, dass ich gleich sterben werde, im ICE vom Samt verschlungen, bis eine Stimme mich ins Leben zurückholt.

»Lavinia …«

Claudios Stimme. Diesmal hat er meinen Namen geflüstert, fast ist er ihm über die Lippen gestolpert, als hätte er schon lange darauf gewartet, als wäre ich ihm wichtig.

Dann radiere ich alles aus, den Zug, Mailand, die Geige, die Prüfung. Ich radiere erst meinen Namen aus und dann seinen, nur unsere Körper bleiben da. Nichts als zwei Körper, ein Mann und eine Frau, nur wir beide und basta. Wir sind uns so nah wie an jenem Abend im Hotelzimmer, als wären Zeit und Raum stehengeblieben.

Unsere Lippen suchen und finden sich, endlich. Die seinen sind voll und schmecken nach Minze, ein Kuss, so intensiv, dass vielleicht eine Rose daraus erwächst. Dann geschieht etwas, das ich mir nie vorgestellt habe, etwas, das ich nicht vorhergesehen und worauf ich nie spekuliert habe. Es geschieht nämlich: die Liebe.

Vielleicht kann allein die Liebe mich heilen, vielleicht kann nur sie mich zurückbringen ins Herz der Vergangenheit, die immer noch in mir brennt.

Die Liebe ist schwer zu erklären, zu lieben ist dagegen ganz einfach, sofern man sie findet. Sie ist ganz natürlich, sie ist instinktiv, sie ist wie ein Fluss, der in Richtung Meer strömt. Ein uraltes Wissen, ganz und gar ursprünglich, die Büchse der Pandora, aus der, wenn sie aufgeht, Blumen und Schmetterlinge aufsteigen.

Die Liebe ist eine Musik, die sich nicht an Regeln und Etikette hält, die Liebe ist die erste Schicht unseres Selbst. Sie ist das Tier in uns, die Geburt, das Leben, das Dunkel – all das, was wir tun, wenn uns niemand sieht, wenn wir nackt sind und die Kleider in den Schrank hängen, wenn wir die Tür schließen, wenn wir das Licht löschen.

Ich öffne die Augen und bin, wer ich nie gewesen bin, ich bin, wovon ich niemals jemandem erzählt habe.

Claudio hebt den Deckel von meinem Körper, nimmt die Schutzhülle ab, und ich werde zu einer wertvollen Vuillaume.

Ich knöpfe sein Hemd auf, entkleide ihn aller Medaillen und Verdienste, lasse ihn sterblich werden, menschlich. Ungestüm berühre ich ihn, um herauszufinden, ob er echt ist, ob dieser Mann auch vor dem roten Vorhang existiert.

Er küsst meinen Hals und wandert mit den Lippen weiter, als wolle er mir eine Perlenkette aus Küssen umlegen. Ich lecke über seine Brust, weil sie nach Fleisch riecht, und ein Beben durchzuckt mich, weil dieses Fleisch so köstlich ist. Es schmeckt seltsam, wild und voller Leben, es schmeckt nach Krieg und Kampf. Ich bin sein Gegenstück und sorge dafür, dass es neu geboren wird.

Dann bohre ich die Nase in die Grube unter seinem Schlüsselbein, die ziemlich tief ist, er beugt sich zu mir, drückt mich in den Sitz und legt mir seinen großen, harten Monolithen auf den Bauch. Durch den Stoff seiner Hose spüre ich, dass er sich bewegt, dass er auf der Suche ist. Ich öffne die Hose und befreie ihn, nehme ihn in die Hand und streichle ihn. Die Haut ist glatt, aber ich spüre die leicht hervorstehenden Adern, die darunter pulsieren.

Claudio leckt mir die Ohrläppchen, hängt mir zwei Küsse daran wie zwei Ohrringe. Dann schiebt er die Hände unter meinen Rock, erforscht das Darunter und zieht mir den Slip aus. Mit einem Finger fährt er über mein Geschlecht, nur ein Finger, der in den Spalt eintaucht, der die Lippen präzise teilt. Die Berührung lässt mich erzittern, und ich öffne mich ihm ganz, die Lust verteilt sich in meinem Bauch wie in einem Resonanzkasten. Er kniet sich vor mich hin wie vor eine Ikone, schiebt den Kopf unter meinen Rock und küsst mich mit Hingabe. Dann werden seine Zunge und seine Lippen zu Frevlern, sie entweihen mich, verschaffen mir höchsten Genuss.

Danach er, der wieder zum Mann wird, der vor mir steht und um Erbarmen fleht, während ich ihm alles gebe: meinen Körper, mein Haus, mein Bankkonto, jeden Cent, den ich besitze, weil ich nichts für mich behalten, sondern bankrottgehen will. Sein Geschlecht verlangt nach meinem Mund, und ich tue ihm den Gefallen und sauge daran, nehme es so tief in den Mund, dass ich fast ersticke. Meine Zunge schlägt fast so schnell wie mein Herz, ein verrückt gewordenes Metronom.

Claudio stöhnt, schiebt mich ein Stück von sich und hebt mich hoch, als hätte ich kein Gewicht. Er hält mich im Arm, während ich mit den Beinen wie Krebszangen seine Taille umklammere, mein feuchtes Geschlecht auf seinen harten Bauchmuskeln. Er gibt mir einen Klaps auf den Hintern, als wäre ich ein freches Kind, ich öffne meinen BH und ohrfeige ihn mit meinen Titten, halte sie ihm vor die Nase, bis er sie leckt. Dann presst er mich gegen das Fenster, während ich ihn noch immer fest mit beiden Beinen umklammere und mich ihm ganz öffne. Dann, endlich, dringt er in mich ein, mit einem heftigen, präzisen Stoß. Wir sind untrennbar verbunden und stöhnen laut auf vor Lust, mein Rücken prallt immer wieder gegen die kalte Scheibe.

Der Zug rast weiter und wir mit ihm, durch die entferntesten Dimensionen und Galaxien.

Wir bewegen uns synchron, wie zwei gut aufeinander abgestimmte Instrumente, während wir uns auf den blauen Samtsitz sinken lassen. Ich obenauf, den Rücken an Claudios Brust, während er mich mit beiden Händen festhält. Mein Hals schmiegt sich an seinen, als mein Kopf nach hinten kippt und ich den Rücken durchdrücke. Mein Hintern wogt, als folge er einem Mantra.

Immer weiter spielen wir dieselbe Melodie, ohne zu merken, dass der Zug hält und wieder anfährt und bald von neuem dahinjagt, bis er irgendwann am Zielbahnhof ankommt. Genau in diesem Moment erreichen wir gemeinsam den Höhepunkt, wir jauchzen ein und dieselbe Note der Wonne und pressen dabei die Münder aufeinander, um den Schrei zu ersticken, aus Angst, jemand könne uns hören.

Erschöpft lasse ich mich zurücksinken und verharre hingegeben, den Rücken an seiner Brust, während sein Körper den meinen in sich aufnimmt. Von hinten umfängt er meine Taille, ich greife nach einer Haarsträhne in seinem Nacken und zupfe daran. Endlich halte ich dich in Händen, du Mann, der du nicht zu fassen bist, flüchtig wie ein Blitz. Du Mann, dem ich durch halb Italien gefolgt bin, den ich gefürchtet, ersehnt und gehasst habe, der du mich gerüttelt und geschüttelt hast, bei dem beständig meine Gedanken waren, während alle anderen kamen und gingen. Erst jetzt, da ich dich geliebt habe, weiß ich, wie sehr ich dich begehre.

Er senkt den Kopf, um mich mit seinem Haar spielen zu lassen, schnuppert dann an meiner Halskuhle.

»Das also ist dein Geruch.« Er drückt mich noch fester.

Sein Atem kitzelt mich. Ich ertappe mich bei dem Wunsch, dass dieser Zug nie am Ziel ankommen, dass er kein einziges Mal mehr anhalten möge, damit ich bis in alle Ewigkeit auf Claudios Schoß sitzen und er meine Haut anpusten kann.

Ich schaue aus dem Fenster. »Wo sind wir?«

»Ich bin dort, wo ich sein möchte.«

Ich lache still vor mich hin, und als er es merkt, dreht er mich zu sich herum, um mir ins Gesicht zu blicken. Auch ich sehe ihn an. Seine Züge kommen mir nun weicher vor, entspannter, die Augen zwei schwarze Spiegel, die mein Bild reflektieren. Er streichelt mir über die Wangen.

»Du bist ja ganz rot, ich habe dich mit meinem Bart gekratzt.«

Ich fürchte, du hast in mir sehr viel tiefere Spuren hinterlassen.

Wir küssen uns wieder, diesmal ganz sanft, liebevoll und ohne Eile, nur weil es uns so gefällt.

Mailand ist nicht mehr fern, und wir ziehen uns eilig an, ohne voneinander abzulassen, während sich unsere Lippen noch einmal aneinander festsaugen.

Der Zug bremst ab, und wir müssen endgültig aufhören, uns zu lieben. Wir knöpfen die Kleider zu, und ein jeder verschließt sich wieder in seinem eigenen Körper.

Als auch die letzten Zentimeter Haut unter Stoff verschwunden sind, kommt es mir vor, als sei Claudio weit in die Ferne gerückt. Schon jetzt fehlen mir sein Geruch und seine Nacktheit. Ich möchte dieses Abteil nie mehr verlassen, ich möchte nicht, dass er seinen Koffer von der Ablage nimmt, dass er mir die Geige reicht und die Abteiltür aufschiebt. Ich will nicht hinausgehen, will noch ein wenig hierbleiben, in diesem Moment verharren wie in einem Standbild. Und ich möchte, dass er dasselbe ersehnt.

Stattdessen sehe ich zu, wie er sich völlig gelassen den Kragen ordnet und sich hinter die anderen Reisenden einreiht, die im Gang darauf warten, aussteigen zu können.

Was erwartet uns dort draußen? Wohin sollen wir gehen? Werden wir uns die Hand schütteln und uns herzlich Ciao sagen, wie zwei Fremde, die zufällig im selben Zug gereist sind? Oder werden wir uns an den Händen fassen und gemeinsam weitergehen?

So viele Fragen schießen mir durch den Kopf. Zu viele.

Ich sehe Claudio an, auf der Suche nach einer Antwort, aber seine Miene ist von neuem undurchdringlich, es scheint, als würde keiner meiner Zweifel ihn berühren. Er ist längst auf andere Dinge ausgerichtet, bereit für eine andere Reise, auf der ich ihm nicht folgen kann.

Die Türen öffnen sich, ein warmer Luftstoß dringt herein, und schon haben die beiden nackten Körper aufgehört zu existieren, haben wir aufgehört, ein Wesen zu sein, bestehend aus unseren Armen, unseren Beinen und unseren verschmolzenen Mündern.

Wir steigen aus.

Er wird wieder zu Claudio, ich werde zu Lavinia.

Danksagung

Ein Dankeschön an das Team von Rizzoli. Es war sehr schön, euch den Hof zu machen und mir von euch den Hof machen zu lassen.

An Silvia Cinelli, dafür, dass sie Lavinia genauso geliebt hat wie ich.

An die alte Garde: Francesca Leoneschi und Iacopo Bruno, weil sie seit dem ersten Moment an Uifi geglaubt haben.

An Daniele und Riccardo, meine beiden Erstleser.

An Clara, die es beim nächsten Mal sein wird.

An meine Mutter. Das ist der Hauptgewinn, den ich dir schon immer schenken wollte.

An meinen Vater, für sein unendliches Vertrauen.

Leseprobe

aus »Sommer in unseren Herzen«
von Elisa Sabatinelli

Erscheinungstermin:
Juli 2018 im Blanvalet Verlag.

1

Wettervorhersagen

Um wieder zu Claudio und Lavinia zu werden, sprechen wir über das Wetter.

Wir stehen am Bahnsteig und sind dabei, Abschied zu nehmen – allerdings mit wenig Erfolg.

Nach einer Zugfahrt, die anders war als alle anderen zuvor, weil sie uns zu Liebenden, zu Komplizen gemacht hat, unterhalten wir uns jetzt darüber, wie heiß es hier in Mailand ist, heißer als in Florenz vielleicht, das wir vor wenigen Stunden verlassen haben. Wir reden, um die Leere zu füllen, denn unsere heißen Küsse und wilden Umarmungen scheinen Lichtjahre zurückzuliegen.

Wir sind wieder zwei Fremde, die den Blicken des anderen ausweichen, die jede Berührung vermeiden. Das wäre ebenso unpassend, als würden wir über irgendetwas anderes sprechen als über das Wetter. Das, was im Zug passiert ist, ist nie geschehen.

Ist es das, was er mir sagen will?

Unsere Körper sind sich aufs Neue fremd geworden.

Zum ersten Mal auf dieser langen Reise durch Italien fühle ich mich total verloren, und schlagartig bin ich völlig davon überzeugt, dass ich nicht zu ihm passe. Dass ich diese Rolle nicht spielen kann, nicht einmal bis wir den Ausgang erreicht haben aus diesem Bahnhof, diesem Gefängnis.

Irgendwie habe ich das ungute Gefühl, dass er viel zu viel weiß, nicht nur über die Welt, sondern auch über mich. Und damit komme ich nicht klar. Zumal mein Wissen über ihn sich im Grunde auf das beschränkt, was allgemein bekannt ist: Alter, Staatsangehörigkeit, Karriere. Ein Musiker von Weltrang, der darüber hinaus in dem Ruf eines großen Verführers steht.

Kein Wunder also, wenn ich mir im Vergleich zu ihm sehr klein und sehr unbedeutend vorkomme. An seine Souveränität werde ich nie heranreichen können. Die Jahre, die uns trennen, spiegeln sich in seinen lässigen, selbstsicheren Bewegungen, in seiner unerschütterlichen Haltung, in seinem schicken Markenkoffer.

Wie lange stehen wir schon auf diesem Bahnsteig? Eine gefühlte Ewigkeit. Trotz unserer Befangenheit macht keiner von uns Anstalten zu gehen. Ich tue so, als würde ich mein Gepäck überprüfen, taste es ab, als würde ich Kinder auf einem Schulausflug zählen, während er endlos lange und umständlich seine Jacke zuknöpft und offenbar nicht in der Lage ist, den Griff seines Rollkoffers herauszuziehen. Eine seiner Geigen hat er geschultert, die andere hingegen, die Vuillaume, halte ich in den Händen wie ein Pfand.

Die anderen Fahrgäste sind längst an uns vorbeigeströmt, haben uns umschifft wie einen Felsen, der sich mitten im Fluss erhebt. Außer uns ist niemand mehr auf dem Bahnsteig zu sehen. Ich warte darauf, dass er etwas sagt. Irgendetwas. Selbst bringe ich kein Wort heraus. Dazu bin ich zu unsicher, zu ängstlich. Bevor ich etwas falsch mache, bleibe ich lieber stumm.

»Gehen wir?«, sagt er schließlich, hebt fragend eine Augenbraue und nickt in Richtung Ausgang.

Na ja, nicht gerade das, was ich erwartet hatte. Dennoch ringe ich mir ein Ja ab und folge ihm ohne weitere Worte, betrachte stattdessen seine O-Beine, die mich an eine Höhle erinnern, in der ich mich an ihm festklammern könnte wie ein Äffchen.

Ich sollte endlich etwas sagen. Verzweifelt suche ich nach etwas Intelligentem, das ich anbringen könnte. Irgendwas, das ihn beeindruckt, das einen nachhaltigen Eindruck bei ihm hinterlässt. Wie ein Mal, das man in die Haut einritzt zur steten Erinnerung. Aber leider will mir nichts Brauchbares einfallen. Und das, obwohl mir tausend Gedanken im Kopf herumschwirren.

So etwas passiert mir häufig, wenn ich aufgeregt bin – wenn meine Zunge nicht mit meinen Gedanken Schritt zu halten vermag. Dann ist es, als würden die Sätze sich verwirren und in die Irre gehen, sobald sie meinen Mund verlassen. Mein Gehirn kommt mir jetzt vor wie die Trommel einer Waschmaschine, in der alles wild durcheinanderwirbelt. Ich denke an den Sex im Zug, der etwas von Liebe hatte, an den Schlüssel, den ich im Album meiner Mutter fand, an den weiteren Zug und die Fähre, die mich nach Carloforte bringen soll … Ich bin durcheinander, und das alles nur wegen einer Violine und ihres Besitzers. Dabei sollte ich nicht mal hier sein. Dieser Sommer sollte allein mir gehören, drei unbeschwerte Monate, in denen ich alles andere vergesse, mein Leben in Barcelona und diesen bedrohlichen Brief mit seinem Verdikt, der mich dort erwartet …

Doch während ich Claudio zum Ausgang folge, wird mir bewusst, dass ich im Augenblick nirgendwo sonst sein möchte in der Welt. Zu fest bin ich mit ihm und seiner Violine verbunden. Seit ich ihn kenne, habe ich mir ständig eingeredet, dass ich ihm lediglich gefolgt bin, um ihm sein Instrument zurückzugeben. Jetzt hingegen, da er vor mir hergeht, da dieser Bahnsteig und der Abschied naht, jetzt, da ich mein Ziel erreicht habe und ihm die Geige zurückgeben werde, bin ich alles andere als glücklich.

Da kann ich noch so oft den Satz herunterbeten, der zu meinem Mantra geworden ist: *Ich will nicht, dass er mir gefällt.* Was im Grunde stimmt, denn er ist wirklich und wahrhaftig nicht mein Typ. Ein Anzugträger mit gebügeltem Hemd, wie soll das zu mir passen?

Er bleibt vor mir stehen und legt mir eine Hand auf die Schulter, wie er es vorhin im Zug gemacht hat. Einen endlosen Moment lang sehen wir uns in die Augen, wissen offensichtlich nach wie vor nicht, was wir sagen sollen. Dann streicht er mir über die Wange, setzt zum Sprechen an, zögert aber und entscheidet sich anders, schaut auf die Uhr.

Und ich?

Wenngleich er noch vor mir steht, wenngleich sein Duft mich noch einhüllt, spüre ich, dass er bereits weit weg ist. Vielleicht würde ja eine kleine Geste genügen, ihn zu halten, vielleicht wäre es genug zu sagen: *Ich kenne dich kaum, doch wenn du nichts Besseres vorhast, würde ich gerne bei dir bleiben, mindestens die nächsten zehn Jahre.* Oder ich könnte mich auf die Zehenspitzen stellen und ganz sanft die Lippen auf die seinen legen zu einem federleichten Kuss, bei dem unsere Nasen sich kaum berühren.

Natürlich tue ich nichts von alldem.

»Hör mal, draußen wartet ein Taxi auf mich …«, ergreift er nach einer Weile das Wort.

Das war's also, Botschaft angekommen. Er ist dabei zu gehen.

»Okay«, unterbreche ich ihn. »Ich muss auch zum Zug«, füge ich hastig hinzu und deute vage in irgendeine Richtung. Damit will ich ihm zu verstehen geben, dass ich gleichfalls irgendwo erwartet werde.

Ich sehe, wie er zurückzuckt, als ich ihm die Geige reiche, und nervös das Gewicht erst auf das eine Bein, dann auf das andere verlagert.

»Bist du sicher?«

Ich sehe ihn schief an.

»Na gut, ich hab verstanden«, sagt er, nimmt den Geigenkasten und hängt ihn sich um den Hals. »Überleg es dir noch einmal in aller Ruhe, sonst bereust du es eines Tages. Du bist jung, du hast alle Zeit der Welt.«

Ich bin jung, stimmt – das mit der Zeit allerdings, da bin ich mir nicht sicher, ob ich die wirklich habe. Nur was bereits hinter einem liegt, lässt sich definitiv bemessen nach Tagen und Nächten, nach der Anzahl der erlebten Weihnachts- und Silvesterfeste.

Die Vergangenheit ist mein Besitz, die Zukunft nicht.

Über sie kann ich nicht bestimmen. Für mich hat sie das Aussehen eines unförmigen Monsters angenommen, das sich von meinen Tagen ernährt. Zu Hause in Barcelona erwartet mich das Urteil über meine Zukunft, und vielleicht ist es ja eine, die sich zwischen Klinikaufenthalten und Krankenbesuchen bewegt. Für den Augenblick aber versuche ich ihr ein Schnippchen zu schlagen, versuche sie in die Irre zu führen, indem ich herumreise, sogar übers Meer vor ihr flüchte, in der Hoffnung, dass mein Schicksal nicht schwimmen kann.

»Wohin fährst du?«, will Claudio wissen.

»Nach Carloforte.«

Carloforte ist die einzige Ortschaft auf einer winzigen Insel, die vor der Südwestküste Sardiniens liegt – meine Mutter hat dort eine Zeit lang gelebt.

»Von hier aus nimmst du am besten den Zug über Genua, das ist der schnellste Weg. Soll ich dir das Ticket besorgen?«

»Nein, danke, nicht schon wieder. Um dieses hier kümmere ich mich selber.«

»Es tut mir leid, dass du meinetwegen diesen Umweg machen musstest …« Dann überlegt er es sich anders: »Nein, um die Wahrheit zu sagen, tut es mir überhaupt nicht leid.«

Umweg. Ist es das, was zwischen uns passiert ist? Ich beiße mir auf die Lippen, um nichts Falsches zu sagen.

»Ich lasse dir meine Nummer da«, fährt er fort. »Für den Fall, dass du sie irgendwann brauchen solltest.«

Er wartet, dass ich mein Handy herausziehe und sie speichere, doch ich tue nichts dergleichen. Gut möglich, dass er gekränkt ist, jedenfalls senkt er die Augen und ballt die Fäuste. Dann sieht er mich wieder an.

»Also dann, gute Reise.«

»Ciao.«

Ich drehe mich um und gehe in Richtung Schalter, zwinge mich, an Genua zu denken, an Carloforte, an den Schlüssel, den ich in Mamas Album gefunden habe und den ganzen Rest – es hilft alles nichts. Claudio bleibt mein Fixpunkt, ich klebe an ihm wie ein Kaugummi. Und wie einen Kaugummi hat er mich zerkaut und ausgespuckt.

Am Fahrkartenschalter stelle ich mich ans Ende der Warteschlange, setze mich auf den Rucksack und stelle mich auf eine längere Wartezeit ein. Nach wenigen Minuten schrecke ich auf, weil mir jemand auf die Schulter klopft. Ein ungeduldiger Zeitgenosse wahrscheinlich, dem ich nicht schnell genug vorrücke. Genervt drehe ich mich um, es verschlägt mir die Sprache, und ich traue meinen Augen kaum. Vor mir steht Claudio.

»Ich hab mir den Wetterbericht angeschaut und gesehen, dass Genua keine gute Wahl ist. Dort regnet es, für Mailand dagegen sind sonnige Tage angesagt. Bleib lieber hier, bitte bleib.«

Ganz plötzlich ist es eine wunderbare Sache, über das Wetter zu reden.

Beschwingt verlasse ich die Schlange und greife nach Claudios Hand.

2

Im Abgang schön

»Bist du aus Mailand?«

Ich fühle mich wie beim ersten Date, bin gefangen in dieser albernen, gespielten Fröhlichkeit, die man an den Tag legt, wenn man einander nicht kennt, und die einen lauter dämliche Fragen stellen lässt wie etwa die, was man am liebsten isst oder welches Tier man gerne wäre.

»Sagen wir, ich fühle mich als Mailänder, auch wenn ich ursprünglich aus dem Piemont stamme. Ich bin hier aufgewachsen und hab hier studiert.«

»Am Konservatorium?«

»Ja, weil ich ein staatlich anerkanntes Diplom haben wollte. Macht sich immer besser. Richtig gelernt aber habe ich bei einem großen Meister aus Portugal – fast zehn Jahre lang war ich sein Schüler. Seine Frau war Italienerin, eine Mailänderin, und hat ihn überredet, im Alter in ihre Heimat zu übersiedeln. So kam ich zu ihm. Er hat mich unter seine Fittiche genommen und mir alles beigebracht, was ich kann. Nicht nur, was die Musik betrifft.«

Während er erzählt, betrachte ich durchs Taxifenster die Häuser, die sich entlang der breiten Straße aneinanderreihen: nackte, kahle Fassaden, keine Balkone, die sie auflockern würden. Zugegeben, sie sind durchaus eindrucksvoll, vermitteln den Eindruck von Autorität und Seriosität mit ihren quadratischen Fenstern, dem sachlichen Stil und der zurückhaltenden Farbgebung.

»Ich kenne Mailand nicht, bei mir zu Hause ist das keine Stadt, die als Reiseziel besonders beliebt wäre.«

»Genau deshalb mag ich sie«, erwidert er und sieht mich prüfend an. »Diese Straße hier gefällt mir ganz besonders, sie führt vom Bahnhof ins Zentrum. Sie hat etwas Heiteres, finde ich.«

Ungläubig drehe ich mich zu ihm um, bin mir nicht sicher, ob er es ernst meint. »Du hast einen recht seltsamen Geschmack, wie mir scheint.«

»Dann passe ich ja zu Mailand, denn die ganze Stadt ist irgendwie seltsam. Mir kommt es vor, als würde sie erst im Nachhinein ihre Wirkung entfalten. Wie eine raffinierte Speise, die einen besonderen, schwer zu definierenden Nachgeschmack hat, verstehst du? Oder wie ein edler Wein. Ich glaube, Mailand ist erst *im Abgang schön.*«

Schweigend sehe ich ihn an und hoffe auf weitere Erklärungen.

»*Im Abgang schön* heißt, dass es zwar im ersten Moment hässlich erscheint, doch auf den zweiten Blick seine Schönheiten offenbart. Sobald man Mailand für sich entdeckt hat, ist es wirklich eine großartige Stadt. Das werde ich dir noch beweisen.«

Die Idee stimmt mich euphorisch, denn mir dämmert, dass Claudio ein Reisebegleiter der besonderen Art sein könnte. Auf jeden Fall anders als die anderen, die ich auf meiner Reise bisher getroffen habe. Alle Wut, die ich ihm gegenüber aufgebaut habe, ist wie weggewischt, alles Negative, das ich ihm unterstellt habe, vergessen. Als hätte ich beides einfach wie überflüssiges Gepäck zurückgelassen.

Eines allerdings will ich noch klarstellen.

»Übrigens: Das Stück, das du am Schluss des Konzerts in Florenz gespielt hast, war wirklich sehr schön«, sage ich betont nonchalant und warte gespannt, was er erwidern wird.

Er sieht mich überrascht an, lacht dann laut auf. »Du bist mir also wirklich gefolgt?«

»Unsinn, ich bin dir überhaupt nicht gefolgt«, gebe ich schnell zurück und werde rot, als wäre ich beim Klauen erwischt worden. »Ich war da, weil ich dir die Geige zurückbringen wollte, und hab am Ausgang auf dich gewartet, aber du bist nicht gekommen. Außerdem hat das rein gar nichts mit dem zu tun, was ich gesagt habe.«

»Was hast du denn gesagt?«

»Dass es mein Stück ist«, antworte ich halb im Scherz, halb im Ernst.

»Komisch, ich war der Überzeugung, dass es von Manuel de Falla ist.«

»Na klar, tu bloß nicht so, als ob du nicht verstanden hättest, was ich damit meine: dass ich es war, die dich auf die Idee gebracht hat.«

»Du hast mich schon auf viele Ideen gebracht …«

Von einem Moment auf den anderen hat er die Situation umgedreht, und ich fühle mich wie auf frischer Tat ertappt. Zumal er mich anschaut, als würde er mich gleich mit Haut und Haaren verschlingen wollen. Und ich muss zugeben, dass ich nicht die geringste Lust verspüre, mich dem zu entziehen. Im Gegenteil. Mein ganzer Körper steht unter Strom, ich merke, wie mir ein Kribbeln langsam vom Nacken bis zu den Zehenspitzen rieselt.

Claudio mustert mich weiterhin unverblümt. Erst als das Taxi vor einem großen Portal mit geschnitzten rautenförmigen Reliefs hält, wendet er den Blick von mir ab.

»So, da wären wir. Es ist eine ganze Weile her, dass ich das letzte Mal zu Hause war.«

Seine Wohnung befindet sich im Dachgeschoss, und sobald man die Tür öffnet, steht man sofort im Wohnzimmer. Keine Diele, genau wie bei mir, aber damit hat es sich auch schon mit den Gemeinsamkeiten. Neugierig sehe ich mich um. Der riesige Raum wird von einem langen Sofa dominiert, durch die hohen Fenster flutet viel Licht herein. Auf dem schönen alten Parkettboden liegt ein schwerer Wollteppich, und an der Decke hängen Lampen, die sichtlich aus einer anderen Epoche stammen und einen interessanten Kontrast zu der ansonsten eher modernen und unkonventionellen Einrichtung bilden, was für eine sehr persönliche Note sorgt. Was mag die Einrichtung wohl über den Menschen Claudio aussagen, frage ich mich.

»Tolle Wohnung. Wie oft bist du hier?«

»Nie mehr als ein paar Wochen am Stück«, räumt er ein und fügt nachdenklich hinzu: »Vielleicht betrachte ich sie ja deswegen als riesiges Geschenk. Diesmal bleibe ich gerade mal zehn Tage. Dann muss ich wieder weg.« Er dreht sich um und geht Richtung Küche. »Möchtest du etwas trinken?«, ruft er mir von dort aus zu.

»Danke ja, einfach das, was du trinkst«, gebe ich zerstreut zurück und trete zu dem Bücherregal, das eine ganze Wand einnimmt.

Es ist eine gut bestückte kleine Bibliothek: Enzyklopädien mit Ledereinband, Romane, jede Menge Reiseführer und Kunstbände, und natürlich eine Vielzahl an Büchern, die direkt oder indirekt mit Musik zu tun haben. Und dazwischen allerlei Krimskrams wie ein Miniaturklavier aus Marmor, ein Aschenbecher in der Form einer Hand, ein Opernglas und Fotos in Silberrahmen. Eines erregt meine besondere Aufmerksamkeit. Es zeigt eine Familie am Strand, Claudio erkenne ich auf den ersten Blick. Ein pubertärer Jugendlicher, sehr mager und mit einem Busch widerspenstiger Locken auf dem Kopf.

»Ist das deine Familie?«

»Ja, vor einer Ewigkeit, wie du unschwer sehen

kannst. Damals habe ich übrigens zum letzten Mal Ferien am Meer verbracht.«

»Magst du das Meer etwa nicht?«

»Nicht mit dem üblichen Programm, Sonnenschirme am Strand und so weiter.«

»Wie hübsch deine Schwester ist«, sage ich und nehme das Foto in die Hand, um es besser betrachten zu können.

Neben Claudio steht ein kleines Mädchen, vielleicht sechs Jahre alt, und schaut missmutig auf das Eis, das ihm gerade in der Hand zerschmilzt.

»Wohnen sie alle in Mailand?«, hake ich nach, als er keinen Kommentar abgibt.

»Wie man's nimmt. Meine Schwester ist eine Weltenbummlerin, lebt überall und nirgendwo. Meine Eltern haben hier gewohnt, diese Wohnung gehörte ihnen. Sie sind bei einem Unfall ums Leben gekommen, als ich vierzehn war.«

Verlegen stelle ich das Bild wieder an seinen Platz und trete ein paar Schritte zurück, als wäre ich auf verbotenes Terrain vorgedrungen.

»Kein Grund zu erschrecken«, beruhigt Claudio mich. »Das alles ist lange her, der Schmerz hat den schönen Erinnerungen Platz gemacht. Und die birgt insbesondere diese Wohnung, in der ich im Kreis meiner Familie aufgewachsen bin.«

Das also ist der Grund, wieso sie den Eindruck erweckt, ein Ort voller Geschichten und Erinnerungen zu sein, die sich um Menschen aus verschiedenen

Generationen drehen: Indem er das Andenken der Toten bewahrt, hat Claudio der Wohnung neues Leben eingehaucht. Ich muss plötzlich an die Wohnung meiner Mutter denken, die ich fluchtartig verlassen habe, weil ich sie ohne sie unerträglich fand.

»Nur schöne Erinnerungen, das würde ich mir ebenfalls wünschen«, erkläre ich seufzend.

»Am Anfang erscheint einem das unmöglich. Doch irgendwann ergibt es sich einfach, du wirst es erleben – da bin ich mir ganz sicher.«

Claudio, der zu mir herübergekommen ist, streicht mir sanft über den Arm. Als wolle er mir helfen, die offene Wunde zu schließen, die nach wie vor so schmerzt, dass es mich lähmt. Aber ich muss aus eigener Kraft darüber hinwegkommen, auch wenn mir das jetzt noch unmöglich erscheint.

»Wie auch immer«, setzt er neu an. »Wir sollten ausgehen und irgendwo draußen was trinken. Hast du Lust, ein bisschen durchs Viertel zu spazieren?«

Ich schaue zweifelnd an mir herab, da ich seit heute Morgen in denselben Klamotten stecke. Claudio scheint meine Gedanken zu lesen. »Alles in Ordnung«, versichert er mir. »Du brauchst dich nicht umzuziehen. Ich gehe auch im T-Shirt. Zum Abendessen können wir uns immer noch in Schale werfen.«

Wir treten in den hellen Nachmittag hinaus und schlendern durch Claudios Viertel. Mir fällt auf, wie schmal hier die Gehsteige sind.

Als Claudio übermütig herunterspringt, um mitten

auf der Straße weiterzulaufen, fasse ich ihn am Arm und sage: »Komm lieber hoch!« Natürlich ist das auch einfach ein guter Vorwand, um mich bei ihm unterzuhaken. Es herrscht allerdings nicht viel Verkehr, viele Leute sind wohl in den Urlaub gefahren.

Claudio scheint glücklich, wieder zu Hause zu sein, und mir kommt es vor, als würde er am liebsten alles anfassen, um es neu in Besitz zu nehmen, selbst das Straßenpflaster.

Jetzt deutet er nach oben, wo hinter den Dächern Baumwipfel aufragen.

»Das sind die Parkanlagen bei der Porta Venezia, die Giardini Pubblici. Morgen zeige ich sie dir – heute hab ich mehr Lust, durch die Straßen zu schlendern. Was meinst du?«

»Ja, ich bin dabei.« So würde ich wohl auf jede Frage geantwortet haben, die er mir gestellt hätte.

Plötzlich nimmt Claudio meine Hand, und so gehen wir weiter, ohne jede Verlegenheit, als wären wir ein ganz normales Pärchen, das ziellos durch die Stadt streift und einen schönen Sommernachmittag genießt.

Als wir eine belebtere Straße erreichen, auf der Trambahnen kreischen und ungeduldige Autofahrer Hupkonzerte veranstalten, fällt mir wieder der Ausdruck *schön im Abgang* ein, mit dem Claudio Mailand charakterisiert hat.

Mein Eindruck hingegen ist ein ganz anderer. Wie ich das sehe, ist die Stadt alles andere als homogen, sondern in Schichten gewachsen und hat viele verschiedene Einflüsse in sich aufgesogen: Palazzi aus allen möglichen Epochen und den unterschiedlichsten Stilrichtungen zugehörig mischen sich mit Gebäuden aus der Zeit des Faschismus sowie mit zahlreichen modernen Entwürfen, die seit den Siebzigerjahren das Stadtbild nachhaltig prägen. Wobei die Kombination ganz natürlich wirkt und Nostalgisches mit Hypermodernem eine gelungene Symbiose eingegangen ist.

Alles ist gleichzeitig da, alt und neu, ohne dass es große Widersprüche aufzuwerfen scheint.

Noch etwas fällt mir auf. Mailand wirkt wie eine Metropole, die Eitelkeit nicht nötig hat – lässt mich an eine abgeklärte reifere Dame denken, die ihre besten Zeiten hinter sich hat und keine Veranlassung mehr sieht, sich besonders zur Schau zu stellen.

Unseren Drink nehmen wir in einer hübschen kleinen Bar, deren Zwanziger-Jahre-Atmosphäre mich an französische Bistrot erinnert. Die Kellner tragen Fliege, die Theke ist aus dunklem Massivholz, die Leuchtreklame wird von den Flaschen gespiegelt und taucht den ganzen Raum in einen rötlichen Schimmer. Am Nebentisch sitzt ein eleganter Herr, der Zeitung liest und in ironischem Ton für die Barkeeper die Nachrichten kommentiert.

Ich nippe an meiner Bloody Mary, einer der besten, die ich je getrunken habe, während vor Claudio ein Negroni steht, angeblich die Topspezialität des Hauses. Unaufgefordert werden Schälchen mit Knabberzeug vor uns auf den Tisch gestellt sowie auf Zahnstocher gespießte Oliven. Riesenexemplare, wie sie heutzutage kaum mehr zu haben sind und denen ich deshalb das Label »Vintage-Oliven« verpasse. Wir trinken, knabbern und betrachten dabei die Leute, die nach und nach die Bar füllen. Wie es aussieht, überwiegend Stammgäste, die sich hier nach der Arbeit einen kleinen Aperitif gönnen.

Trotz der Hitze tragen die Männer dunkle Anzüge, und die Frauen sind, jede auf ihre eigene Art, auf originelle Weise elegant gekleidet, als wären sie allesamt auf dem Weg zu einer Vernissage. Wir plaudern angeregt über Gott und die Welt, wir lachen viel. Und so vergeht die Zeit im Nu.

Erst nach Sonnenuntergang kehren wir in die Wohnung zurück. Mir bleibt gerade noch Zeit, unter die Dusche zu gehen, bevor ich mich fürs Abendessen schick machen muss. Zum Glück habe ich ein schwarzes, knöchellanges Seidenkleid mit spektakulärem Rückenausschnitt eingepackt, das ich nun anziehe. Es erinnert von hinten an einen Badeanzug, und ich weiß noch, dass ich es genau deswegen gekauft habe. Dann schminke ich mir die Augen mit schwarzem Kajal und verlängernder Wimperntusche, male mir dann die Lippen knallrot an, um einen dramatischen Kontrast zu erzielen. Meine Haare lasse ich offen über die Schultern hängen. Irgendwie komme ich mir anschließend fast ein bisschen verrucht vor, Typ Femme fatale.

Claudio erwartet mich bereits. Auch er hat sich umgezogen, trägt nun Jeans und Leinenhemd und steht im Wohnzimmer am Fenster, schaut auf die Straße hinaus. Das Klappern meiner Absätze veranlasst ihn, sich umzudrehen.

»Wow. Ich hab dich bislang nie in Abendversion gesehen«, erklärt er sichtlich beeindruckt und mustert mich eingehend, um sodann nach meiner Hand zu greifen, mich an sich zu ziehen und ausgiebig zu küssen. »Über wie viele Variationen verfügst du für solche Gelegenheiten?«, murmelt er dann.

Ich lächle verlegen und weiß nicht, was ich erwidern soll. Er erwidert mein Lächeln und fragt dann in scherzhaftem Ton: »Und, was wünscht die Dame heute Abend zu speisen?«

»Was wäre denn ein typisches Mailänder Gericht?«

»Na ja, Ossobuco und Risotto zum Beispiel. Ist allerdings eher ein Winteressen – probier es, wenn du in ein paar Monaten wieder herkommst«, sagt er, und ich weiß nicht, was ich davon halten soll.

Trotz meiner Zweifel begebe ich mich im Geist sogleich auf eine Zeitreise. Vom Hochsommer mache ich einen Sprung in den Herbst, versetze mich mitten hinein in den November und male mir aus, wie ich am Mailänder Hauptbahnhof aus dem Zug steige, in einem grünen, knielangen Mantel und einen bunten Schal um den Hals. Stelle mir vor, wie er wartend auf dem Bahnsteig steht, die dunklen Locken quellen unter seiner Mütze hervor. Das Wetter ist unwirtlich. Der norditalienische Herbstnebel, der wie ein dickes Tuch über der Stadt liegt, hüllt uns ein. Hand in Hand, ohne die wärmenden Handschuhe auszuziehen, verlassen wir gemeinsam den Bahnhof, und wenig später sehe ich uns in einer altmodischen Trattoria bei Kerzenlicht unser Abendessen genießen: Ossobuco mit Risotto.

Alles bloß ein Traum?

Entschlossen schalte ich wieder auf normal, verbanne meine Fantasien in die Tiefen meines Gedächtnisses oder versuche es zumindest. Bei Licht betrachtet, habe ich ja keine Ahnung, was mit uns wird – weiß nicht einmal, ob ich morgen noch hier bin.

»Lass uns irgendwo hingehen, wo es dir gefällt«, erwidere ich rasch, und als wir wenig später hinaus auf die Straße treten, fühle ich mich irgendwie bedeutend. Es kommt mir vor, als stünden wir beide, Claudio und ich, im Zentrum der allgemeinen Aufmerksamkeit. Als hielten uns alle für ein glamouröses Paar. Dabei sind wir bloß ein Mann und eine Frau mit einer diffusen Beziehung, die auf einen netten Abend hoffen.

Claudio hat sich für eine traditionelle Trattoria entschieden, die seit Generationen im Besitz ein und derselben Familie ist. Zum ersten Mal sei er mit seinem portugiesischen Lehrer dort gewesen, erzählt er, weil er diesem nach einer verlorenen Wette ein Abendessen schuldete.

Als wir die Tür aufdrücken, kündet eine Klingel an der Decke unsere Ankunft an. Der Speiseraum ist nicht übermäßig groß, warme Orangetöne dominieren, die Lichter sind gedämpft, und an den Wänden hängen Karikaturen, Comiczeichnungen und alte Zeitungsausschnitte, alles gerahmt. Auf den Tischen stehen lange Kerzen in Flaschen, an denen das Wachs hinunterläuft, ein eher schlichtes Ambiente mit einer gemütlich-zwanglosen Atmosphäre.

Als wir ankommen, sind erst wenige Tische besetzt. An einem sitzt ein Paar mit einem Hündchen, das Aufmerksamkeit und Streicheleinheiten verlangt, an einem anderen eine alte Dame, die gerade ihr Dessert löffelt, und an einem dritten beenden ein paar Nadelstreifentypen soeben ihr Geschäftsessen. Uns wird ein Platz in einer Ecke zugewiesen, und als sich beim Hinsetzen unabsichtlich unsere Knie berühren, zucken wir sofort zurück. Damit uns nicht das Gleiche wie gestern im Zug passiert und wir hemmungslos übereinander herfallen. Diesmal sogar vor Publikum.

Kurz darauf erscheint der Chef höchstpersönlich, um unsere Bestellung aufzunehmen. Freundlich und zuvorkommend, dabei jedoch auf eine unaufdringliche Art, signalisiert er uns, dass er unsere Privatsphäre respektiert. Zweifellos spürt er, dass wir einen Schutzschild um uns herum aufgebaut haben, als würden wir zwischen uns und den anderen Speisenden imaginäre Grenzen ziehen.

Wir bestellen verschiedene Vorspeisen und als Hauptgang Fisch. Ich lasse Claudio die Auswahl treffen, weil er genau weiß, was hier empfehlenswert ist. Die Wartezeit verkürzen wir uns mit einer Flasche Falanghina, einem trockenen Weißwein aus einer Rebe, die angeblich mit den alten Griechen nach Italien gelangte.

»Was war das denn für eine Wette?«, komme ich auf das kurz zuvor unterbrochene Gespräch zurück.

Er grinst, meine Neugier scheint ihn zu amüsieren. »Na ja. Da war dieses Mädchen, das neben meinem Lehrer wohnte, ich traf sie oft, wenn ich zum Unterricht ging … Sie gefiel mir, aber ich traute mich nicht, sie anzusprechen. Ich war gerade mal sechzehn, sie hingegen neunzehn. Das ist viel in dem Alter.«

Erwartungsvoll sehe ich ihn an, warte darauf, dass er weiterredet, denn die Geschichte gefällt mir.

»Leandro, mein Lehrer, bekam irgendwann Wind von der Sache, und da er meine Schüchternheit und mein mangelndes Selbstbewusstsein bemerkte, lockte er mich mit einer Wette aus der Reserve: Ich sollte sie auffordern, mit mir auszugehen. Wenn sie ablehne, versprach er, werde er mich im besten Restaurant Mailands zum Essen einladen. Willige sie ein, sei hingegen ich dran. So lernte ich diese kleine Trattoria kennen.«

»Egal, wie es gelaufen wäre, du hättest so oder so etwas gewonnen. Entweder ein Date oder ein Essen.«

Claudio lächelt. »Ja, Melissa war meine erste Liebe. Sie nahm meine Einladung an, und wir blieben ein paar Jahre zusammen.«

»Wie ging es zu Ende?«

»Ich entdeckte ziemlich schnell, dass lange Beziehungen nichts für mich sind.«

Er sagt es leichthin, als würde er sich mit einem

Freund unterhalten und das Thema uns nicht im Mindesten betreffen. Tatsächlich essen wir ja auch einfach nur gerade miteinander zu Abend und sind nicht etwa dabei, eine Beziehung aufzubauen. Und doch frage ich mich, ob Claudios Äußerung womöglich ein Warnschuss war, mit dem er mir genau das zu verstehen geben wollte. Besser also, sich keine Illusionen zu machen.

Gott sei Dank werden in diesem Moment unsere verheißungsvoll duftenden Vorspeisen serviert und lenken von dem verfänglichen Thema ab.

Wir sprechen über tausend Dinge, erstaunlicherweise nicht über Musik, wenngleich die uns eigentlich verbindet, dafür umso mehr über uns selbst. Ich erfahre, dass er wie ich im September geboren wurde, nur zehn Jahre früher, dass seine Urgroßmutter Lavinia hieß und eine kleine, energische und sehr sympathische Frau war, dass er sich leidenschaftlich für Radsport interessiert und ein Rennrad im Keller stehen hat. Ferner dass er Hitze nicht mag und am liebsten Pistazieneis isst.

Das Essen ist köstlich, wir tauschen die Teller, damit ich alles probieren kann, leeren die Flasche Wein und lassen das Wasser fast unberührt. Wir teilen uns ein hausgemachtes Tiramisu, obwohl ich normalerweise keinen Wert auf Nachtisch lege, aber jetzt erscheint es mir als der perfekte Abschluss. Als ich mir anschließend mit der makellos weißen Serviette den Mund abtupfe und dabei die letzten Lippenstiftreste entferne, kommt es mir vor, als würde ich mir damit zugleich die Zurückhaltung aus dem Gesicht wischen und mich ganz auf die Verlockungen der Nacht einlassen, die draußen auf uns wartet.

Claudio schlägt vor, den Abend in einem Szenelokal ausklingen zu lassen, wo elektronische Musik gespielt wird.

»Hauptsache keine Klassik heute Abend, das wäre zu anstrengend«, scherzt er, als es ans Zahlen geht. Meinen Versuch, mich zu beteiligen, blockt er sofort ab. »Und du solltest übrigens ebenfalls nicht anstrengend sein. Solange du dich in Mailand aufhältst, bist du ohne Wenn und Aber mein Gast.«

Mit diesen Worten erhebt er sich, geht zur Kasse und wechselt ein paar Worte mit dem Wirt, sein Smartphone hat er auf dem Tisch liegen lassen. Plötzlich leuchtet es auf, klingelt leise, und auf dem Display erscheint das Bild einer hübschen jungen Frau, die leicht herausfordernd in die Kamera lächelt. *Ste*, lese ich. Ob das seine Freundin ist, seine Geliebte? Vielleicht die Frau, mit der er in Ravello Sex hatte? Ich weiß nicht mehr, wie sie aussah – jedenfalls hatte sie längere Haare als die Frau im Handy. Eifersucht steigt in mir auf, da kann ich mir hundertmal sagen, dass ich keinerlei Recht habe, irgendwelche Ansprüche an Claudio zu stellen. Und so deute ich bloß, als er zum Tisch zurückkehrt, mit einem kleinen Kopfnicken auf das Handy und sage lapidar: »Hat geklingelt.«

Er greift danach, checkt den verpassten Anruf mit

gleichgültiger Miene, ohne irgendwelche Emotionen erkennen zu lassen, weder Freude noch Unwillen oder Enttäuschung, und steckt das Telefon kommentarlos wieder in die Tasche.

»Gehen wir?«

Die Abendluft ist nach wie vor angenehm warm, und auf der Straße in diesem ruhigen Wohngebiet herrscht wohltuende Stille. Während wir uns auf den Weg zum Taxistand machen, gehen mir erneut Claudios Frauen durch den Kopf – seine erste Liebe, die Affäre in Ravello, diese Ste, die ihn vorhin angerufen hat –, und ich frage mich, wie viele es da draußen außerdem noch geben mag. Und welchen Platz ich in dem ganzen Sammelsurium einnehme. Schlimmer noch, ertappe ich mich zu meinem eigenen Ärger bei dem Wunsch, mehr für ihn sein zu wollen als die anderen, einen festen Platz in seinem Leben zu bekommen.

Wir gehen Seite an Seite, so nah, dass unsere Körper sich immer wieder streifen, doch zu meinem Leidweisen greift er nicht mehr nach meiner Hand. Vielleicht beschäftigt ihn der Anruf, überlege ich. Gleichzeitig schießt mir der Gedanke durch den Kopf, dass dieses Bild genau zu uns passt: zwei Menschen, die nebeneinander hergehen und sich trotzdem nicht zu berühren wagen.

In gewisser Weise balancieren wir auf einem schmalen Grat, immer bedacht, uns nicht zu verletzen, bleiben lieber an der Oberfläche, als tiefer in den anderen einzudringen. Es könnte ja schmerzhaft sein, sich anfühlen, als würde man sich gegenseitig einen Messerstich versetzen.

Claudio will mir seine Welt zeigen, hat er gesagt. Dennoch werde ich den Verdacht nicht los, dass er etwas vor mir verbirgt, dass er bewusst eine Menge Dinge zurückhält, an denen er mich nicht teilhaben lassen möchte. Allein seine Körpersprache deutet darauf hin. Sie hat etwas permanent Gespanntes, als läge er ständig auf der Lauer. Ein Eindruck, den selbst sein energischer Gang nicht zu verwischen vermag.

Wie viele Geschichten mögen sich wohl in dieser Körperfestung hinter einem Panzer aus harten Muskeln verbergen?

Je mehr ich darüber nachdenke, desto mehr regt sich in mir der Wunsch, ihn ganz zu kennen. Am liebsten würde ich ihn an den Schultern packen und durchschütteln, um zu sehen, ob die Geschichten aus ihm herausfallen wie tote Blätter von den Bäumen. Ich würde so gerne von diesen Geschichten erfahren, so gerne die Blätter aufsammeln und sie eins nach dem anderen studieren.

Dann, völlig unvermittelt, nimmt Claudio wortlos meine Hand, und meine Gedanken stehen still.

Als wir uns kurz darauf auf dem Rücksitz eines Taxis wiederfinden, das in hohem Tempo durch die Stadt rast, steigt die Hitze in unseren Körpern schlagartig an. Der enge Raum ruft Erinnerungen an unser Erlebnis im geschlossenen Zugabteil wach, und erneut geraten wir, in einem fremden Auto unterwegs durch die Dunkelheit, außer Rand und Band. Wie zwei Magneten schießen wir aufeinander zu und umklammern uns, küssen uns wild, ohne den Fahrer und die Welt um uns herum zu beachten. Wie das enden wird und was das alles soll, geschenkt – es zählt einzig und allein dieser Moment. Claudio schiebt mir wie im Fieber das Kleid hoch, fummelt so lange herum, bis er mir den Slip ausgezogen hat, steckt ihn in die Hosentasche und fährt fort, mich gierig zu küssen.

Wir halten uns noch eng umschlungen, als das Taxi vor der Bar hält, aus der uns bereits laute Musik entgegendröhnt. Der Raum wirkt auf mich wie ein warmer Uterus, feucht vom Schweiß und vom Atem der vielen Menschen. Um uns herum blitzt nackte Haut auf, Hände berühren sich im Dunkel, Körper bewegen sich zum Rhythmus der Musik, die rhythmisch pulsiert wie ein Herz.

Sofort stürzen wir uns ins Getümmel und beginnen zu tanzen, im Schein der Lichtorgel taucht immer wieder sein Gesicht vor mir auf oder zumindest Teile davon: das Kinn, der halbe Mund, die Nasenwurzel, eine Augenbraue, das linke Ohr, ein Gewirr aus schwarzen Locken. Ich bin verrückt nach ihm, obwohl er gerade aussieht wie ein Monster aus einer Freakshow, wie ein sehr spezieller Mr. Potatohead, dessen Einzelteile ich liebend gerne sammeln und zusammenstecken würde, nachdem ich sie eines nach dem anderen mit Inbrunst abgeknutscht habe. Tatsächlich fallen wir uns schon wieder in die Arme und küssen uns so heftig, dass es mir vorkommt, als würden wir wirklich auseinanderfallen wie diese Freakmonster, als würde sich mein Mund zur Seite verschieben, meine Ohren sich auf die Schultern herunterziehen und meine geschlossenen Augen im Kreis herumrattern wie zwei Windrädchen.

Ich spüre die Muskeln unter seinem Hemd, wir sind verschwitzt, erregt, wir tanzen und springen zum Beat der wummernden Musik durch den Raum. Ich erlebe einen ganz neuen Claudio – er ist nicht länger distanziert, ist kein Bühnenstar mehr, sondern einfach ein Mann, der sich mit mir zusammen gehen lässt. Nicht einen Augenblick nimmt er seine Finger von mir, küsst mich immer wieder leidenschaftlich, und ich spüre, dass er sich ebenso nach mir verzehrt wie ich mich nach ihm.

Hinter mir ist jemand gestolpert und hat sein Getränk verschüttet, ich spüre, wir mir die kalte Flüssigkeit den Rücken hinunterläuft. Claudio wischt mit einem Finger darüber und hält ihn mir hin, damit ich ihn ablecke, der Geschmack ist zuckrig-süß. Dann packt er meine Hand und zerrt mich zur Toilette, wir sperren uns ein, und er dreht mich zur Wand, stemmt meine Hände dagegen.

Er leckt mir den ganzen Rücken ab, saugt an meiner Haut und befreit mich von dem klebrigen Alkohol, bedeckt mich stattdessen über und über mit seinem warmen Speichel. Ich will mich zu ihm umdrehen, will ihn berühren, ihn lecken, aber er hält meine Handgelenke fest. Sein erregter, heißer Atem streift meinen Nacken, während er mir das Kleid vom Leib zerrt wie eine Bananenschale, und damit verabschiedet sich meine Abendversion – ich bleibe ganz nackt und ganz rein zurück, eine reife Frucht, die einem Verhungernden hingeworfen wird.

Er beißt von mir ab und nagt an mir, und mit jedem Bissen, den er nimmt, verliere ich ein Stück Stabilität, ein Stück Kontrolle, lasse mich führen, weiter und weiter, lasse mich vögeln.

Die Metallschnalle seines Gürtels drückt sich in meinen Rücken, er öffnet ihn, zieht den Reißverschluss seiner Hose herunter, reibt seinen Schwanz zwischen meinen Pobacken, dringt laut stöhnend in mich ein und verschränkt seine Finger mit meinen. Ich spüre, wie sein Schweiß auf mich heruntertropft.

Als es an der Tür klopft, flüstert er mir zu: »Gehen wir nach Hause.«

Ich weiß nicht mehr, wie wir dort angekommen und in diesem riesigen Bett mit dem verschnörkelten Kopfteil gelandet sind, um dort nicht allein unsere Körper, sondern unsere Geschichten und Gefühle miteinander zu verschlingen, um gleichermaßen Sinneslust zu erleben wie Liebe zu schenken und entgegenzunehmen und zu prüfen, wer mehr gibt, wer mehr bekommt und wer am Ende mehr Trümpfe vorweisen kann.

An eines allerdings erinnere ich mich deutlich: dass ich glaubte zu träumen und in einer Luftblase zu schweben, die ich nicht mehr verlassen wollte und die wir selbst durch unsere Energie geschaffen haben. In dieser Wohnung, die mir zunehmend mehr wie ein schützender Kokon vorkommt.

Sex mit Claudio ist ein Erlebnis und eine inspirierende Erfahrung. Er bedeutet nicht bloß die Entdeckung eines Körpers, seines Körpers, meines Körpers, er verheißt nicht allein Nacktheit und Wollust, sondern darüber hinaus grenzenlose Begierde und den kompromisslosen Wunsch, alles vom anderen in Besitz zu nehmen. In der Nacht sucht er nach mir, immer und immer wieder, nimmt mich in die Arme und dringt in mich ein, bringt mich wiederholt zum Höhepunkt. Er erweckt den Eindruck, als befände er sich auf einer Mission von hoher Dringlichkeit und als wäre es seine vorrangige Aufgabe, mich so oft wie möglich zu lieben, in einer einzigen Nacht.

Am nächsten Morgen habe ich das Gefühl, aus einem unendlich tiefen Schlaf aufzutauchen.

Nach meiner inneren Uhr zu urteilen, könnten Monate vergangen sein. Ich gehe ins Wohnzimmer und finde Claudio schon auf, er sitzt in T-Shirt und Boxershorts da und feilt an einem Geigenstück. Ich störe ihn nicht, hole mir einfach eine Tasse Kaffee und mache es mir in einem Sessel bequem, um ihm zu lauschen. Zwischen uns scheint eine neue Intimität entstanden zu sein, die aus der Vertrautheit der Körper resultiert und keiner Worte oder besonderen Gesten bedarf.

Ich habe jeden Zentimeter seiner Haut erforscht und sehe Claudio jetzt mit anderen Augen, bringe ihm andere Empfindungen entgegen. Denn ich selbst habe mich verändert, bin zu einer anderen Lavinia geworden, die nicht mehr viel mit der jungen Frau gemeinsam hat, die planlos ganz Italien nach einem Mann absuchte, von dem sie so gut wie nichts wusste. Außerdem merke ich, wie meine Gefühle für ihn zunehmend wachsen. So sehr, dass ich sie nicht zu beherrschen vermag und es mir vorkommt, als hätte er viele kleine Löcher in meinen Leib gebohrt, damit die Liebe aus jeder einzelnen Pore hervorströmen kann.

Claudio ist fertig mit Üben und legt die Geige zurück in den Kasten, und in diesem Moment erkenne ich, dass es die Vuillaume ist.

»Man muss ab und zu auf einer so alten Dame spielen, um sie in Form zu halten«, erklärt er mit einem Grinsen und kommt zu mir, beugt sich über den Sessel und gibt mir einen flüchtigen Kuss.

»Willst du frühstücken? Ich hab im Laden unten eingekauft.«

Ich nicke und folge ihm in die Küche, wo auf der Theke zwei Tüten mit Gebäck liegen.

»Stehen wir etwa vor einem Atomkrieg?«, frage ich, verdutzt über die Menge.

Er zuckt die Schultern. »Ich wusste ja nicht, was du gerne magst.«

Kaum habe ich die Tüten inspiziert, stoße ich einen

Begeisterungsschrei aus und angele aus einer eine Packung mit einem vertrauten Logo heraus.

»Star-Wars-Kekse – ich bin total verrückt nach diesen Dingern.«

Ungeduldig reiße ich den Beutel auf, stecke mir genüsslich einen Keks in den Mund und beginne nach dem Überraschungsgeschenk zu kramen, mit dem das Gebäck fleißig beworben wird. Claudio sieht mir sichtlich belustigt zu. Ich weiß, es ist kindisch, doch ich liebe Überraschungen jeder Art, mögen sie noch so albern und belanglos sein.

»Ha, da ist es ja!«, stoße ich triumphierend aus und fördere ein Tütchen zutage.

Selbst Claudio ist neugierig geworden und tritt an den Tresen.

»Los, mach auf«, drängt er.

Es ist ein wunderschöner, glänzender Aufkleber mit einer Abbildung von Jabba dem Hutten.

»Jabba, perfekt! Die Figur mag ich gaaanz besonders«, verkünde ich wie ein Kind unterm Weihnachtsbaum und wedele mit dem Aufkleber vor Claudios Nase herum, als wäre es Gott weiß was für eine großartige Sache.

Offenbar denkt er glatt, ich wolle ihm mein Überraschungsgeschenk überlassen.

»Danke nein, er gehört dir«, wehrt er betont generös ab.

»Na ja, du hast immerhin die Kekse gekauft«, wende ich ein, wenngleich sehr halbherzig, denn bei Star Wars verstehe ich keinen Spaß.

»Na gut.« Zu meiner Verwunderung nimmt Claudio den Aufkleber und geht damit ins Wohnzimmer. »Dann schlage ich Folgendes vor«, erklärt er und zieht die Folie von Jabbas Konterfei. »Ich klebe ihn hier drauf.«

Sagt es und pappt den Sticker auf den Kasten der Vuillaume, streicht mit der Hand darüber, damit das Bildchen wirklich hält. Entgeistert beobachte ich ihn, den Mund voller Brösel. Es geht schlicht über mein Begreifen, was ein Keksaufkleber auf dem Kasten einer unglaublich wertvollen Geige zu suchen hat.

»Betrachte es als Zeichen, dass die Vuillaume dir gehört«, fügt er zur Erläuterung hinzu. »Und dabei bleibt es. Ich bewahre sie lediglich für dich auf und spiele sie ein bisschen, bis dir eines Tages der Sinn danach steht, sie dir zu holen.«

»Und woher willst du wissen, dass das je geschehen wird?«

»Keine Ahnung.« Er zuckt die Schultern. »Ich weiß es nicht wirklich und warte deshalb einfach ab.«

Auch wenn es wieder ein heißer Tag ist, wagen wir uns später in die Mittagshitze hinaus, nutzen aber jeden Quadratzentimeter Schatten, um uns wenigstens ein bisschen vor der sengenden Sonne zu schützen. Wir durchqueren die Giardini Pubblici, die zu dieser Stunde menschenleer sind, gehen an einem kleinen See und mehreren Karussells vorbei und setzen uns auf die Treppenstufen des Museums für Naturgeschichte, um ein Pistazieneis zu essen. Doch bald treibt Claudio mich aufs Neue an.

»Komm, jetzt zeige ich dir die Altstadt.«

Auf dem Weg dorthin fallen mir die vielen Stromleitungen auf, die ein paar Meter über unseren Köpfen ein verwirrendes Geflecht bilden. Sie kommen mir vor wie eine symbolische Darstellung unserer Gefühle, die ebenso verkreuzt und verschlungen sind und sich bei jedem Sturm, bei jeder persönlichen Schlechtwetterlage und bei jeder atmosphärischen Störung verheddern können.

Beim Teatro della Scala bleiben wir stehen und informieren uns, was die Saison zu bieten hat, kommentieren das Programm, mal wohlwollend, mal kritisch, und tauschen uns über unsere musikalischen Vorlieben aus.

Dem ersten Tag in Mailand folgen weitere, die ähnlich verlaufen. Träge und unbeschwert fließen sie dahin, und wir lassen uns ohne Plan und ohne Zwang einfach treiben. Tun das, was sich zufällig ergibt, und hören auf spontane Eingebungen. Ich vergesse das Album meiner Mutter, den verschlossenen Brief, der mich zu Hause erwartet – vergesse sogar meine Reise und verliere jegliches Zeitgefühl. Es ist, als wäre Mailand von vornherein der Ort meiner Bestimmung gewesen. Als hätte ich hier stranden müssen, hier bei Claudio. Carloforte, mein eigentliches Ziel, ist in weite Ferne gerückt.

Wir leben im wahrsten Sinne des Wortes in den Tag hinein, sorglos und allein auf das Hier und Jetzt fixiert. Kommen uns vor wie in einem abgeschlossenen Raum, der lediglich uns gehört, gönnen uns stille Spaziergänge am Nachmittag, lange abendliche Mahlzeiten mit Unmengen von Wein und schlaflose Nächte voller Liebe.

Eines Morgens, unsere Körper sind noch warm und schlaftrunken, liege ich in Claudios Armen und erzähle ihm, dass ich schrecklich gerne in Schwimmbäder gehe. Lächelnd hört er mir zu, wirft einen Blick auf die Uhr und springt aus dem Bett.

»Gut, wenn das so ist, dann zieh dich an und pack deine Badesachen. Es gibt nämlich in Mailand ein Freibad, das du unbedingt gesehen haben musst.«

Während ich eine Weile brauche, bis ich mich aufraffe, verschwindet er voller Energie Richtung Küche, und wenig später höre ich ihn telefonieren.

»Pietro, ciao … Ja, du hast es erraten … Wirklich lange … Ja, das stimmt … Okay, wir sind pünktlich da.« Dann legt er auf, kommt zu mir und befiehlt: »Na los.«

Eine Viertelstunde später stehen wir vor dem Piscina Romano, das allgemein Ponzio genannt wird. Aufgeregt spähe ich über den Zaun.

»Grundgütiger, das ist ja riesig! Und dazu menschenleer.«

»Weil es erst in einer Stunde aufmacht. Komm!«

»Sollen wir etwa über den Zaun klettern?«, frage ich

misstrauisch und folge ihm gespannt, da ich an das Erlebnis im Schwimmbad von San Gimignano denken muss.

»Nein, aus dem Alter bin ich raus«, gibt er amüsiert zurück. »Als Kind bin ich an den Sommernachmittagen immer mit meiner Mutter im Ponzio gewesen. Ich kann mich gar nicht mehr erinnern, wann zum letzten Mal. Der Aufseher, Pietro, war ein lieber Freund meiner Eltern, und aus alter Anhänglichkeit bekommen wir gewissermaßen eine Vorzugsbehandlung.«

Und tatsächlich: Als wir an die kleine Eisentür klopfen, kommt ein großer, ziemlich dicker Mann heraus und lässt uns ein. Er mustert Claudio eindringlich und setzt nach anfänglichem Zögern ein strahlendes Lächeln auf.

»Lass dich umarmen, wie lange ist das her … Ich fühle mich uralt, wenn ich dich so ansehe!«

»Danke, Pietro, ich wusste nicht, ob du noch hier arbeitest, und hab es einfach versucht …«

»Sehr vernünftig von dir, ich freue mich sehr, dich wiederzusehen. Hier hat sich nichts verändert, du weißt ja, wo die Umkleideräume sind. Das Wasser dürfte um diese Zeit noch kalt sein, aber so leer wie jetzt werdet ihr das Becken später nicht mehr vorfinden. Also dann …«, verabschiedet sich Pietro und lässt uns allein.

Wir machen uns auf den Weg zum Schwimmbecken. Ich ziehe mein Kleid aus, den Badeanzug habe ich schon an, und springe, ohne auf Claudio zu warten, sofort ins Wasser. Ein gekonnter Sprung, sehr professionell.

Dann mache ich ein paar kräftige Schwimmzüge und drehe mich auf den Rücken, schaue hinauf in den blauen Himmel, dessen Farbe sich ebenso im Wasser spiegelt wie die Fassaden der herrschaftlichen Häuser, die das Freibadgelände umstehen.

Ein schöner Platz zum Wohnen, denke ich.

Claudio, der gleichfalls ins Becken gesprungen ist, unterbricht meine Betrachtungen. Unter der Wasseroberfläche kommt er auf mich zugeschwommen, um meine Knöchel zu packen und mich kurz nach unten zu ziehen. Prustend tauchen wir auf, paddeln mit den Füßen im Wasser, rudern mit den Händen, nur die Köpfe schauen heraus. Umgeben von dem durch die Spiegelung undurchsichtigen Wasser könnte man fast denken, sie würden isoliert auf einer tiefblauen Lagune treiben. Unsere Beine suchen sich, trennen sich wieder, suchen sich erneut in dieser stillen tiefblauen Lagune mitten in der Stadt, die für den Moment uns allein gehört.

Allerdings nicht mehr lange. Der zunehmende Verkehrslärm erinnert uns daran, dass die Stadt zu ihrer alltäglichen Geschäftigkeit erwacht und bald die ersten Besucher hereinstürmen, um das Schwimmbecken in Besitz zu nehmen.

»Gehen wir lieber«, höre ich Claudio sagen und beobachte ihn, wie er aus dem Wasser steigt. Nass und von der Sonne beschienen, sieht sein Körper noch eindrucksvoller aus. Genau so stelle ich mir einen Wassergott vor, nur ohne Badehose natürlich.

Den Rest des Tages streifen wir ziellos durch die Stadt, nach wie vor erfüllt von der traumhaften Atmosphäre des Schwimmbads. Erst gegen Abend machen wir uns auf den Nachhauseweg. Wir bereiten gerade das Abendessen zu, als das Telefon klingelt: Ein paar Freunde von Claudio spielen heute Abend im Blue Note, einem Jazzlokal.

»Hast du Lust hinzugehen?«, erkundigt er sich.

Es gefällt mir an ihm, dass er nicht mir nichts, dir nichts über meinen Kopf entscheidet, doch in diesem Fall muss man mich nicht lange bitten.

»Klar! Ich liebe Jazz«, stimme ich spontan zu.

Es ist eine wunderbare Mailänder Nacht, »im Abgang schön«, wie Claudio das ausgedrückt hat, eine Verlockung, die sich erst im Nachhinein enthüllt. Begreifen kann sie nur, wer offen für Überraschungen ist, wer sich gehen lässt, wer nicht an der Oberfläche bleibt.

Schauplatz des Events ist eines der belebtesten und angesagtesten Viertel, in Isola wimmelt es bloß so von Bars und Restaurants. Als Claudios Handy klingelt, stellt er spontan auf laut und erklärt mir augenzwinkernd, ich müsse mir unbedingt seinen verrückten Freund anhören, der ausschließlich in vorgefassten Sätzen spricht. Ich habe so viel Spaß, wenn ich mit Claudio zusammen bin – er wartet beständig mit Überraschungen auf, aber zugleich fühle ich mich bei ihm geborgen und beschützt.

Es tut gut, jemanden wie ihn zur Seite zu haben.

Als wir in dem Lokal ankommen, wird er sofort von

einem Bekannten mit Beschlag belegt. »He, Claudio, lange her! Wie geht's dir denn so?«

»Immer unterwegs, trotzdem beklage ich mich nicht. Und das«, er zieht mich heran, »ist Lavinia.«

Bilde ich es mir lediglich ein, weil ich es mir wünsche, oder schwang bei der Vorstellung wirklich Stolz in seiner Stimme mit?

»Freut mich, ich bin Gianmaria.« Sein Freund trägt einen gepflegten Vollbart und eine gewagte bunte Weste, die sich über einem ansehnlichen Bäuchlein spannt. »Heute spielt übrigens der Rana«, sagt er und wendet sich wieder Claudio zu.

»Was glaubst du denn, warum ich hier bin? Immerhin heißt es, dass er inzwischen Noten lesen kann.«

Gianmaria, der Freund, bricht in schallendes Gelächter aus.

»Kommt, ich gebe euch einen aus!«

Die Location ist ziemlich cool, die Tische in dem riesigen Raum sind strahlenförmig um die Bühne herum angeordnet, auf der im Laufe des Abends mehrere Jazzbands spielen. Man hat den Eindruck, dass sich hier lauter Insider eingefunden haben, eine verschworene Gemeinschaft von passionierten Jazzfans. Man kennt sich, sitzt oder steht in wechselnden Grüppchen zusammen, unterhält sich angeregt und lacht viel.

Immer wieder kommen Gäste auf Claudio zu und begrüßen ihn, nennen ihn bei seinem Familiennamen »den Giarda«, freuen sich offensichtlich, einen alten Freund wiederzutreffen. Und alle wenden sich ganz selbstverständlich auch an mich und scheinen nicht überrascht, ihn in Gesellschaft einer Frau zu sehen. Als die Band, derentwegen er gekommen ist, die Bühne betritt, wedelt Claudio aufgeregt mit einer Serviette, um die anderen zu einem Willkommensapplaus aufzufordern.

»Sie sind wirklich grandios«, schwärmt er. »Das war die erste Gruppe, in der ich gespielt habe.«

»Machst du etwa auch Jazzmusik?«

»Ab und zu. Ich spiele Kontrabass.«

Wieder einmal starre ich ihn mit offenem Mund an, wieder einmal hat er es geschafft, mich zu verblüffen.

Derweilen ist im Saal Stimmung aufgekommen, da die Musiker auf der Bühne gerade einen heißen Swing präsentieren. Ein paar der Zuschauer hält es nicht mehr auf den Stühlen, und sie fangen an zu tanzen.

»Der an der Gitarre ist Rana, ein absolutes Genie«, klärt Claudio mich auf. »Er war es damals, der mich in die Band gebracht hat.«

Wie er das sagt, klingt es ziemlich melancholisch. Als würde er lange vergangenen Zeiten nachtrauern, die nicht mehr zurückzuholen sind. Dann nennt er mir nacheinander die Namen der anderen Musiker, darunter den von Ettore, einem schmächtigen blonden Jungen, der gerade seinen Platz am Kontrabass eingenommen hat.

»Und du spielst gar nicht mehr mit ihnen?«

»Ich hätte große Lust dazu, leider schaffe ich es nicht neben all den anderen Verpflichtungen.«

Von neuem legt sich ein Schatten auf sein Gesicht. Ich stehe von meinem Stuhl auf, gehe um den Tisch herum und drücke ihm einen Kuss auf die Wange in der Hoffnung, ihn damit etwas aufzumuntern.

Claudio lächelt, hält mich am Arm fest und steht selber auf, um sich mit mir zusammen unter die Leute zu mischen, die mittlerweile ausgelassen zwischen den Tischen tanzen. Wenn ihn ab und zu jemand anquatscht, verzieht er genervt das Gesicht, als wollte er sagen: *Bring mich hier weg!* Ich hingegen strecke ihm übermütig die Zunge raus und tanze noch ausgelassener. Bis er seinen Unmut vergisst, meine Taille umfasst und mich vor aller Augen hemmungslos zu küssen beginnt. Irgendwie gibt er mir damit das Gefühl, seine Frau und nicht nur seine Geliebte zu sein.

Später, während einer Pause, kommen die Bandmitglieder von der Bühne herunter, um Claudio zu begrüßen. Sie umarmen ihn wie einen, der dazugehört, und man merkt ihnen an, wie sehr sie den berühmten Freund mögen und schätzen. Ettore taucht als Letzter auf.

»Na, wie geht's, großer Meister?«, begrüßt Claudio ihn launig und klopft ihm freundschaftlich auf die Schulter.

Ettore grinst, scheint allerdings etwas auf dem Herzen zu haben.

»Ganz gut, ich würde gerne mit dir sprechen, wenn du eine Minute erübrigen kannst.«

»Klar, worum geht's denn?«

Der Junge sieht erst mich, dann Claudio an und setzt ein schiefes Lächeln auf.

»Ach, nichts, schon okay …« Er hebt sein Glas und prostet uns zu. »Was hältst du davon, wenn du das nächste Stück für mich übernimmst?«

Die anderen stimmen begeistert zu, sodass Claudio keine andere Wahl bleibt, als auf den Vorschlag einzugehen. Das Gespräch mit Ettore muss warten. Und so sitzt, als die Pause beendet ist, Claudio am Kontrabass. Das Instrument wirkt ein wenig kleiner, weniger beeindruckend als zuvor, als der schmächtige Ettore es spielte. Claudios unglaubliche Präsenz tut das Ihre: Er streicht die Bassgeige mit vollem Körpereinsatz, lässt seine Finger tanzen und sich vom Rhythmus mitreißen, kommuniziert und interagiert dabei mit den anderen Instrumenten und seinen Musikerkollegen. Das Publikum ist hingerissen und reagiert mit frenetischem Beifall.

Ettore, der sich an unseren Tisch gesetzt hat, wippt mit dem Fuß zum Rhythmus der Musik. Sein Blick wandert abwechselnd von der Bühne zu mir und wieder zurück, als würde er etwas sagen wollen, sich aber nicht trauten. Worüber er gerne gesprochen hätte, erfahren wir nicht, denn nach der nächsten kurzen Pause kehrt er an seinen Platz auf der Bühne zurück.

Es wird ein langer Abend, besser gesagt eine lange Nacht. Als wir im Morgengrauen todmüde, jedoch wunschlos glücklich nach Hause kommen, fallen wir bloß noch ins Bett und schlafen sofort ein.

Als ich irgendwann am Vormittag aufwache, hat Claudio wie üblich das Bett bereits verlassen. Inzwischen weiß ich, dass der frühe Morgen für ihn die beste Zeit zum Üben ist, und ihm dabei zuzuhören und meinen Morgenkaffee zu trinken ist für mich zum Ritual geworden.

Insofern irritiert es mich, heute keine Geigenklänge zu hören.

Sobald ich das Wohnzimmer betrete, erkenne ich den Grund. Ettore sitzt sichtlich verstört auf dem Sofa, während Claudio nervös auf und ab geht. Obwohl sie sehr leise sprechen, gelingt es mir, ein paar Worte aufzuschnappen. »Ich hatte ja keine Ahnung«, »… mir Sorgen mache«, »… hätte sie nicht allein lassen sollen.« Es kommt mir vor, als würde mir ein schrecklicher Gestank entgegenschlagen, ein Gestank, der mir schier den Magen umdreht, nach Krieg und verbranntem Gummi und Katastrophenstimmung. Ettore verstummt abrupt, als er mich sieht, springt sogleich vom Sofa auf und schleicht unter ein paar hastig gemurmelten Abschiedsworten zur Tür hinaus. Claudio und ich sind allein, aber er scheint mich kaum wahrzunehmen. In seinen Augen liegt ein Ausdruck, den ich nie zuvor bei ihm gesehen habe – eine abgrundtiefe Leere spiegelt sich dort wieder, und mir kommt es vor, als würde er durch mich hindurchsehen.

»Lavinia …« Er spricht meinen Namen plötzlich wieder in dieser Weise aus, die ich nicht mag – die mir den Eindruck vermittelt, völlig bedeutungslos neben ihm zu sein. »Es tut mir schrecklich leid, Lavinia, ich muss fort, ein Notfall«, stößt er seufzend hervor und fährt sich mit der Hand durchs Haar.

»Ist etwas passiert?«

»Ja, ein Termin wurde um ein paar Tage vorverlegt. Ich muss sofort abreisen. Ärgerlich, ich weiß.«

Er geht an mir vorbei ins Schlafzimmer, weicht mir aus, um mich nicht berühren zu müssen. Das Ganze ist mir völlig schleierhaft. Vom Türrahmen aus verfolge ich, wie er seine Reisetasche zu packen beginnt.

»Hey! Ist wirklich alles in Ordnung?«, hake ich nach.

»Ich sagte doch bereits, es geht um einen Termin«, erwidert er leicht ungehalten, bevor er resigniert hinzufügt: »Verzeih mir.«

Sein Versuch, mich zu beruhigen, geht voll daneben.

»Ich verstehe das alles nicht, Claudio.«

»Da gibt es nichts zu verstehen, außer dass ich in zwei Stunden im Flieger sitzen muss.«

Er schlägt mir die Tür vor der Nase zu. Seine plötzliche Kälte und Distanz treffen mich zutiefst, kränken mich, lassen Verlustängste aufkommen. Trotzdem habe ich es nicht in der Hand, die Situation zu verändern. Mit zugeschnürter Kehle, die Augen voller Tränen, beschließe ich ebenfalls zu packen. In diesem Moment, als ich vor einem Scherbenhaufen zu stehen glaube, habe ich keinen anderen Wunsch, als mich an einen Ort am anderen Ende der Welt zu flüchten und ihn niemals wiederzusehen.

3

Die Insel

Mailand ist hässlich. Genauso hässlich wie Claudio. Es ist eine Scheißstadt, und er ist ein Scheißtyp.

Keine Sekunde will ich länger hierbleiben. Weder in Mailand noch in dieser Wohnung. Ich weigere mich sogar, zusammen mit ihm in ein Taxi zu steigen. Seine gestammelten Entschuldigungen zwischen Tür und Angel kann er sich an den Hut stecken. Diese nichtssagenden Ausreden, an die nicht einmal er selbst glaubt. Schon wieder lässt er mich im Stich, ohne einen Grund zu nennen. Vielleicht war dieses ganze Theater mit Ettore ja ein abgekartetes Spiel, um mich so schnell wie möglich loszuwerden.

Was für eine Idiotin war ich bloß, mir einzubilden, unsere Geschichte sei etwas Besonderes und habe das Zeug zu mehr als einem flüchtigen Abenteuer.

Vorbei. Er schließt die Wohnungstür hinter uns ab, und wir gehen hinunter auf die Straße, wo er meine Hände zu nehmen versucht und tatsächlich verlangt, dass ich ihn ansehe.

»Hör zu, ich möchte das hier wirklich nicht, aber ich kann nicht anders.«

Mag sein, dass es stimmt, doch warum dann all die kryptischen Äußerungen? Warum redet er nicht Klartext, erklärt schnörkellos, um was es geht, statt vage von einem Notfall zu schwafeln. Wie soll ihm das ein Mensch abnehmen?

Erschwerend kommt die merkwürdige Art hinzu, wie er mich angesehen oder durch mich hindurchgesehen hat. Desgleichen lässt sein Spruch, dass lange Beziehungen nicht sein Ding seien, ungute Assoziationen aufkommen. Ich kriege das einfach nicht aus dem Kopf. Die Zeit, die wir zusammen verbracht haben, war wunderschön, und dennoch sind meine Träume geplatzt wie Seifenblasen … Die ganze Welt erscheint mir wieder trostlos grau und nebelverhangen, und nichts als ein bitterer Nachgeschmack ist geblieben. Asche statt Zuckerwatte, die ich erwartet hatte.

Nein, nichts war im Abgang schön!

Verzweiflung, Enttäuschung und Trauer über meine verlorene Liebe drücken mir die Kehle zu. Ich kann tatsächlich kaum atmen, als ich mich zum Bahnhof schleppe. Ein Schluchzen will in mir hochsteigen, aber ich schlucke es ebenso hinunter wie die Tränen, die sich immer wieder in meine Augen stehlen.

Wäre ja das Letzte, um ihn zu weinen – das ist Claudio Giarda weiß Gott nicht wert. Soll er von mir aus auf seiner Bühne hocken und mit sich selbst hadern, in meinem Leben hat er nichts mehr zu suchen, da bleibt er hübsch draußen.

Da ich noch Zeit habe bis zur Abfahrt des Zuges, gehe ich in eine ziemlich heruntergekommene Bar, alles geht mir auf die Nerven, auch der Barkeeper, der mir ja gar nichts getan hat. Ich bestelle ein Bitter Lemon und setze mich an einen Tisch. Um mich abzulenken, hole ich das Album meiner Mutter aus dem Rucksack, obwohl es wie Salz für die Wunden ist, die ihr Tod mir geschlagen hat. Kaum habe ich es gedacht, packt mich dieser höllische Schmerz, der mich schier zu zerreißen droht.

Sie fehlt mir so sehr.

Mit ihr konnte ich über alles reden und über alles lachen, selbst über die schlimmsten Katastrophen. Ich nehme Zuflucht bei einem Satz, den sie in ihr Album geschrieben hat: *Die Menschen sind wie Äste im Sturm, manchmal schaffen sie es nicht, gegen die Dinge des Lebens zu kämpfen. Sie können dann einfach nur warten, bis die Sonne wieder aufgeht.*

Ich werde nicht warten, bis die Sonne erneut für mich zu scheinen bereit ist, sondern sie suchen. Nicht hier, sondern in Carloforte. Und dort werde ich sie finden, da bin ich ganz sicher. Ich klammere mich an den Gedanken, mit dem Grau der Stadt auch meinen Kummer hinter mir lassen zu können und auf der fernen, winzigen Insel an Leib und Seele zu gesunden.

Solchermaßen beflügelt, steige ich in den Zug nach Genua und lasse ganz bewusst, während Mailand zurückbleibt, noch einmal die Zeit mit Claudio Revue passieren. Alle Momente, die mir in den Sinn kommen, einen nach dem anderen, und dann drücke ich die *Delete*-Taste und lösche die Erinnerungen, verbanne die Zärtlichkeiten und den tollen Sex ebenso aus meinem Gedächtnis wie unsere anregenden Gespräche.

Ein Kraftakt, der mir das Herz bricht.

Überdies fröstele ich, weil die Klimaanlage zu hoch eingestellt ist. Als ich nach meinem Sweatshirt krame, stoße ich auf die Souvenirs, die sich inzwischen als Bodensatz in meinem Rucksack angesammelt haben. Schätze, die in einem Abgrund verschwunden und in Vergessenheit geraten sind – und erst jetzt, als ich sie wieder an die Oberfläche hole, weiß ich ihren Wert zu schätzen. Jedes einzelne Stück steht in Verbindung zu einer Etappe meiner Reise und erzählt eine Geschichte über mich.

Ich nehme die Muschel heraus, die mir der Kellner aus Mergellina geschenkt hat, befestige Tommasos Karabinerhaken an meiner Jeans, betrachte Hannahs bemaltes Foto und muss grinsen, als mir der Schlüsselanhänger für die Giulia in die Hände fällt, eine Erinnerung an Luca und Alfredo und ihr Auto.

Normalerweise messe ich Dingen keine besondere Bedeutung bei, diese hier sind mir jedoch wirklich wichtig. Sie stehen für die Menschen, die ich unterwegs getroffen habe. Claudio ist der einzige, von dem mir nichts bleibt außer einem gewaltigen Groll und einem unsichtbaren Mal. Würde man mir jetzt den Brustkorb öffnen, sähe man bestimmt den riesigen Riss in meinem Herzen.

Er ist das Stigma, das Claudio mir zugefügt hat.

Als ich in Genua ankomme, geht es mir bereits ein bisschen besser. Vielleicht hat es ja damit zu tun, dass die Stadt am Meer liegt und eine mitreißende Atmosphäre besitzt: Sie ist chaotisch, laut und ein wenig verkommen, aber insgesamt ungeheuer lebendig, vor allem der Hafen.

Nicht mehr lange, und ich werde dort die Fähre besteigen, die mich zu meiner einsamen Insel bringt. Vom Kai aus halte ich nach ihr Ausschau, fülle meine Lunge mit der salzhaltigen Luft und spüre, wie der Geruch des Meeres mich freier atmen lässt, meinen Brustkorb weitet und die schwarzen Schmetterlinge wegpustet, die meine Atemwege verstopft haben.

Zu Hause in Barcelona bin ich oft zum Hafen gegangen, um das Ankommen und Ablegen der großen Schiffe zu beobachten. Stundenlang saß ich dort, während meine Mutter sich in der Nähe ihrer Chemotherapie unterzog, und stellte mir vor, wie schön es wäre, wenn die auslaufenden Schiffe Mamas Krankheit und meinen Kummer mit sich forttragen könnten und ihr Ankerlichten für uns die Befreiung von allen Schmerzen, körperlichen wie seelischen, bedeuten würde.

Und wenngleich ich erleben musste, dass alles Wünschen und Beten vergeblich war, dass es keinen Deal mit dem Schicksal gab, hoffe ich jetzt erneut, dass der Aufbruch zu der Insel mich befreit, dass nicht nur die Fähre die Leinen löst, sondern dass ich ebenfalls loslassen kann – dass Claudio und alle negativen Gefühle auf dem Festland zurückbleiben und mich in Carloforte nicht mehr belasten.

Ein Aufbruch ist für mich seit jeher ein Akt des Los- und Zurücklassens gewesen. Eine Möglichkeit, Ballast abzuwerfen, Abstand zu gewinnen, innerlich frei zu werden und sich neu auszurichten, um die alten Fehler in Zukunft zu vermeiden.

Plötzlich habe ich das Bedürfnis, Laia zu schreiben. Sie ist für mich so was wie meine beste Freundin, wir kennen uns seit Studientagen, und sie begleitete mich oft auf meinen einsamen Gängen zum Hafen. Doch ich finde nicht die richtigen Worte, verwerfe alles, was ich eintippe, sogleich wieder und stecke schließlich resigniert das Handy ein.

Vielleicht muss ich erst mit mir selbst ins Reine kommen.

Und so stehe ich nachdenklich in der Spitze des Bugs, lasse mir den Wind ins Gesicht blasen und schaue nach vorne, in die Zukunft, so möchte ich das zumindest sehen. Meine Gedanken hingegen scheren sich nicht darum, sie wenden sich der Vergangenheit zu.

Claudio. Ich hatte mir insgeheim eingebildet, dass er mich lieben könnte und unsere Liebe zu einer unbezwingbaren Festung außerhalb von Raum und

Zeit würde, beschützt von zahllosen kleinen Soldaten, um alles Unangenehme fernzuhalten. Falsch gedacht! Stattdessen bin ich hart in der Realität aufgeschlagen. Jetzt kann ich bloß hoffen, dass ich mich dort einrichte und der Wind meine unerfüllbaren Träume mit sich fortträgt.

Es dauert sehr lange, nach Carloforte zu kommen. Morgen früh werden wir zunächst Porto Torres auf Sardinien erreichen, von dort geht es dann weiter mit einem Mietwagen nach Portovesme, wo eine weitere Fähre übersetzt nach Carloforte, dem einzigen Ort auf der kleinen Insel San Pietro.

Als ich am nächsten Tag nach einer anstrengenden Reise und einem improvisierten Mittagessen am Straßenrand endlich mein Ziel erreiche, geht die Sonne schon unter. Ich bin so müde, dass ich beim Verlassen des Schiffes kaum noch einen Fuß vor den anderen setzen kann. Am Kai stehen Einheimische, die Schilder in die Höhe halten. Allerdings wartet keiner von ihnen auf einen bestimmten Gast, nein, sie alle bieten den ankommenden Touristen eine Unterkunft an.

Mir soll das recht sein, müde, wie ich bin. Und so lasse ich mich widerstandslos von der erstbesten Anbieterin abschleppen, einer winzigen Dame mit toupierten Haaren, die in Leggings und Flipflops steckt. Pina heißt sie, erfahre ich, und spricht ein für meine Ohren äußerst sonderbares Italienisch. Und damit quatscht sie ununterbrochen auf mich ein.

»Bist du im Urlaub?«, will sie wissen. »Du wirst dich hier sicher sehr wohlfühlen, ganz bestimmt«, fährt sie fort, ohne eine Antwort abzuwarten.

Offensichtlich gehört sie zu den Leuten, die vor allem sich selbst gerne reden hören. Bevor wir ihr Haus erreichen, kenne ich bereits alle Vorzüge der Insel. Als müsste sie mich daran hindern, gleich wieder die Flucht zu ergreifen.

»Carloforte ist ein fantastischer Ort, so ein Meer wie unseres findest du sonst höchstens auf Ansichtskarten! Morgen gebe ich dir einen Inselplan und zeichne dir die schönsten Badebuchten ein. Du willst ja bestimmt im Meer baden, oder? Na klar, was hättest du ansonsten hier verloren! Was isst du eigentlich zum Frühstück? Erst mal einen schönen Milchkaffee, oder? Du gehörst hoffentlich nicht zu den seltsamen Touristen, die morgens Tee trinken und salzig essen! Das ist ausschließlich was für Engländer, nicht? Wie lange hast du vor zu bleiben?«

»Ich weiß es noch nicht.«

»In Ordnung, kein Problem. Bis nächsten Monat sind meine Enkel nicht da, sind bei den anderen Großeltern, daher hab ich ein bisschen Ruhe. Die können sich ruhig mal ein bisschen kümmern, findest du nicht? Normalerweise sind sie immer bei mir, tagein, tagaus, das ganze Jahr über. Außerdem tut es ihnen bestimmt gut, zur Abwechslung eine richtige Stadt kennenzulernen, mit großen Kaufhäusern und so, wo sie ihre Klamotten kaufen können …«

Pina redet und redet, von ihren Enkelkindern und ihrer Familie, vom Wetter und vom Essen und von tausenderlei anderen Dingen. Ich lasse diese Dauerberieselung gottergeben über mich ergehen, ohne ihr wirklich zuzuhören, und bin froh, als wir am Ziel sind. Nehme es sogar klaglos hin, dass mein spartanisch eingerichtetes Zimmer jeder Klosterzelle Konkurrenz machen könnte. Na ja, wenigstens sind die Fenster nicht vergittert, und ich habe Meerblick, denke ich mit einem Anflug von Galgenhumor, krieche ins Bett und hoffe auf den nächsten Morgen.

Gleich nach dem Aufstehen verlasse ich das Haus und mache mich auf die Suche nach einer Strandbar, wo man frühstücken kann. Nicht ohne Signora Pina zuvor zu erklären, dass ich doch ein wenig sonderbar bin und heute Morgen den unwiderstehlichen Drang verspüre, salzig zu essen. Worauf sie erwartungsgemäß pikiert reagiert, mir aber dennoch die Hausschlüssel in die Hand drückt und mich, wenngleich nach wie vor etwas ungnädig, in die Freiheit entlässt.

Mit dem Album im Rucksack und einem Handtuch über der Schulter mache ich mich also gemächlich auf den Weg zum Strand.

Das Meer in Carloforte ist in der Tat unglaublich beeindruckend: nicht weil es besonders sauber oder von einer besonderen Farbe wäre oder weil viele bunte Fische darin herumschwimmen, sondern weil es grenzenloser wirkt als anderswo. Unendlich weit. Das ist es, was ich auf dieser winzigen Insel mitten im Meer, wo Himmel und Wasser miteinander zu verschmelzen scheinen, empfinde.

Der Mensch fühlt sich klein und ausgesetzt, da ihm für so wenig Erde einfach zu viel Wasser da zu sein scheint. Er weiß, dass er dem Meer ausgeliefert ist und dass es ihn, wenn es ihm gefällt, einfach mit sich fortreißen kann, zusammen mit allem, was von seiner Hand hier entstanden ist.

Ich setze mich in eine Strandbar, bestelle ein Thunfischsandwich sowie einen frisch gepressten Orangensaft und genieße es, mein Frühstück ohne Pinas nervige Beschallung einzunehmen. Schließlich heißt es, dass die Art, wie man den Tag beginnt, von grundsätzlicher Bedeutung sei. Und hierher zu gehen war sicher die richtige Entscheidung. Die kleine, unprätentiöse Bar gefällt mir sehr – nicht zuletzt wegen des großen Ventilators an der Decke, der nicht allein die Luft, sondern auch meine Gedanken erfrischt.

So sehr, dass ich mich endlich in der Lage sehe, an meine Freundin zu schreiben.

Hey, Laia-Schatz, ich denke viel an dich und die alten Zeiten, tippe ich ein und frage mich, wo sie sich wohl gerade aufhält.

Ich muss nicht lange warten, dann erfahre ich es. Kaum habe ich nämlich die Nachricht abgeschickt, vibriert schon mein Telefon: »Hallo, meine Schöne«, schreibt mir Laia. »Ich vermisse dich ebenfalls … Bin gerade in den Pyrenäen, die Verbindung ist leider schlecht.«

Ach, Laia! Was gäbe ich darum, wenn sie jetzt hier wäre. Ein Stück Heimat in der Fremde …

»Bei mir gibt's nichts als Meer – Wasser, so weit das Auge reicht. Versprich mir, die nächste Reise machen wir zusammen.«

»Okay, gebongt«, erwidert sie, und ich stelle mir vor, wie sie dabei lächelt, und das macht mir Mut.

Zufrieden vertiefe ich mich erneut in den Anblick des Meeres, das an diesem strahlenden Morgen fast unbewegt und spiegelglatt in der Sonne glitzert. Noch ist die kleine Bucht so gut wie menschenleer, abgesehen von ein paar schläfrigen jungen Müttern mit ihren lärmenden Kindern. Trotz der frühen Stunde beschließe ich, schwimmen zu gehen. Zunächst tauche ich vorsichtig die Füße ins Wasser, um mich an die Kälte zu gewöhnen, wage mich nach und nach weiter vor, bis ich mich schließlich ganz dem leicht dümpelnden Meer überlasse. Nachdem ich ein Stück hinausgeschwommen bin, drehe ich mich zur Küste um und halte Ausschau nach dem Haus von der Zeichnung, dem eigentlichen Grund, warum ich hier bin.

Auf der Stelle paddelnd, lasse ich den Blick über die Bucht schweifen, mustere die Häuser, die ich von hier aus sehen kann, entdecke jedoch nichts, was mit der Zeichnung übereinstimmt. Was nun?

Ich beschließe, ins Dorf zu gehen und mich dort umzuschauen. Und wenn das genauso ergebnislos verläuft, werde ich jemanden fragen, ihm die Zeichnung zeigen … Zum Glück habe ich keine Eile. Das Meer hat sich bislang nicht gegen das Menschengeschlecht erhoben, das Haus wurde folglich nicht verschluckt und sollte sich früher oder später finden lassen, sofern ihm nicht irgendein anderes Unheil geschehen ist.

Aber bevor ich mich in der zunehmenden Hitze auf den Weg mache, döse ich noch ein bisschen am Strand und kühle mich anschließend im Meer ab. Als ich mein Kleid über den nassen Badeanzug streife, erscheint zu meiner Belustigung auf dem Stoff ein Gesicht: zwei Augen dort, wo meine Brüste sind, und ein winziger Mund auf dem Venushügel.

Carloforte, der einzige Ort auf San Pietro, ist im Grunde nicht mehr als ein Dorf, dessen bunte Häuser sich am Hafen drängen. Trotz des strahlenden Sonnenscheins pfeift mir in den Straßen und Gassen der Wind ganz schön ins Gesicht. Ich habe mal gelesen, dass Wind die Menschen verrückt machen kann – in den Zügen der Einheimischen allerdings sind keinerlei Symptome von Wahnsinn zu entdecken. Im Gegenteil: Die Leute strahlen eine bewundernswerte, heitere Gelassenheit aus und scheinen mit sich und der Welt im Reinen zu sein. Niemand hat es eilig, man grüßt sich freundlich und nimmt sich Zeit für einen Schwatz, setzt sich entspannt ein Weilchen auf einen Felsblock oder eine Bank.

Definitiv ist dies keine Heimstatt für Superhelden.

Der Dorfplatz immerhin ist sehr hübsch, die begrünte Hauptstraße, in der sich Geschäfte aneinanderreihen, desgleichen. In einem der Souvenirläden werden

Magnete mit Bildern von Sonnenuntergängen und kleine Holzschiffchen angeboten. Ob es die schon gab, als Mama hier war? Und wenn, hat sie vermutlich nichts davon gekauft. Sie war nicht der Typ für sentimentale Erinnerungen. Ich hingegen habe ihr als Kind von einem Schulausflug immer ein Andenken mitgebracht. Jetzt wüsste ich nicht mal, wen ich mit so etwas beglücken könnte.

Während ich durch den kleinen Ort schlendere, frage ich mich, was die Vorfahren der Bewohner von San Pietro bewogen haben mag, mitten im Meer zu siedeln. Ich muss mich unbedingt über die Geschichte der Insel und ihrer Bevölkerung informieren. Viele Straßennamen erinnern mich an Ligurien, und auf den Speisekarten der kleinen Lokale fallen mir nordafrikanische Einflüsse auf. Ich mag solche Durchmischung. Die Buntheit und Vielfalt gibt einem das Gefühl, willkommen zu sein und sich nicht als Fremde vorzukommen.

Nach einer kurzen Siesta in meiner Klosterzelle während der heißen Mittagszeit mache ich mich auf, den Umkreis des Dorfes zu erkunden. Unermüdlich wandere ich Asphaltstraßen und Schotterwege hinauf und hinunter, schlage mich auf schmalen Pfaden durchs Gebüsch, bis meine Beine schwer wie Blei sind und die Füße brennen.

Erschöpft sinke ich auf die Stufen eines alten Hauses, das oberhalb von Carloforte in der freien Landschaft steht. Hier scheint alles wild wachsen zu dürfen – das Gras jedenfalls ist lange nicht gemäht worden. Ein Bild ländlichen Friedens, denke ich und atme tief den intensiven Duft nach Kiefern, Erika und Myrte ein.

Von fern sehe ich einen alten Mann auf mich zukommen, einen wie den, den man bei der Lektüre von Ernest Hemingway im Kopf hat, im Unterhemd und mit schlohweißen Haaren. Es ist sein Haus, wie ich bald darauf erfahre. Zunächst einmal setzt er sich neben mich, zeigt mir die Seeigel, die er aus dem Meer mitgebracht hat, und öffnet sie mit einem Klappmesser. Währenddessen erzählt er von seiner Frau, die seit langem tot ist, von der Einsamkeit und von den Kindern, die ihn nicht mal am Sonntag besuchen. Dabei ist er so gastfreundlich. Zu den Seeigeln bietet er mir ein Glas Weißwein an und schenkt mir als Erfrischung für den Heimweg eine kleine Wassermelone.

Von ihm erfahre ich außerdem Wissenswertes über die Insel. Die Einwohner von Carloforte, die man »Tabarchini« nennt, kamen vor Jahrhunderten von der tunesischen Insel Tabarka übers Mittelmeer hierher. Daher also der nordafrikanische Einfluss, der sich vermutlich nicht allein in Kultur und Küche niedergeschlagen hat, sondern auch in der Sprache, kombiniere ich und muss mich sogleich belehren lassen, dass die Sache viel komplizierter ist. Denn die Bewohner von Tabarka waren gar keine echten Tunesier, sondern Genuesen, die es nach Nordafrika verschlagen hat. Seefahrer stranden eben überall.

Was mir der Alte erzählt, ist eine Geschichte von Migration, von alter und neuer Heimat und vom Reisen. Alle sind sie über dieses Meer gezogen und weit darüber hinaus. Bald wird die Sonne in die Wellen eintauchen. Gebannt beobachte ich ein Segelschiff, das sich in Richtung des roten Balls bewegt, als würde es mit der Sonne konkurrieren, wer wohl als Erster den Horizont erreicht. Am Ende gewinnt das Schiff – es verschmilzt schon mit Himmel und Meer, als der letzte Sonnenstrahl noch nicht verschwunden ist. Der Tag hat seinen Zenit überschritten und weicht der Dämmerung.

Ich ziehe das Album aus dem Rucksack und zeige dem Alten die Zeichnung.

»Kennen Sie zufällig dieses Haus?«

»Lass sehen ...«, sagt er und hält sich die aufgeschlagene Seite ganz dicht vor die Augen. »Ich kenne alle Häuser auf der Insel. Jeden Morgen bringe ich meine Herde auf die Weide, und damit mir nicht langweilig wird, gehe ich immer andere Wege ... Das hier müsste das Haus auf der Landspitze sein.«

»Das Haus auf der Landspitze?«

»Ja, ich nenne es so, weil es auf dem allerletzten Stück Land steht und aussieht, als würde es gleich ins Meer stürzen. Keine Ahnung, wem es gehört, es scheint jedenfalls leer zu stehen.«

Er begleitet mich ein Stück, um mir das Haus zu zeigen.

Obwohl es inzwischen dunkel ist und die Fensterläden

geschlossen sind, erkenne ich es sofort. Es sieht genauso aus wie auf der Zeichnung: klein, weiß und mit einem braunen Dach. Drumherum allerdings hat sich ein bisschen was verändert. Der Zaun fehlt, stattdessen begrenzen Bäume und Büsche das Grundstück.

Mein Herz schlägt heftig bei seinem Anblick.

Mama, wie lange hast du dich wohl hier aufgehalten? Was war es, das du hier gefunden hast? Ich würde alles dafür geben, das junge Mädchen zu treffen, das du einmal gewesen bist.

Niemand antwortet, als ich anklopfe.

Ich ziehe den Schlüssel aus der Tasche, halte ihn eine Weile unschlüssig in den Händen, bevor ich ihn ins Schloss stecke. Wider Erwarten öffnet sich die Tür gleich bei der ersten Umdrehung, als wäre sie frisch geölt. Es mutet fast wie Zauberei an, denn normalerweise verrostet und verrottet am Meer alles schnell.

Von drinnen schlägt mir kühle Luft entgegen. Ich schalte die Lampe meines Smartphones an, um wenigstens ein bisschen was zu sehen. Offenbar besteht das Haus aus Wohnzimmer, Küche und zwei weiteren Zimmern, die Einrichtung ist spartanisch, nur die allernotwendigsten Möbel sind vorhanden.

Im Schlafzimmer nehme ich eine Tagesdecke vom Bett und wickele mich darin ein, bevor ich wieder nach draußen gehe. Was tue ich hier eigentlich? Blicklos starre ich auf das silbrig schimmernde Meer. Ich könnte die nächsten Nachbarn, die ein paar hundert

Meter entfernt wohnen, fragen, ob sie wissen, wem das Haus gehört, oder ob sie sich, falls sie älter sind, an ein spanisches Mädchen namens Marta erinnern … Ich muss über meine nächsten Schritte nachdenken, heute ist es ohnehin zu spät, um etwas zu unternehmen.

Zurück im Haus suche und finde ich den Sicherungskasten und schalte den Strom ein. Ziehe dann Schubläden auf und krame in Schränken herum, ohne das Geringste zu entdecken, das mich weiterbringen könnte. Hier sieht alles nach einem ganz normalen Ferienhaus aus, dem im Moment die Gäste fehlen. Seufzend lehne ich mich gegen den Türrahmen, will mich bereits abwenden, als mein Blick plötzlich an der gegenüberliegenden Wand haften bleibt.

An einer Inschrift, die dort in die Vertäfelung geritzt wurde: Marta/Giuseppe. Dezember 1988.

Der Name meiner Mutter neben dem eines unbekannten Mannes, das Datum ist das Jahr vor meiner Geburt – neun Monate später wurde ich geboren.

Meine Knie drohen nachzugeben, ich muss mich festhalten, um nicht umzukippen. Meine Kehle ist eng, ich kann kaum atmen, komme mir vor wie der biblische Jonas im Bauch des Walfischs. Mit zitternden Händen lösche ich die Lichter und renne zur Tür, um zu flüchten – und wäre um ein Haar gegen einen Mann geprallt, der auf der Schwelle steht. Schlagartig begreife ich, was hier gerade passiert.

Meine Mutter hat mich zu ihm geführt.

Solange sie lebte, fand sie nicht den Mut, mir die Wahrheit zu sagen. Mein Gott, es ist mein Vater, der da vor mir steht, und ich habe das Gefühl, mich in Einzelteile aufzulösen.

Wenn Sie wissen möchten,
wie es weitergeht, lesen Sie:

Elisa Sabatinelli
Sommer in unseren Herzen
ISBN 978-3-7341-0579-1 /
ISBN 978-3-641-21109-7 (E-Book)
Blanvalet Verlag